FOIRIDON
A MORBAC CITY

DU MÊME AUTEUR

Dans la même collection :

Laissez tomber la fille.
Les souris ont la peau tendre.
Mes hommages à la donzelle.
Du plomb dans les tripes.
Des dragées sans baptême.
Des clientes pour la morgue.
Descendez-le à la prochaine.
Passez-moi la Joconde.
Sérénade pour une souris
défunte.
Rue des Macchabées.
Bas les pattes !
Deuil express.
J'ai bien l'honneur de vous buter.
C'est mort et ça ne sait pas !
Messieurs les hommes.
Du mouron à se faire.
Le fil à couper le beurre.
Fais gaffe à tes os.
A tue... et à toi.
Ça tourne au vinaigre.
Les doigts dans le nez.
Au suivant de ces messieurs.
Des gueules d'enterrement.
Les anges se font plumer.
La tombola des voyous.
J'ai peur des mouches.
Le secret de Polichinelle.
Du poulet au menu.
Tu vas trinquer, San-Antonio.
En long, en large et en travers.
La vérité en salade.
Prenez-en de la graine.
On t'enverra du monde.
San-Antonio met le paquet.
Entre la vie et la morgue.

Tout le plaisir est pour moi.
Du sirop pour les guêpes.
Du brut pour les brutes.
J'suis comme ça.
San-Antonio renvoie la balle.
Berceuse pour Bérurier.
Ne mangez pas la consigne.
La fin des haricots.
Y a bon, San-Antonio.
De « A » jusqu'à « Z ».
San-Antonio chez les Mac.
Fleur de nave vinaigrette.
Ménage tes méninges.
Le loup habillé en grand-mère.
San-Antonio chez les « gones ».
San-Antonio polka.
En peignant la girafe.
Le coup du père François.
Le gala des emplumés.
Votez Bérurier.
Bérurier au sérail.
La rate au court-bouillon.
Vas-y Béru !
Tango chinetoque.
Salut, mon pope !
Mange et tais-toi.
Faut être logique.
Y a de l'action !
Béru contre San-Antonio.
L'archipel des Malotrus.
Zéro pour la question.
Bravo, docteur Béru.
Viva Bertaga.
Un éléphant, ça trompe.
Faut-il vous l'envelopper ?
En avant la moujik.

Ma langue au Chah.
Ça mange pas de pain.
N'en jetez plus !
Moi, vous me connaissez ?
Emballage cadeau.
Appelez-moi, chérie.
T'es beau, tu sais !
Ça ne s'invente pas.
J'ai essayé : on peut !
Un os dans la noce.
Les prédictions de Nostrabérus.
Mets ton doigt où j'ai mon doigt.
Si, signore.
Maman, les petits bateaux.
La vie privée de Walter Klozett.
Dis bonjour à la dame.
Certaines l'aiment chauve.
Concerto pour porte-jarretelles.
Sucette boulevard.
Remets ton slip, gondolier.
Chérie, passe-moi tes microbes !
Une banane dans l'oreille.
Hue, dada !
Vol au-dessus d'un lit de cocu.
Si ma tante en avait.
Fais-moi des choses.
Viens avec ton cierge.
Mon culte sur la commode.
Tire-m'en deux, c'est pour offrir.
A prendre ou à lécher.
Baise-ball à La Baule.
Meurs pas, on a du monde.
Tarte à la crème story.
On liquide et on s'en va.
Champagne pour tout le monde !
Réglez-lui son compte !
La pute enchantée.
Bouge ton pied que je voie la mer.
L'année de la moule.
Du bois dont on fait les pipes.
Va donc m'attendre chez Plu-
    meau.
Morpions Circus.
Remouille-moi la compresse.
Si maman me voyait !

Des gonzesses comme s'il en
    pleuvait.
Les deux oreilles et la queue.
Pleins feux sur le tutu.
Laissez pousser les asperges.
Poison d'Avril, ou la vie sexuelle
    de Lili Pute.
Bacchanale chez la mère Tatzi.
Dégustez, gourmandes !
Plein les moustaches.
Après vous s'il en reste, Monsieur
    le Président.
Chauds, les lapins !
Alice au pays des merguez.
Fais pas dans le porno...
La fête des paires.
Le casse de l'oncle Tom.
Bons baisers où tu sais.
Le trouillomètre à zéro.
Circulez ! Y a rien à voir.
Galantine de volaille pour dames
    frivoles.
Les morues se dessalent.
Ça baigne dans le béton.
Baisse la pression, tu me les gon-
    fles !
Renifle, c'est de la vraie.
Le cri du morpion.
Papa, achète-moi une pute.
Ma cavale au Canada.
Valsez, pouffiasses.
Tarte aux poils sur commande.
Cocottes-minute.
Princesse Patte-en-l'air.
Au bal des rombières.
Buffalo Bide.
Bosphore et fais reluire.
Les cochons sont lâchés.
Le hareng perd ses plumes.
Têtes et sacs de nœuds.
Le silence des homards.
Y en avait dans les pâtes.
Al Capote.
Faites chauffer la colle.
La Matrone des Sleepinges.

Hors série :

L'Histoire de France.
Le standinge.
Béru et ces dames.
Les vacances de Bérurier.
Béru-Béru.
La sexualité.
Les Con.
Les mots en épingle de Françoise
  Dard.
Si « Queue-d'âne » m'était conté.
Les confessions de l'Ange noir.
Y a-t-il un Français dans la salle ?
Les clés du pouvoir sont dans la
  boîte à gants.

Les aventures galantes de Béru-
  rier.
Faut-il tuer les petits garçons qui
  ont les mains sur les hanches ?
La vieille qui marchait dans la
  mer.
San-Antoniaiseries.
Le mari de Léon.
Les soupers du prince

Œuvres complètes :

Vingt-trois tomes parus.

SAN-ANTONIO

FOIRIDON
A MORBAC CITY
ou
LE COW-BOY SUISSE

ROMAN DE CLASSE INTERNATIONALE

FLEUVE NOIR

La loi du 11 mars 1957 n'autorisant aux termes des alinéas 2 et 3 de l'article 41, d'une part, que les copies ou reproductions strictement réservées à l'usage privé du copiste et non destinées à une utilisation collective, et, d'autre part, que les analyses et les courtes citations dans un but d'exemple et d'illustration, toute représentation ou reproduction intégrale ou partielle, faite sans le consentement de l'auteur ou de ses ayants droit ou ayants cause, est illicite (alinéa 1er de l'article 40).

Cette représentation ou reproduction par quelque procédé que ce soit, constituerait donc une contrefaçon sanctionnée par les articles 425 et suivants du Code pénal.

© 1993 Éditions Fleuve Noir.

ISBN 2-265-04924-7
ISSN : 0768-1658

A tous mes amis suisses qui ne sont pas cow-boys.

A tous mes amis cow-boys qui ne sont pas suisses.

Avec ma jubilation bien crémeuse.

SAN-ANTONIO

1

CHAPITRE CONTREPÉTEUR
QUI MET LE PEU AUX FOUDRES

L'homme était vêtu d'une redingote noire sur le dos de laquelle on avait cousu des caractères blancs qui disaient : « Sauvegarde de la langue française ». Un chapeau claque complétait son accoutrement.

A son côté marchait un individu sans importance, habillé d'un jean et d'un pull-over jaune et qui portait un seau de peinture à chaque main (noire à gauche, blanche à droite).

L'étrange couple se déplaçait, le nez au vent. Le personnage à la redingote était grand, maigre et soucieux, son compagnon petit, roux, avec un œil sartrien et paraissait accablé d'un grand inconfort cérébral.

Soudain, sur décision du grand maigre, ils stoppèrent devant un mur aveugle sur lequel un tagger bien informé avait écrit « Les cons sont parmis nous ». Cet homme de vérité souffrait de lacunes orthographiques puisqu'il avait écrit « parmi » avec un « s ».

L'homme à la redingote parla à son assistant, lequel lui présenta le seau de peinture blanche

12   FOIRIDON À MORBAC CITY

et le correcteur de graffitis anéantit le « s »
inopportun.

C'est pendant qu'il rectifiait la faute intem-
pestive que nous le reconnûmes.

— Monsieur Félisque ! égosilla Béru.

Et c'était bien notre vieil ami Félix, le professeur, en effet. L'homme qui possédait la queue
du siècle ; un membre de pachyderme, long de
cinquante centimètres et au diamètre infernal.
L'âge de la retraite anticipée venu, le digne
homme avait tenté de rentabiliser cette anomalie de la nature en l'exposant dans une baraque
foraine, mais, nonobstant notre époque dépra-
vée, la police avait mis le holà à ce qu'elle
considérait comme une atteinte aux bonnes
mœurs et j'avais eu quelque mal à tirer l'ancien
prof de ce mauvais pas.

Nous sortîmes de ma voiture en stationne-
ment illégal devant la porte d'un suspect et
hélâmes le surmembré.

Il exécuta une volte, nous reconnut, et un
sourire de casse-noisettes, déchira sa face ascé-
tique.

— Je le savais ! déclara-t-il en tirant loin de
sa manche une main de squelette gantée pour
nous la présenter.

— Tu savais quoi-ce, pion ? interroge le
Gros.

— Que nous allions nous rencontrer : mon O
second m'en avait averti.

— Ton quoi donc ?

— Mon O second. Il m'apporte plein de
flashes ; je le travaille beaucoup et j'entrevois le

FOIRIDON À MORBAC CITY 13

moment où un pan de mon obscurité cérébrale s'écroulera.

— T'aurais pas le cervelet qui décapote, mec ? s'inquiète le Mastard.

Nous décidons de marquer l'événement de notre rencontre, non pas d'une pierre blanche, mais d'une bouteille de blanc, aussi nous rabattons-nous sur le *Bar des Prophètes*, situé à une traversée de rue.

Curieux cortège que nous formons là. Avec sa redingote d'homme-sandwich, Félix ressemble aux charlatans de jadis qui parcouraient les foires, arrachant des dents, vendant des élixirs de longue vie (Longwy), des révulsifs contre les refroidissements, des sirops salutaires en cas de règles douloureuses et des almanachs pleins de gaudrioles et de prophéties. Son « assistant » à tronche d'ahuri n'est pas mal non plus dans son genre, avec ses seaux de peinture, sa chevelure flamboyante et son expression candide.

Un bref conciliabule avec le tenancier du bistrot amène sur notre table une bouteille d'un alsace évasif, qui a la couleur de l'alsace, le goût de l'alsace et qui est bel et bien de l'alsace.

Nous entretenons des relations épisodiques avec le prof. C'est un de ces personnages étranges et pittoresques qui est attachant et qu'on est ravi de retrouver, mais qui ne s'attarde jamais bien longtemps dans votre vie. Il appartient à la race de ceux que je nomme (ayant lu Kipling, entre autres) : « les chats qui s'en vont tout seuls ». Venu à toi, il se frotte à tes jambes, ronronne, lape le lait que tu lui proposes, s'endort devant ta cheminée, et puis il disparaît silencieusement pour ne se remontrer que beaucoup plus tard. Mais tu l'aimes ainsi, sachant bien qu'il ne sera jamais autrement et que sa présence constitue un bien précieux dont il se montre chiche.

— Qui c'est, ce mecton qui t'accompagne? interroge Alexandre-Benoît.

M. Félix a un sourire de mouton frileux.

— Ma dernière trouvaille, révèle-t-il: le marquis de Lagrande-Bourrée; un être exquis, aboutissement d'une lignée exténuée par des mariages trop consanguins; il est à la lisière de la normalité, comme vous l'aurez déjà constaté, et d'une fidélité exemplaire qui m'émeut.

— Dis-moi pas qu'tu l'fourres! s'exclame le Gros; toi, changer d'orientation, à ton âge!

— Comment sodomiserais-je qui que ce soit avec le phallus dont je suis doté! pouffe Félix. J'ai déjà tant de mal à découvrir chez les femelles chaussure à mon pied!

— Ah! bon, se calme l'Enflure; et à part ça?

— A part ça, la vie va l'amble, mon bon. J'ai trouvé une aimable et passionnante sinécure avec cet emploi de correcteur de graffitis; ce n'est pas le pactole, mais cette tâche ajoute un peu de beurre dans les épinards de ma pension. Me jugeant plus apte que mon poussah à comprendre l'utilité de sa mission, il s'explique:

— Récemment, lors d'un symposium consacré à la défense de la langue française, j'ai fait valoir au ministre de la Francophonie, l'importance du graffiti qui interpelle tout un chacun et que tout le monde lit obligatoirement. Je pré-

FOIRIDON À MORBAC CITY 15

tends qu'il est plus fâcheux de lire une faute d'orthographe ou de français écrite au goudron sur un mur qu'à l'encre d'imprimerie sur une page du *Monde*. Le graffiti oblitère l'esprit et ses éventuelles scories s'y fixent comme la mousse sur une souche. Les corriger est à mon avis une mesure d'urgence. Le ministre en est convenu et m'a donné carte blanche pour tenter d'enrayer le fléau, ce à quoi je m'applique à longueur de journée.

« Pour l'heure, je me charge de Paris et de sa périphérie, mais je crée des sections en province. Lyon, Grenoble, Bordeaux, Toulouse, Angers et Bourges, villes sensibles à la culture, me suivent déjà dans cette croisade. Par contre, Marseille ne m'a pas répondu ; il est vrai que là-bas, soixante pour cent des inscriptions murales sont rédigées en arabe ! »

Il déguste son Riesling d'épicerie et me déclare :

— Les gazettes m'ont appris votre promotion éblouissante, San-Antonio. J'eusse dû vous écrire mon compliment, bon ami, mais je déteste toutes les formes de flagornerie. Féliciter un homme pour son ascension sociale, ses distinctions, mariages, procréations et autres turlurades fait raidir mes doigts sur mon porte-plume.

D'une mimique je lui accorde mon absolution.

Il boit un second verre, ce qui incite Béru à commander un nouveau flacon du même sous-produit.

— Je suis bien aise de vous rencontrer, ce

jour, Antoine, car vous avez en face de vous un homme en pleine expectative.

Il fouille sa redingote et extrait un papier format commercial américain, plié en quatre, qu'il me tend avec deux doigts badins.

— Naturellement, vous lisez l'anglais ? me demande l'Eminent.

J'opine.

Et lis.

Papier à en-tête de

SMITH, SMITH, LARSON AND AGAIN SMITH
10999 AT W 18
SUNSET BOULEVARD
LOS ANGELES

La babille est adressée à Mister Félix Legorgeon, 119 rue du Chemin-Vert, PARIS.

Elle est brève.

Je la traduis.

Monsieur,
Une demoiselle Martine Fouzitout, de natio-nalité française mais habitant Venice, Californie, vient de décéder à l'âge de 44 ans. Auparavant, elle avait laissé en notre étude un testament vous instituant son légataire universel. En consé-quence, nous vous serions reconnaissants de prendre contact avec nous dans les meilleurs délais afin que nous puissions procéder au règlement de cette succession.
Veuillez agréer..., etc.

Je rends sa bafouille notariale à Félix.

— Très intéressant, le complimenté-je. La

tradition veut qu'on hérite d'un oncle d'Amérique, en l'occurrence, il semblerait que ce soit plutôt d'une cousine ?

— Erreur, déclare le prof ; je ne suis pas apparenté à cette femme.

— Mais vous l'avez tout de même connue ?

— Au reçu de la lettre, je ne voyais pas de qui il était question. C'est en explorant ma mémoire que j'ai fini par trouver : Martine Fouzitout est une de mes anciennes étudiantes de la faculté de sociologie.

— Faut croire qu'tes cours étaient bons, rigole l'Infâme. Dis-nous tout, brigand ; tu l'as chibrée ?

Je m'attends à des protestations de notre ami, mais au lieu de dénéguer, il acquiesce :

— En effet, bien que ce ne soit pas dans mes habitudes.

— Raconte, Félisque, enjoint le Gros ; d'puis l'temps, y a circonscription, question s'cret !

— A vrai dire, on peut considérer qu'elle m'a pratiquement violé, déclare M. Félix.

— Oh ! hé, dis, tu bédoles dans les bégonias, mon vieux Tournesol ! Une jeune fille te violer ! T'as vu ça dans un film « X » !

— C'est cependant la vérité ! Les choses se sont passées fin juin. Il régnait une intense canicule sur Paris et je portais exceptionnellement un pantalon blanc très léger au point, qu'à mon insu, il était transparent !

— Compris ! pouffe le Mastard. La miss a vu ton calibre et ça l'a émoustillée ?

— On peut résumer les choses ainsi,

convient le prof. Cette excellente étudiante, passionnée par la matière qu'elle avait choisie, se tenait toujours au premier rang de l'amphi, contrairement à ses condisciples qui avaient tendance à se mettre dans le fond pour déconner plus à l'aise. Ainsi a-t-elle eu la révélation du sexe anormal dont la nature m'a affublé. Elle en a été bouleversée, m'a-t-elle avoué par la suite.

« Jusque-là fille aux sens calmes, davantage tournée vers l'étude que vers la braguette, elle n'avait connu que de brèves et décevantes expériences sexuelles. Dès lors, elle n'eut de cesse d'entrer en relations privées avec moi. Un jour que je gagnais mon métro sous l'orage, elle stoppa son automobile à ma hauteur, me héla et me proposa de me raccompagner. Ne voyant aucun mal à la chose, j'acceptai.

« Parvenue devant mon modeste domicile, elle me demanda de monter jusque chez moi " pour parler ", prétendit la madrée. Je lui fis valoir que mon logis de célibataire ne m'autorisait guère des réceptions impromptues ; mais vous connaissez l'adage ? Ce que femme veut... Trente secondes plus tard, elle franchissait mon seuil et, séance tenante, s'emparait de mon membre.

« Je dois à la vérité de dire que la résistance que je lui opposai manqua d'énergie et mes protestations de véhémence. En fort peu de temps, je me retrouvai avec le pantalon sur les chaussures et la queue roide, ce qui contraignit la donzelle à s'éloigner de moi pour pouvoir

FOIRIDON À MORBAC CITY 19

l'emboucher, ou du moins tenter de le faire
" car le museau du sire était d'autre mesure ".

« Il restait de la pucelle en elle, aussi ne
parvint-elle à ses fins qu'une dizaine de jours
plus tard, après force exercices préliminaires
dont je vous épargnerai les détails mais qui
mettaient un comble à l'impatience de mes
génitoires. Je compensais son désappointement
(et aussi le mien) par mille prévenances allant
de la prothèse de fortune aux palliatifs classi-
ques, toutes choses qui conduisent à l'écume du
plaisir sans vous en accorder la félicité.

« Enfin, à force de louches bricolages, de
manigances lubrifiées, de courage aussi, cette
admirable fille put engouffrer mon infernale
bite, si vous voulez bien me pardonner l'emploi
douteux de ce verbe transitif. Ce fut pour elle,
certes un déchirement, au sens premier du
terme, mais surtout une splendide victoire,
ardemment et chèrement acquise.

« Elle me dispensa une période de vrai bonheur, m'assurant que, malgré notre différence
d'âge, je resterais à jamais l'homme de sa vie et
qu'elle ne m'oublierait plus. D'après la lettre
que voici, je constate qu'elle a tenu parole. »

Est-ce un pleur qui fait briller le regard du
bonhomme ? Comme pour faire diversion, son
« assistant » se met à imiter (à s'y méprendre)
le chant du coq, ce qui fait tressaillir tous les
occupants du bistrot, bougnat compris.

Calmement, M. Félix tire son oignon de
nickel du gousset où il le chauffe.

— Exact, Marquis, il est bel et bien midi,
approuve-t-il.

20 FOIRIDON À MORBAC CITY

Et de nous expliquer que son protégé possède un don étrange qui le fait « chanter le coq » dès six heures et réitérer à chacun de ses multiples.

— Ton Marquis, il aurait pas une araignée dans l'donjon ? suggère Béru.

— Oh ! que cela est vite dit ! proteste Félix. Quelle hâtive classification, mon pauvre Bérurier. Comme on met vite au ban de notre misérable société un être frappé d'anormalité ! Tu vois de la folie, là où il n'y a que poésie. Ce cher et tendre et frêle garçon qui prend la voix du coq pour chanter l'aurore et les heures belles de la journée n'est pas un dingue, mais un elfe. A preuve ? Quand il pleut, il se tait. Son hymne à la vie doit te mettre l'amour au cœur au lieu du mépris. Sauriez-vous lui expliquer cela, Antoine ?

— Moins rapidement que vous ne lui apprendriez le grec ancien, cher Félix. Mais revenons à votre élève de jadis. Vous avez pris contact avec ces tabellions d'outre-Atlantique ?

— Presque d'outre-Pacifique, plaisante l'éminent bonhomme. Oui, mon cher petit : je me suis fendu d'une communication qui m'a coûté la peau des bourses. J'ai dû ânonner mon anglais à quinze donzelles de bureau avant d'obtenir le secrétaire d'un secrétaire qui ne parlait ni le français, ni les langues orientales. Il n'a pas compris grand-chose à mes questions et moins encore à mes réponses.

— T'aurais dû apprend' le ricain au lieu du grec ancien, se marre Bérurier, ça t'eusse été plus profitable.

FOIRIDON À MORBAC CITY 21

— Il est tout de même ressorti quelque chose de votre coup de turlu ? insisté-je.

— Fort peu. Il semblerait que ma gentille « violeuse » de jadis n'a laissé qu'une masure sans étage dans le quartier noir de Venice. Smith, Smith, Larson and again Smith veulent que je me rende là-bas pour signer je ne sais quoi, ou que je délègue un avocat californien.

— Conclusion ?

— Pas de conclusion, mon petit. J'existe chichement en France et n'ai pas les moyens d'aller de l'autre côté du continent américain pour recueillir une cabane pouilleuse qui, je le pressens, me coûterait plus cher qu'elle ne me rapporterait.

— T'es pas curieux, Vieux Nœud, grommelle le roi des cons en faisant signe au taulier de ramener des boissons fermentées.

— Je suis, en effet, plus sage que curieux, admet le prof.

— Félix, soupiré-je, vous, hypersensible, vous venez de le prouver en nous parlant du marquis, vous n'êtes pas ému en songeant à cette fille qui, à douze mille kilomètres de là, vous a légué ce qu'elle possédait après plus de vingt années de silence ?

— Naturellement, balbutie le correcteur de graffitis ; mais je suis ligoté par ce quasi-dénuement que connaît chez nous le corps enseignant. Les gouvernements qui se succèdent en France, n'importe leur coloration politique, sont tous convaincus qu'il convient d'être presque indigent pour transmettre son savoir, si bien que les pauvres bougres que nous sommes sont obligés de se faire députés ou syndicalistes pour pouvoir améliorer notre ordinaire et visiter des pays !

— Vous voulez bien me confier cette lettre, Félix ? Je vais tenter d'en savoir davantage sur l'héritage de Miss Fouzitout Martine. Le papier à en-tête de ma maison amènera peut-être vos trois Smith et le Larson (cherchez l'intrus) à vous fournir de plus amples explications.

2

CHAPITRE
COMPLÈTEMENT ENDOGÈNE

Il est rarissime qu'un Américain parle le français, c'est pourquoi je suis surpris quand ma secrétaire (j'en ai une toute neuve pour remplacer le brigadier Vatefère, parti en retraite) m'ayant annoncé que j'ai en ligne l'étude Smith, Smith, Larson and again Smith, de l'Osen-gelée, comme dit Béru, c'est une voix d'homme maniant admirablement notre langue qui m'entreprend :

— Ici James Smith, monsieur le directeur.

— Vous êtes lequel des trois ? Le premier, le second ou le quatrième ?

— Je suis les trois, monsieur le directeur ; mon grand-père et mon père sont décédés.

— Je suppose qu'il est trop tard pour vous présenter mes condoléances ?

— Pas du tout ; ils se sont tués la semaine dernière dans le crash du vol pour Chicago.

— Navré.

— Pas tant que moi, monsieur le directeur ; mon père était un sale con, mais j'adorais mon grand-père qui avait fondé la boîte.

La voix dégage une énergie peu commune,

m'est avis que l'étude connaîtra encore de longues années de prospérité avec, à sa tête, un *driver* de ce tonus.

L'héritier des Smith et Smith reprend :

— Si je vous téléphone c'est, vous le pensez bien, parce que j'ai reçu votre lettre à propos de l'héritage de votre ami. Je connais d'autant mieux l'affaire que c'est moi qui ai enregistré le testament de Mlle Martine Fouzitout.

— Il y a longtemps ?

— Trois mois.

— Elle avait quarante-quatre ans ?

— Exact.

— N'est-ce pas jeune pour établir un testament ?

— Cela ne veut rien dire. J'ai connu des testataires de vingt-cinq ans.

— Ils ne sont pas décédés trois mois plus tard ?

— Non, c'est exact.

— Quel effet vous a produit cette femme ?

— Plutôt bon. Peut-être buvait-elle un peu car j'ai cru déceler certains des stigmates de l'alcool sous son maquillage ; mais elle était restée assez jolie fille, avec des formes convenables, et des vêtements plutôt chics, comme on dit à Paris.

— Vous a-t-elle laissé entendre qu'elle courait un quelconque danger ?

— Absolument pas.

— Vous ne l'avez vue qu'une seule fois ?

— Le simple dépôt d'un testament n'entraîne pas des relations suivies avec son notaire, monsieur le directeur.

FOIRIDON À MORBAC CITY   25

— Bien sûr. Et que légue-t-elle à Félix Legorgeon ?

— La totalité de ses biens.

— Qui se composent ?

— D'une modeste maisonnette dans le quartier minable de Venice.

— Ça vaut quoi, à vue de nez, ce domaine ?

Rire joyeux de mon terlocuteur.

— Ça vaut la poignée de dollars qu'un *coloured* voudra bien donner. Cela dit, peu est mieux que rien, comme disait mon cher grand-père, et l'héritier devrait venir régler cette situation. Je pourrais le mettre en rapport avec un ami à moi qui fait dans l'immobilier. Ce qu'il tirerait de son héritage lui paierait de toute façon son voyage. S'il ne connaît pas la Californie, ce serait une bonne occasion.

— C'est qu'il s'agit d'un bonhomme assez particulier, monsieur Smith, ce que les braves gens de France appellent « un original » ; je vais faire pression sur lui pour essayer de vous l'envoyer. Ah ! dites-moi, disposez-vous de quelques coordonnées concernant les attaches en France de votre cliente ?

— D'aucune. L'opération qu'elle a effectuée chez nous n'exige pas de curriculum.

On se quitte en se gratulant le con, comme deux correspondants persuadés mutuellement qu'ils sont sympathiques.

Ma pomme rêvasse un instant devant un dossier ouvert relatif à une histoire de drogue dans le quinzième, dont je subodore les ramifications. N'après quoi, je sonne ma secrétaire :

— Rappliquez avec votre bloc, Lise, je vous
prie.

C'est une fille très bien, du genre sérieux.
Brune, coiffure géométrique de l'époque Arts
déco, regard indéfinissable : couleur noisette à
reflets verts, très chouette. Les seins aussi
dodus que ceux d'une planche à repasser ; par
contre un fessier ferme et parfaitement rond
que moule étroitement son jean noir.

Elle porte un chemisier rouge, à col noir, un
tour de cou ancien en or. Le chemisier, débou-
tonné jusqu'à l'estomac, laisse constater la
navrance d'une poitrine encore en devenir. Et
pourtant, malgré sa pénurie de glandes mam-
maires, il y a un je-ne-sais-quoi qui m'excite
dans ce paysage désolé. Je suis un cérébral,
avec des fantasmes à ne plus savoir où les
fourrer !

Huit jours qu'elle est en poste dans le burlingue contigu, et déjà précieuse. Bientôt indispensable. Le genre de gonzesse qui arrondit le
quotidien d'un homme occupé, l'assiste, mine
de rien, et devient vaguement pour lui une
espèce de petite maman extérieure.

Lise est la fille de feu le commissaire Léchot
qui s'est fait zinguer dans un conflit de généra-
tions avec de jeunes truands irascibles. Jadis,
Messieurs les Hommes butaient avec discernement et, en tout cas, jamais un flic. De nos
jours, ils sulfatent à tout va, pour souvent pas
grand-chose et parfois pour rien. Cruautés
gratuites, assurent les sociologues. Hitler avait
prédit la venue d'une génération de tueurs, ce

doux visionnaire. Il assurait que le règne de la férocité viendrait bientôt et que le taux de mortalité s'accroîtrait dans des proportions fantastiques. Je me demande s'il avait pas le nez creux, Adolf, mine de rien ?

A la mort tragique de son père, Lise a largué ses études de droit pour travailler. Alors on l'a prise à la Grande Crèche et c'est le gars Mézigue qui s'en est chargé, en tout bien, tout honneur. J'ai une mentalité biscornue ; pour moi, la femme d'un ami c'est sacré : faut qu'elle y passe. Mais la fille d'un ami mort, je la respecte !

— J'ai un boulot pour vous, ma gentille. Notez une identité : Martine Fouzitout (avec un « z »). Cette personne a fréquenté la fac de sociologie voici une vingtaine d'années en arrière. Retrouvez-moi ses coordonnées de l'époque ; ils doivent bien avoir son dossier aux archives de cette faculté.

Elle trace quelques lignes rapides sur son bloc.

— Je m'en occupe tout de suite, monsieur le directeur.

L'envie me prend de lui dire de laisser quimper le « monsieur le directeur » pour m'appeler Antoine, mais, réflexion faite, ça ferait jaser. Mes gars croiraient que je la saute et j'aime trop la vérité pour laisser se développer pareil malentendu.

A midi, je passe à la clinique André-Sarda où Jérémie est en rééducation pour son nouveau fémur (1). Je découvre Blanche-Neige en training rouge, en train de peser avec sa jambe scrafée sur un harnais de cuir qui tracte une gueuse de plomb.

Mon bon Noirpiot s'évertue, suant et soufflant fort de son nez en forme de gant de boxe.

Il me rit (on dit bien : il me sourit) et je peux vérifier le parfait alignement de ses trente-deux dominos.

— Tu fais des progrès ! le félicité-je.

— A chaque jour suffit sa peine, mec. Qu'est-ce qui te tracasse ?

— Moi ? Rien, tout baigne.

— Mon cul ! Je te connais. Quand tu te trimbales une arrière-pensée persistante, tes pattes-d'oie s'accentuent.

— Merci pour les pattes-d'oie !

— Et alors ! A partir de dix-huit ans, tout le monde en prend ! Y a pas un âge pour vieillir, on vieillit en naissant. Allez, raconte, ça te fera du bien !

Je réfléchis, surpris, parce que, très vraiment, je ne me sens pas en état de tracassage. Mais ses deux sulfures bombés me fouaillent le subconscient. Force m'est d'admettre qu'en effet, un « tout petit quelque chose me turluqueute ».

Et alors, doucettement, je me mets à lui parler de l'héritage échéant (2) à Félisque. Je lui raconte tout, à mon pote, et quand j'ai achevé ce récit qui n'est pas long, j'ajoute :

1. Lire obligatoirement *La Matrone des Sleepinges*.
2. Ah ! ces verbes du troisième groupe, quelle chiasse !

FOIRIDON À MORBAC CITY   29

— Je ne vois pas pourquoi je te narre ça, c'est tellement sans importance.

Il s'arrête de faire geindre sa poulie (soyez poulie, je vous prie !). Me contemple à nouveau et déclare :

— Tu sais bien que ça n'est pas sans importance, Sana ! T'es trop bon flic pour ne pas avoir illico reniflé du pas catho. C'est une odeur que tu connais bien. Je la trouve boiteuse, comme histoire, cette gonzesse qui se jette à la tête de son prof, puis qui, au bout d'un certain temps, abandonne ses études, la France, ses parents, pour filer aux U.S.A. sans prévenir personne. Elle s'installe à Los Angeles et bricole assez pour se payer une masure. Vingt ans se passent. Soudain, elle pressent qu'elle va crever et décide de laisser sa maisonnette au prof qui lui a si « fortement » révélé l'amour. Car, pour tester à cet âge, il faut envisager sa fin prochaine, tu en es d'accord ? Et d'ailleurs, si elle croyait en ses « espérances normales » de vie, elle ne léguerait pas sa maisonnette à un vieux type d'au moins vingt-cinq ans son aîné. Juste ?

— Tout à fait.

— Conclusion, si cette affaire nous tombait dessus, à Paris, nous chercherions illico à savoir de quoi et comment elle est morte ; toujours d'accord ?

— Toujours.

— Maintenant, une question... Crois-tu que Martine Fouzitout léguerait à un Français de France une bicoque sans valeur, située à douze mille bornes de là ?

— Si elle ne possède que cela, pourquoi pas ?

Tester est un acte de foi ou d'amour ; on ne peut donner plus que l'on n'a.

— Dans sa description, ton Smith ne t'a-t-il pas dit qu'elle était assez élégante ?

— Si.

— Ce qui ne correspond pas à l'idée de masure !

— J'ai connu des femmes pauvres qui mettaient toutes leurs piastres dans les chiffons.

— Tu comptes faire quelque chose, grand ?

— Que veux-tu que je fasse ?

Il se remet à tirer sur sa gueuse de fonte. De la sueur transforme sa frite en statue d'ébène. Il est superbe, mon Noirpiot !

— Tu ne te plumes pas trop dans ta clinique, All Black ?

— Ma tribu vient me voir tous les jours. J'ai même réussi à planter un nouveau locataire à Ramadé qui était en pleine ovulation.

— Et la France paiera les allocs, soupiré-je ; tu cherches à prouver quoi avec ta horde de négrillons ?

— Ce que Mathias cherche à prouver avec sa horde de rouquins, riposte mon ami.

— L'instinct de reproduction est la plus grande plaie du monde, annoncé-je, pénétré.

Je le quitte en lui souhaitant « bonne continuation ».

Le printemps est précoce, cette année. Les pelouses de la clinique sont piquetées de perce-neige. Tandis que je m'attarde à admirer ces

FOIRIDON À MORBAC CITY 31

humbles et pâles fleurettes, une main trem-
blante se pose sur mon avant-bras. Pinuche !

Grandiose dans un manteau d'astrakan (la
fourrure est à l'intérieur), coiffé d'une toque
fabriquée avec les « tombées » de la pelisse et
qui lui donne l'air d'un vieux boyard épargné
par les tribulations révolutionnaires de la sainte
Russie.

Son sourire aux dents jaunes me marque de la
tendresse.

— Comment se porte Othello ? me
demande-t-il en désignant le bâtiment géométrique.

— Il pédale et fait des gosses, résumé-je.

Je prends congé de Baderne-Baderne pour
rendre visite à un immeuble sis dans le quartier
de Vaugirard. Celui qu'habitait Martine Fouzitout au temps de sa licence et que Lise, ma
secrétaire, a retrouvé, grâce aux archives de la
fac.

Maison de quatre étages, de bonne apparence. Architecture des années 30 : pierres de
taille dans le bas, balcons dans le haut. Porte
cochère plus épaisse que celle d'un château
féodal.

Je passe le porche et m'arrête devant la loge
de la gardienne pour prendre connaissance du
tableau des locataires. Pas de Fouzitout dans le
secteur.

— Vous cherchez quelqu'un ? s'informe une
forte dame munie d'une choucroute dont le jus
dégouline à travers les mailles de son filet à
provisions.

On en voit de moins en moins (pas des choucroutes, des filets).

La grosse arrivante a un trousseau de clés à la main et ouvre déjà la porte de la loge.

— Fouzitout, dis-je.

Mon interlocutrice lève les yeux vers la lanterne de fer forgé aux vitres jaunes, pendue au plafond.

— Ça remonte à Jérusalem! s'exclame-t-elle.

— Vous avez connu ça ?

— De justesse. La mère est morte l'année où j'ai pris mon service ici.

— C'est-à-dire ?

La choucrouteuse compte sur ses doigts, ce qui lui complique la tâche car ils sont insuffisants à assurer le calcul. Abandonnant son boulier à phalanges, elle s'exclame :

— Oh! oui, c'était l'année où Mitterrand a pris le pouvoir.

J'aimerais rectifier l'impropriété de l'expression qui sous-entend qu'un dictateur gouverne notre pays, mais je préfère laisser quimper. On ne donne pas de leçons de français à quelqu'un dont on espère des renseignements.

— Quatre-vingt-un ? concrétisé-je.

— Positivement !

Enfin quelqu'un qui use des adverbes !

— Elle vivait seule ?

— Complètement. Veuve ! Son mari s'était suicidé quelques années plus tôt et sa fille les avait quittés pour aller vivre aux Etats-Unis d'Amérique. La pauvre femme est morte de chagrin ; elle ne mangeait pratiquement plus :

café au lait, matin et soir ! Elle ne quittait plus son lit sur la fin et c'est moi qui m'occupais d'elle.

« Je lui conseillais d'entrer à l'hôpital, mais elle refusait. Un matin, je l'ai trouvée inanimée, j'ai prévenu le S.A.M.U. et on l'a embarquée, mais elle est morte le surlendemain. J'ai pas pu aller à son enterrement parce qu'à l'époque j'avais des règles si douloureuses que je pouvais pas sortir. Paraît qu'il y a eu personne à ses funérailles ; juste les gars des pompes et le curé. »

— L'essentiel, en somme ? conclus-je.

— Pratiquement !

— Pendant les quelques semaines où vous l'avez connue, elle vous a parlé de sa fille ?

— Jamais ! Un jour, il est arrivé une lettre de l'administration au nom de Martine Fouzitout. La vieille m'a dit de la renvoyer avec la mention « inconnue », et elle a ajouté que sa fille n'existait plus depuis presque dix ans. Elle avait une figure si tragique que je n'ai pas posé de questions.

— Et de son époux, elle vous en a parlé ?

— Juste pour me dire qu'il était mort parce qu'il possédait trop d'honneur. M'est avis que leur fille a dû faire des conneries « là-bas » et qu'ils l'ont su.

Triste histoire ! Elle m'assombrit l'âme. Ce genre de récit sur la misère des hommes me plombe le cœur et je me sens en navrance existentielle.

Je remercie la dame à la choucroute.

— Vous êtes quelqu'un de la famille ? demande-t-elle avant que je m'évade.

— Non, je venais juste annoncer le décès de la fille ; mais puisqu'il n'y a plus personne pour porter le deuil...

Sur l'instant, elle a refusé mon invitation au restaurant, m'man, comme quoi elle avait un haricot de mouton tout prêt ; mais je lui ai fait valoir que c'est le genre de plat qu'on peut réchauffer indéfiniment sans qu'il perde sa succulence.

Elle en est convenue. J'ai ajouté que j'avais envie de fruits de mer et que, chez *Marius et Jeannette,* ils ont des clams gros comme des étuis à cors de chasse. Félicie, c'est son vice, le fruit de mer, alors elle a déclaré forfait et elle est montée se changer. A mis sa robe mauve, son améthyste montée en broche, son manteau gris à col d'astrakan. Un soupçon de fond de teint, une virgule de rouge à lèvres et la voici partante pour la virouze des grands-ducs, m'man.

Saboulée, franchement, elle paraît pas son âge ! Un jour j'ai même surpris un gazier de pas cinquante balais qui jouait des châsses pour la draguer. T'aurais vu son numéro de charmeur à ce nœud volant ! Qu'à la fin, je suis allé à sa table, j'ai versé son verre de bordeaux dans ses coquilles Saint-Jacques à la crème et lui ai dit de se casser d'urgence et que je réglerais sa note. Il est parti sans réclamer son dû ! Ma vieille était

FOIRIDON À MORBAC CITY 35

toute fiérote de me voir comporter ainsi. Un fils
jalmince, c'est pas courant. Je sais des lecteurs
qui vont parler de penchants incestueux, avec
leur esprit tordu ; mais je m'en torchonne le
fion.

Bon, m'man descend l'escadrin en tenant son
beau sac à main sous le bras. Pimpante, la
chérie, radieuse.

Elle éteint tout, partout, biscotte on est
économes chez nous autres Dauphinois. P'pa
m'expliquait que laisser de la lumière dans une
pièce vide, c'est comme de pas fermer en plein
le robinet d'un tonneau. A quoi bon « déper-
dre » le courant électrique ? Je tourne trois fois
la clé dans la serrure (on ne peut pas davantage). Et nous voilà à traverser le jardin nu dans
l'hiver. Juste quelques cardons entortillés de
sacs à pommes de terre ficelés serré pour pas
qu'ils gèlent.

J'ouvre la portière de ma 600 SL à Féloche.
Et comme ma brave femme de mère s'insinue
dans la prestigieuse tire, voilà qu'une Rolls très
Royce stoppe devant chez nous. Une horde en
jaillit : Pinaud, Béru, Félix, le Marquis. Juste le
chauffeur de César qui demeure à son poste.
Moi, ébahi, je regarde cette déversance, pas
joyce de l'arrivage inopiné.

— J' croive qu'on tombons à pique ! jubile Sa
Majesté ; vous partassiez ?

— Nous sommes invités à dîner chez des
amis, mens-je.

— On s'ra pas longs, promet l'Enflure,

l'temps d'te siffler deux quilles de beaujolpif et on les met !

— Nous sommes en retard, argué-je.

— Tu fil'ras un coup d' grelot à tes potes pour t'escuser ; on a quéqu'chose d'important à t'annoncecer, grand, rétorque l'Obstiné.

M'man qui est l'accueil fait femme est déjà à trottiner à travers le jardinet.

Ils entrent. Démocrate foncier, Béru a invité le chauffeur à se joindre. Une chose en amenant beaucoup d'autres, une heure plus tard, on est tous assis autour de la grande table de cuisine, à claper le haricot de mouton en manière d'amuse-gueule.

On se sépare à minuit trente, heure de Greenwich. Pascal, le chauffeur est bourré à mort car on a liquidé vingt-deux bouteilles de Fleurie sur les vingt-quatre que m'a offertes mon ami Louis Prin, de *Ma Bourgogne,* le champion de France des vins de comptoir. Dans l'intervalle, « ces messieurs » m'ont révélé l'objet de leur visite nocturne : Pinaud, toujours grand seigneur, nous invite tous à Los Angeles pour aller « toucher » l'héritage de M. Félix.

Toi qui me lis fidèlement, tu dois te souvenir que j'ai déjà traité de l'Os-en-gelée et de sa banlieue Venice dans une œuvre colossale intitulée *Al Capote,* ouvrage dont le retentissement fut énorme car il apporte enfin la solution sur l'affaire Kennedy. Dans ce livre exceptionnel, je te parlais d'un ancien détenu nommé

FOIRIDON À MORBAC CITY   37

Bolanski, crois-je bien, auquel je rendis une visite mouvementée au cours de laquelle Béru déclencha un sombre patacaisse avec la police du cru pour avoir montré sa queue à notre *taxi-woman* noire. Si tu n'as pas pris connaissance d'un tel roman, cours le demander à ton libraire et, pour le cas où tu ne le trouverais plus, écris de ma part à la librairie Choc Corridor, rue des Trois-Marie, à Lyon, où Jacky, le directeur, se consacre à la permanence de mes zœuvres sur le marché, comme les jésuites au culte de Sainte Tignasse de l'Aïoli (Béru dixit).

Bref, de retour dans la capitale du cinéma par un beau soleil capiteux, j'éprouve le sentiment de ne l'avoir point quittée. Le prestigieux mot « Hollywood » s'inscrit toujours en immenses caractères blancs sur le vert de la colline où l'on a tourné tant de conneries, plus quelques chefs-d'œuvre en noir et *white* que la télé nous repasse parfois sur le coup (unique) d'une heure du matin.

Cette fois, nous descendons à l'hôtel *Sacramento,* lequel se trouve à gauche de la gare routière quand tu regardes les côtes japonaises depuis le front de mer.

Notre richissime ami n'a pas lésiné. Non seulement il nous a fait voyager en *first,* mais de plus, il a pris une suite pour chacun de nous, y compris pour le Marquis bas de plaftard, qui continue de « chanter le coq » sans tenir compte du décalage horaire. Dans l'avion, il a mis les hôtesses en émoi, le pauvre Lagrande-Bourrée car il est rarissime que des passagers d'Air France, longs jets, se livrent à de telles

38 FOIRIDON À MORBAC CITY

fantaisies vocales. Et le voici qui remet le couvert dans l'immense hall du *Sacramento,* au grand dam des employés.

Cette criée de gallinacé, heureusement, apporte une diversion judicieuse à l'exploit intestinal de Béru. Il faut te préciser que notre cher compagnon d'équipée, profitant de son voyage en premières, a abusé des blinis au caviar arrosés de crème aigre. Il a consommé ceux de Félix qui a horreur de la chose, ceux du Marquis et en a redemandé quatre fois à l'hôtesse. Il en résulte un déséquilibre digestif, rarissime chez ce puissant bâfreur, lequel se traduit sous la forme peu avenante d'une diarrhée incoercible.

Une cruelle débâcle le saisit lorsque nous passons la porte tournante de l'hôtel. Le Gradu s'élance avec tant d'impétuosité que la lourde pivote en force et décrit deux tours complets avant de rejeter son passager à la rue.

Cela complique la situation critique d'Alexandre-Benoît lequel, saisi de folie furieuse, se met à hurler :

— Les chiches ! Les chiiiiches, bordel, sinon va y avoir des traces de freinage dans mon bénoche !

Il réussit sa deuxième expédition, pénètre dans l'hôtel, biche un groom bleu et or par le colback :

— The gogues, mec ! The gogues immédiatly, que sinon j'incline tout' responsabilitance !

Mais l'autre pomme, tu penses, il est mexicano ; le discours de l'arrivant, il y entrave ballepeau. Là-dessus, le Marquis joue Chante-

FOIRIDON À MORBAC CITY   39

cler, ce qui fait sursauter tout le monde. Exté-
nué des sphincters, le Mammouth se rue dans le
salon proche, tombe son bénouze et se met à
chier comme un fou sur une plante tropicale en
pot, qui passait par là sans rien demander à
personne.

Le pilonnage est intense et évoque Pearl
Harbor dans sa phase la plus épique. Deux
vieillardes occupées à vider une théière cessent
de boire leur eau chaude pour tenter de
comprendre ce qui se passe. L'une d'elles,
presque aveugle, mais qui parvient pourtant à
discerner le sexe béruréen, demande s'il s'agit
d'un éléphant échappé du zoo. Bérurier continue de tirer ses salves impitoyables.

— Scuse-mi, mes ladies, lance le cher
homme aux dames interdites ; quand t'est-ce ça
vous prend, ces choses-là, faut s'soumett' ou
s'démett' ; d'un peu plus tout c'bonheur partait
dans mon froc et c'tait la cata ! J'eusse dû
procéder à un' tolette en rég', ce dont j'appré-
cille pas beaucoup. Slave dit, si j'aurais un
conseil à vous donner, c's'rait d'aller faire une
virouze su la terrerasse d'où vous pouvez jouir
d'un' vulve impr'nab' su' l'Océan. Vos tarins
poudrés auront tout à y gagner.

Ayant enfin terminé sa boyasse-partie, il
cueille sans vergogne (juste avec la main) les
feuilles en forme de palettes de la plante et s'en
sert de faf à train ; il les dispose ensuite sur le
résultat de sa « mise à jour », histoire de
dissimuler les traces de son passage, ainsi procé-
dent les chats.

40 FOIRIDON À MORBAC CITY

Reculotté, il s'approche des deux vieillasses épouvantées.

— Mes chéries, leur dit-il, j'en sais d'autres qu'auraient offusqué à vot' place, aussi j'vous complimente.

Magiquement, la moins vieille des ancêtres comprend et parle un peu de français. Oublieuse de la partie excrémentielle de l'incident, elle n'en retient que le principal, à savoir l'apparition fugace du membre colossal. En brave Américaine soucieuse d'apaiser ses curiosités, elle demande au Gros s'il serait possible de revoir la chose une dernière fois.

Peu formaliste, le chieur-sur-plante-en-pot exhibe son tube lance-torpilles sans se faire prier. Les consommateuses de thé poussent des cris d'admiration, assurant qu'elles n'en ont jamais vu de semblable.

— Si vous l'prendrez su' c'ton, assure Béru, je vas vous faire admirer l' clou d'not' collection.

De sa voix de stentor, il hèle :

— Félisque ! T'as une minute pour montrer ton chibre à des dames d'la bonne société ?

Notre ami prof qui stagnait avec nous devant le vaste comptoir de marbre de la réception, va rejoindre Alexandre-Benoît, lequel le prie d'extraire de ses braies le boa qui s'y love.

En homme parfaitement libre, n'importe le continent où il se produit, Félix extirpe le prestigieux mandrin en viande crue. Cris forcenés des douairières ! La presque aveugle tire une loupe de son réticule, ce qui ne fait qu'accroître la spectacularité du zob.

FOIRIDON À MORBAC CITY 41

— *My God ! My God !* déclame-t-elle comme du Shakespeare.

— Vot' gode, la mère, vous pouvez l'laisser dans le tiroir d'vot' commode quand on vous montre un panais pareil, classé monument hystérique, et qu'la Faculté d'Paris paie une pension à mon pote pour qu'y le laissasse à la science après sa mort !

Flatté par son succès, Félix déclare que ces deux aimables personnes sont attendrissantes et qu'il tient à les récompenser. Alors il ordonne au Marquis, qui ne le quitte pas d'une semelle, de se dépantalonner à son tour.

Une immense clameur fait vibrer les fondations de l'hôtel, voire les fondements de ses clientes. Ce qui apparaît alors au milieu des ors et de la pourpre palacieuses, est un défi au genre humain. Tu crois que Dieu s'est amusé à tenter un prototype auquel Il s'est empressé de renoncer en raison de sa complète inutilité et de sa monstruosité. Magine-toi qu'à première vue, le Marquis a TROIS jambes. Tu croirais le tronc multiple d'un palétuvier. Ça se réunit tels des tentacules de pieuvre. Cela est effroyable ; il s'agit d'une anomalie insoutenable. Les deux vieilles vivent l'instant culminant de leur longue existence. Ne savent où donner de la prunelle, vont du chibre féroce d'Alexandre-Benoît, à l'infirmité du Marquis en s'attardant au passage sur le chibraque fabuleux de M. Félix. Malgré tout, c'est à lui que revient la palme, son paf gardant les apparences d'une bite.

Chez Lagrande-Bourrée, il ne s'agit plus de gigantisme, mais d'accident de nature. Il fascine

42 FOIRIDON À MORBAC CITY

en écœurant. Tandis que le Gros et Félix déclenchent des convoitises plus ou moins réalisables, mais tout de même ENVISAGEABLES !

Un serveur attiré par les cris et l'odeur se pointe ! Son plateau lui en choit ! Ce bris amène du monde. Ce monde réagit différemment. Un pasteur veut appeler la police, appuyé en cela par le sous-directeur du *Sacramento* qui tient à la répute de sa crèche. Les dames présentes crient que « pas tout de suite, *please !* » ; elles veulent regarder en plein, toucher même, si c'est dans leurs prix.

La situation est réglée par un grand monsieur chauve, à lunettes cerclées d'écaille qui n'est autre que Harold J. B. Chesterton-Levy, le fameux producteur, P.-D.G. de la Gloria Hollywood Pictures, auquel on doit des chefs-d'œuvre tels que *Beignets de courgettes en fleurs, Le Château d'Os, Chérie, viens vite : j'ai fait gonfler ma bite, Barbe Bleue s'est rasé*, et *Ma femme est une sourcière*.

Il contemple le tableautin à la Fragonard que constituent ces trois mâles (ô combien !) déculottés et s'approche de moi avec cette infaillibilité des puissants qui, au premier regard, savent reconnaître un manager d'un déboucheur d'évier.

— C'est vous qui vous occupez de ces gars ? me demande-t-il.

— Cela m'arrive, réponds-je.

Il fait claquer ses doigts et une jeune fille très blonde, coiffée court, vêtue d'une jupe-culotte noire et d'une veste de cuir blanche s'avance.

— Angela, fait-il (il prononce Anguéla), prenez rendez-vous avec monsieur pour demain en fin de matinée.

— Bien, monsieur Levy.

Le magnat saisit un bouton de mon veston léger.

— Dites à vos phénomènes de se reculotter et de ne plus montrer leurs sexes jusqu'à nouvel ordre.

Et tu sais quoi ? Cet homme subjugue tellement que je m'entends lui répondre :

— Bien, monsieur Levy.

Là-dessus, le cinémateur va pour s'éloigner, mais il revient sur ses pas en entendant le sous-dirluche repartir en vociférations chasseresses. Le monsieur nous prie de décamper séance tenante et de nous estimer heureux qu'il ne prévienne pas la police.

Le producteur (qui a conservé le bouton de mon veston dans le creux de sa main, en otage sans doute), déclare au sous-dirluche :

— Vous ne ferez pas de carrière, Haller ! Renvoyer des gens aussi singuliers de votre hôtel est criminel ! Je parlerai de vous à mon ami Tannerbaum, le propriétaire !

L'interpellé se met à applaudir des genoux, à perdre ses couleurs, à baver ses amygdales et à ajouter le fumet de ses vesses à l'odeur prenante des récents épanchements du Dodu.

— Tout compte fait, Angela, déclare le grand producteur international, inutile de pren-

44   FOIRIDON À MORBAC CITY

dre rendez-vous, vous allez installer tous ces messieurs à la Résidence de Malibu et je passerai les voir en fin de journée !

Telle est sa volonté !

3

CHAPITRE ORTHOPHONIQUE
MODULABLE

Il faudrait avoir la puissance évocatrice d'un Robin-Grillé pour parler de « la » Résidence. Elle s'appelle « The Residence » et elle le mérite. Campée sur la verdoyante colline de Malibu, elle est de style colonial New Orleans, avec huit colonnes de marbre soutenant des chapiteaux corinthiens à couettes et des volées de marches, en marbre également et non en bois vert.

Trouvant l'aventure plaisante, je me laisse chaperonner par Angela. Fille étonnante, presque cybernétique tant elle est tournée vers la seule efficacité. Elle doit être plus que précieuse à un homme aussi suroccupé que le big boss de la Gloria Hollywood Pictures. Sa beauté ne paraît être que « de politesse ». Elle vise à l'agrément de l'œil afin de rendre sa présence plus agréable et non à la séduction charnelle. Une ravissante dame robot, pour te faire comprendre. Rapide, affûtée, vite indispensable pour qui bénéficie de ses prestations.

Nous nous déplaçons à bord de deux immenses Lincoln long châssis. La fille est assise sur le canapé faisant face au mien, dans le sens contraire à celui de la marche. Elle m'interroge en cours de route pour commencer à établir mon dossier : nos noms, qualités, adresses.

Pour la rubrique emploi, je réponds « fonctionnaire d'Etat » et c'est bien suffisant comme ça.

Lorsqu'elle en a terminé avec ses questions, je lui demande ce que Mister Chesterton-Levy attend de mes scouts.

Elle répond, impassible :

— Qu'est-ce qu'un producteur de films peut attendre de phénomènes ?

— Les montrer ?

Une brève mimique, qui peut être d'approbation ou de n'importe quoi, me répond.

Et donc, on arrive. Avant de commencer son interrogation orale, Angela a téléphoné à un certain Bruce pour l'informer de notre arrivée et lui ordonner de faire préparer cinq chambres et un lunch copieux.

Et puis tu vois, on est à pied d'œuvre chez les parents de Scarlatine au Haras (Béru a vu « Autant en apporte le vent »).

The faste ! Un majordome en veste noire et pantalon rayé nous accueille au pied du perron. Je descends de la première voiture que je partage avec la donzelle et Pinaud. J'ai du mal à le réveiller car il est terrassé par le décalage horaire.

Félix et son anormal sont déjà à quai. Le prof maugrée. Explications : Béru a récidivé dans la

FOIRIDON À MORBAC CITY   47

bagnole et, effectivement, c'est un tas de merde qui s'extrait, cul nu en avant. Frime du major-dome ! De mémoire de larbin..., etc. Le Mahousse est maintenant sur le fin gravier blanc, tenant son futal à bout de bras. Son chauffeur vient rejoindre le mien pour tout lui raconter. Histoire douloureuse d'un gros côlon en perdition et d'un trou du cul vaincu par l'adversité. Déchéance d'une Lincoln de haut prestige d'où l'on retire habituellement les poussières à la pince à épiler !

Le Gros tend sa main libre (mais souillée) au pape des esclaves.

— Salut, mon grand ! j'ai z'eu un ennuille de tuyauterie, mais inquiétez-vous pas, avec K 2 R, c's'ra un vrai bonheur d'récupérer c'te banquette !

Il confie son futal indescriptible au major-dane terrorisé par « la chose étrange venue d'ailleurs », puis va à une vasque (il adore les vasques de Los Angeles décidément) d'albâtre où glouglloute un dauphin d'or à l'œil abruti et y prend un bain de siège.

— C'est pas que j'aime ça, nous lance-t-il, mais faut bien s'enlever le plus gros, non ?

Ces ablutions publiques attirent un peuple qu'elles sidèrent. Il est curieux de constater à quel point tout fait anormal, ou qui tranche avec la monotonie du quotidien, rassemble les badauds. Je te l'ai sûrement dit quelque part, mais j'ai souvenance d'être tombé en panne, un jour, à la lisière du Sahara, dans un paysage lunaire, sans aucune forme d'habitation. Cinq

48   *FOIRIDON À MORBAC CITY*

minutes plus tard, une vingtaine d'autochtones me cernaient en piaillant !

Des larbins déguisés en abeilles, des femmes de chambre échappées de pièces de boulevard, se massent pour admirer l'homme à la grosse bite en train de se décaper le fion.

— S'agit-il d'un primate ou réellement d'un homme ? me demande Angela.

— Je le connais depuis plus de vingt ans et n'ai jamais résolu le problème, avoué-je.

Le personnel (surtout le féminin) ne se lasse pas de contempler la chopine du Mastard. Les jeunes filles écarquillent du regard et de la moniche devant cet appareil imposant, supputant en aparté (voire in petto) si elles seraient aptes à l'engouffrer.

Enfin, Angela rompt le sortilège pour nous convier à pénétrer dans la demeure. Le majordome veut restituer son futal au Gros, lequel le renie d'un geste.

— Non, mon pote, laisse : j'en aye un aut' dans ma valdingue ; j' t' l'fais cadeau ! Bien briqué av'c Ariel-Plus-Ammoniaqué, tu pourras l' mett' pour aller à la pêche, en l'serrant bien à la taille.

Et voilà qu'il se tait et adopte la posture élaborée du « Penseur » de Rodin.

— Oh ! fan de pute, gémit l'Obèse, caisse y m'arrive ?

Son visage se transforme à vue d'œil, se crispe, pâlit et violit simultanément, comme une photo polaroïd décolorée au soleil.

— Eh bien ? le pressé-je, alarmé, redoutant quelque infarctus de mauvaise rencontre.

FOIRIDON À MORBAC CITY

— Mon prose! gémit Alexandre-Benoît.

— Quoi, ton prose?

— Y m'brûle comme si j'm'aurais assis dans une bassine de piment en sauce! C'est d'l'acide qui coule dans c'bassin, ou quoice?

Je vais tremper ma main dans la vasque où le dauphin continue de dégueuler sempiternellement.

— De l'eau, mon grand, belle et fraîche!

— Pas possib'! J'ai l'œil d'bronze en feu, grand! Et aussi l'entr'miches. Intolérab', Ouille! Oh! Seigneur! Saint Alexand', Saint B'noît, prilliez pour moi! J'agonise du cul! Faites quéqu'chose, tout l'monde! App'lez un docteur, un médecin, un toubib, n'importe!

Et il geint à fendre l'âme. Il court à la pelouse, s'y assoit, traîne son dargif dans l'herbe rase comme font les chiens après leurs besoins. Ses cris se changent en clameurs. C'est aussi horrible que la salle des sévices, au temps de la Sainte Inquisition.

— Appelez un médecin! dis-je à Angela.

Je vais m'agenouiller auprès du supplicié.

— Montre un peu ton dargeot, Gros!

Il.

A mon tour d'exclamationner. Spectacle tellurique! L'intérieur des fesses béruréennes n'est qu'une effroyable tuméfaction pourpre agrémentée de bubons royaux, énormes, dont chacun ressemble au Fuji-Yama enneigé, miniaturisé.

— C'est vilain? demande le malade entre deux plaintes.

— Pas racontable, fais-je en retenant un

spasme qui allait trahir les croissants du petit déje.

La suite est plutôt confuse. Angela m'apporte un pot de pommade et des gants confectionnés dans un caoutchouc fin comme celui des préservatifs. Je domine mon hyper-répulsion et tartine la raie culière du Gros, ce qui accroît ses hurlements déchirants.

Pinaud donne des conseils qui ajoutent à ma nausée. M. Félix et son protégé, jugeant leur présence inutile, sont allés prendre possession de leurs appartements.

Une demi-heure plus tard, un médecin coiffé queue-de-bourrin, vêtu de blanc, chemise bleue à pois blancs, grosses bagues à tous les doigts, s'apporte, examine, et court gerber derrière la roseraie voisine. Quand il réapparaît, il ordonne l'hospitalisation urgente de notre malheureux compagnon.

— De quoi souffre-t-il? demandé-je à l'homme de l'art.

L'interpellé hoche la tête.

— Ce type a dû avoir des relations sexuelles avec un singe, diagnostique-t-il; je pencherais pour un babouin.

— Caisse y dit? demande mon Béru.

Je lui traduis.

Alors le Gravos arrache un de ses souliers et le propulse dans la frite du docteur.

Ce dernier morfle la tatane de son client en pleine poire.

Le lancer a été aussi rude qu'un lancer de

FOIRIDON À MORBAC CITY   51

nain (1) car le pif du doc explose, de même que sa lèvre supérieure.

— Dis à c'pédoque qu' j' y bricol'rai les portugaises et la mâchechoire sitôt qu' j'serai en état ! déclare l'homme dont le derche joue « Volga en flammes ».

On mande un autre docteur pour soigner le médecin ; ainsi qu'une ambulance pour évacuer Bérurier, et la vie redevient comme un long fleuve tranquille.

La Résidence est princière (celle d'un prince qui aurait du goût). A quoi bon te la décrire puisqu'on s'y trouve d'une façon très provisoire ? Ça ne servirait qu'à te faire envie. A lire ça dans ton F 4 tu bicherais de l'urticaire ; la jalousie en provoque fréquemment.

Vaste chambre avec salle de bains en marbre tabac, dressing en palissandre, bar rempli de boutanches rarissimes (il y a même de l'Yquem 67), vibromasseur à quatre vitesses, poupée gonflable à peau satinée (elle suce, dit des conneries et a ses ragnagnas comme une vraie femme), salle de culture physique attenante, et aussi de projection, avec une filmothèque comportant deux mille cinq cents cassettes, aérateur émettant, au choix : de la brise de printemps, de l'air marin, de la douceur angevine et de la chaleur d'août réelle.

Depuis les vitrages de ma chambre, je décou-

---

1. Le lancer de nain est un sport interdit en France, certains de mes amis (dont je tairai le nom) ayant fait campagne contre, par crainte de servir de projectile.

52 FOIRIDON À MORBAC CITY

vre un paysage qui ferait mouiller plus d'un mais qui cependant me laisse tiède, car je hais les chromos (ils stéréotypent les rêves des gens, leur insufflant des désirs d'évasion qui deviennent pacotille, passés au filtre de leur sottise). Je distingue de somptueuses propriétés étagées dans une verdure hors de prix, d'immenses piscines aux architectures bizarres et qui font appel à tous les bleus et tous les verts jamais conçus par la nature ou par l'homme.

Tout en bas : l'océan, dit Pacifique, avec des voiles, des bateaux à moteur, des véliplanchistes, des Daboville, des carcasses bronzées, des paquebots au loin, des cerfs-volants au plus près, des taches d'huile, des lutins, des butins, des hutins, des mutins, des putains qui grouillent sur le sable blanc. A droite, des palaces, à gauche, des restaurants. Un peu partout, des oriflammes qui claquent au vent (en cas de défaillance d'Eole, chaque mât est équipé d'une soufflerie).

Je me décide enfin à appeler l'ultime Smith de l'étude Smith, Smith, Larson and again Smith. Il me répond, sachant que je suis moi, s'exclame de satisfaction parce que nous sommes à Los Angeles et paraît fortement impressionné d'apprendre que nous logeons chez Harold J.B. Chesterton-Levy, l'empereur d'Hollywood.

— Je viens tout de suite ! annonce-t-il en produisant déjà un bruit de moteur d'auto avec la bouche.

Je m'attarde un instant devant la poupée gonflable installée dans un fauteuil. Sur le

FOIRIDON À MORBAC CITY 53

guéridon posé près d'elle, se trouve une sorte de tableau constellé d'une série de touches dont chacune comporte une indication. Sur la première, y a écrit « *voice* » (voix). Je l'enfonce. Le mannequin se met alors à jacter. Voix de Marilyn (c'est d'ailleurs le nom de la poupée). T'ai-je informé qu'elle portait des bas, un porte-jarretelles, une culotte noire fendue et un boléro d'hermine ? Sa chevelure est d'un blond pétasse très platiné.

Elle dit :

— Bonjour, beau gosse. Je m'appelle Marilyn et tu me fais mouiller de désir. Si tu veux que je te commence par une pipe, enclenche la touche numéro deux. Si tu veux me bouffer la chatte, use de la touche numéro trois. Pour baiser, il faut me porter sur le lit et revenir enclencher la numéro quatre. En ce qui concerne l'étreinte anale, enduis ton sexe de vaseline (le pot est près des commandes) car je suis neuve et mon anus est encore en rodage. Pour d'autres fantaisies, reporte-toi à la notice qui se trouve sous mon bas de la jambe droite. Terminé.

N'ayant pas la perversité robotique, je délaisse cette compagne des temps futurs et vais me servir un verre de Château-Yquem.

Tandis que je le déguste, regard clos, comme il sied, et les genoux parfaitement parallèles au bord de mon siège, l'écran de télévision s'allume et surgit du néant un gros plan d'Angela.

— Tout est O.K., monsieur San-Antonio ? demande la collaboratrice du produc.

54 FOIRIDON À MORBAC CITY

— Ça baigne, *my dear*.

— Il y a-t-il quelque chose ou quelqu'un que vous souhaiteriez ?

Tu connais ton pote Sana ?

— Vous, réponds-je, mais je me doute que c'est impossible, alors je rêve.

Elle a un sourire métallique (alors que la poupée en possède un plus humain) et l'écran redevient un rectangle con de verre inerte et troublasse.

J'ai déjà éclusé la moitié de la fabuleuse bouteille (je préfère appeler la chose un flacon, le mot me semblant plus aristocratique) lorsqu'on m'annonce l'arrivée de Mister Smith.

Je vais l'accueillir sur le pas de ma porte.

C'est un grand garçon d'une trentaine d'années, aux cheveux ondulés, de couleur déjà grise, vêtu d'un costard prince-de-galles et d'une chemise bleue, ce qui est d'un classicisme propice à sa profession. Visage allongé, basané et rieur, regard clair, direct.

Jeu du serrement de paume.

Il sent bon l'eau de toilette virile. Tout comme moi, il porte une Pasha Cartier au poignet, équipée d'un bracelet bleu intense.

— Ainsi, vous avez décidé Mister Legorgeon à venir jusqu'ici ?

— Affirmatif ! conné-je, pour dire de. Je vais lui demander de nous rejoindre ; mais auparavant j'aimerais discuter un peu avec vous.

— Facile.

— Vous savez de quoi est décédée la fille Fouzitout Martine ?

— Pas la moindre idée.

FOIRIDON À MORBAC CITY 55

— Qui vous a informé de sa mort ?

Il sourit très nacré :

— Elle, monsieur le directeur.

— Pas banal. De quelle manière ? Un guéridon tournant ?

Il puise dans une mince serviette à manettes un fourre contenant un seul feuillet et me le présente. C'est une lettre non datée adressée à l'étude Smith, Smith, Larson and again Smith. Je la lis :

Messieurs,

Quand la présente vous parviendra, je serai morte et incinérée ; vous voudrez bien, dès lors, procéder aux formalités testamentaires inhérentes à mon décès et prévenir au plus vite M. le professeur Félix Legorgeon, mon héritier, en l'invitant à faire jouer ses droits. La personne chargée de vous faire tenir cette lettre y joindra la photocopie de mon permis d'inhumer certifié par les autorités locales.

Veuillez agréer l'expression de mes salutations empressées et définitives.

Martine Fouzitout.

Au verso de la bafouille, se trouve la reproduction d'un certificat de décès signé d'un docteur Douglas Ferblan, de Venice. Le document comporte une apostille de la police.

— Vous pouvez le conserver, assure joyeusement Smith, il s'agit d'une reproduction.

— Qui vous l'a fait tenir ?

— Le prêtre d'une paroisse catholique de

Los Angeles ; le père Machicoule. Voici son adresse.

Il arrache un feuillet collé à l'intérieur de sa serviette.

— Merci de votre efficacité, Smith. Larson va bien ?

Il sourcille.

— De quel Larson parlez-vous ?

— Eh bien, de votre dernier partenaire, celui qui figure sur le papier de votre maison.

Il rit de plus rechef.

— Oh ! lui, il n'a jamais existé. Grand-père avait intercalé ce patronyme dans la raison sociale, histoire de couper un peu cette foutue litanie des Smith.

Ils sont farceurs dans leur famille !

Je mande M. Félix et il se pointe, muni de ses pièces d'identité. Présentations, gratulations. Un chant de coq retentit dans la vaste demeure.

— Tiens ! Déjà midi, note le professeur.

— Je me suis muni des clés de votre maison, déclare le notaire, désirez-vous que nous nous y rendions tout de suite ?

— Volontiers, accepte Félix.

Il va ramasser son monstre et nous partons à bord de la Mercedes (dernier chic en Amérique) de Smith.

— Appelez-moi James ! nous dit-il. Ainsi vous êtes lié avec le grand Harold J. B. Chesterton-Levy ?

— Intimement, mens-je.

— Vous savez que c'est le *number one* d'Hollywood ?

— Je sais.

FOIRIDON À MORBAC CITY 57

— Le gouverneur lui mange dans la main et les flics balaient de leur langue le trottoir qu'il emprunte.

— Cela va de soi.

— Quand il a envie de baiser, il fait téléphoner à n'importe quelle vedette et elle enlève déjà sa culotte en grimpant l'escalier de sa chambre !

— Une vie de rêve, quoi !

— Un jour qu'il était amoureux, il a fait colorer le ciel et l'océan en rose pour accueillir l'objet de sa flamme.

— Un type bien, apprécié-je.

— Quelqu'un ayant volé le bouchon de radiateur de sa Rolls, il a ordonné qu'on branche le suivant sur une batterie spéciale et deux types sont morts foudroyés dans la semaine d'après.

— Bien fait pour leurs pieds, James !

— Vous savez qu'il ne s'appelle pas Levy ?

— J'aurais plutôt pensé qu'il ne s'appelait pas Chesterton. Pourquoi a-t-il ajouté ce nom israélite au sien ?

— Pour inspirer confiance. En réalité, il est d'origine galloise.

— On joue beaucoup avec les patronymes dans votre beau pays, non ?

— Exact, Tony. Ce qui importe, ici, c'est l'efficacité.

— Ça paie !

*
**

On pénètre dans Venice, ville sans le moindre rapport avec son homonyme italienne.

58 FOIRIDON À MORBAC CITY

Populeux, coloré, cradoche. Plages à bon marché. Ça fouette la friture inrenouvelée, le poisscaille mécontent, la sueur prolétarienne, le parfum-couvre-merde. Le quartier *black* bidonvillise à mort. Le matériau le plus usité est la tôle ondulée (et, comme dit Béru : les vaches aussi ont du lait).

Dans un premier temps, James Smith se plante car il n'est jamais venu voir la maison de feu Martine Fouzitout ; il y a dépêché un de ses collabos et, ce qu'il sait de la masure, c'est par ce messager d'élite qu'il l'a appris.

On stoppe pour finir (plutôt pour commencer, tu verras !) devant une crèche en planches peinte en vert et rouge, avec tout de même un soubassement de briques. Trois marches de bois, démises et plus branlantes que les ultimes dents d'un vieux cultivateur pyrénéen, permettent d'accéder à une porte vitrée. Smith essaie deux clés et, naturellement, c'est la seconde qui sésame. Nous pénétrons alors dans un singulier logis, sombre, où flotte une odeur indéfinissable, plutôt opiacée, je dirais. Une sorte de living où règne ce que les vrais écrivains qui ont leur patente et la Légion d'honneur appelleraient « un désordre indescriptible ». Ce n'est que souillerie, vaisselle sale, déchets, bris de meubles.

— Suivez mon conseil, fait James Smith : mettez cette baraque en état avant de la vendre car telle qu'elle est on vous en proposerait le quart de sa valeur.

FOIRIDON À MORBAC CITY 59

Félix se déclare pleinement d'accord avec ce judicieux raisonnement.

La pièce contiguë au living est, bien entendu, une chambre. D'emblée, on sent qu'au départ elle fut aménagée avec goût : lit capitonné d'un beau tissu à fleurs, à présent taché de café, de sang, et constellé de brûlures de cigarettes. Tapis et rideaux troués, maculés, arrachés à demi de leurs tringles en ce qui concerne les derniers. Un secrétaire disloqué et une commode sans ses tiroirs attestent les débordements de la locataire, de même que des chaises Napoléon III, qui se sont mises à l'unisson en n'ayant également que trois pattes. Quelques dessins sont miraculeusement restés aux murs, d'autres, moins respectés, gisent sous le lit.

La mère Fouzitout devait se payer des crises d'éthylisme mimi tout plein, crois-je deviner. Ce n'est pas la drogue qui donne ce genre de réactions, mais l'alcool. D'ailleurs, je n'ai pas de mérite à deviner la chose vu que partout gisent des bouteilles de vin rouge vides.

— J'ai différentes pièces à vous faire signer, déclare Smith, essayez de trouver une chaise valide, Mister Legorgeon.

Il ouvre sa belle serviette à manettes rentrables et étale des papiers sur un coin de table préalablement débarrassé des saloperies qui l'encombraient.

En homme avisé, le prof me prie de lui traduire les documents proposés à son paraphe.

Tout me paraissant O.K., je laisse Félix distribuer des autographes.

60   FOIRIDON À MORBAC CITY

Ensuite de quoi, l'ultime survivant de la maison Smith, Smith, Larson and again Smith nous ramène à Malibu et nous prend un gros congé, après avoir remis les clés de son héritage à l'Eminent.

Son départ étant acquis, M. Félix me chope pour un concile à Bulle (Canton de Fribourg).

— Pensez-vous, Antoine, que cette ignoble bicoque méritait que nous nous déplacions?

— Sans aucun doute, fais-je-t-il.

— Mais elle ne vaut pas tripette! regimbe « la queue du siècle ».

— La construction, certes, je vous l'accorde (à violon), mais ce qu'il y a à l'intérieur vaut une petite fortune, mon bon.

— Que me baillez-vous là, mon petit? Ce n'est que mobilier réduit en épaves, ordures et déjections séchées. Cette malheureuse était retournée à l'état sauvage. Les draps de son lit témoignaient de menstrues incontrôlées, ce qui est le bout de la nuit chez une femme!

— Seulement, il y a le reste, cher Félix.

— Et c'est quoi, le reste?

— Les dessins accumulés dans la chambre.

J'empare le vieux calepin qui me vient de mon papa et trouve la page sur laquelle j'ai établi l'inventaire:

— Onze Magritte, lis-je. Cinq Botero, deux Gnoli, une gouache de Nicolas de Staël, deux de Delvaux, le tout représente plusieurs millions de francs.

Rempochage du carnet à couverture de moleskine noire, papier jauni et rayures. Je t'en ai souvent parlé: il s'agit d'un lot racheté jadis

FOIRIDON À MORBAC CITY 61

par papa à un papetier en déconfiture (de coings).

Il est siphonné complet, le prof.

— C'est sérieux, Antoine ?

— Elémentaire, mon cher Watson ! Nous retournerons tantôt dans votre nouvelle maison, nous prendrons l'une des œuvres dont je vous parle et la ferons expertiser pour vous convaincre.

Il secoue la tête, comme accablé.

— Riche, moi ! s'exclame-t-il. Il ne pouvait rien m'arriver de pire ! Comment vais-je employer tout cet argent ?

— Vous pouvez ne pas convertir la collection en dollars, mais la conserver telle qu'elle est et continuer de vivre votre quotidien auprès d'elle, lui fais-je. Après tout, ce sont des dessins qu'elle vous lègue, votre élève d'autrefois ; pas de la *money*.

— Très juste, dit Félix, brusquement soulagé.

Le majordome vient nous annoncer que le lunch est servi.

— Sir, ajoute-t-il, la clinique Santa Tempaxa vient de téléphoner pour dire que votre ami souffre d'un red-backside purulent consécutif à un frottement des parties lésées par une plante tropicale vénéneuse bien qu'elle soit d'agrément. Cela s'appelle le basic-instinct-corrosif. L'on va lui faire l'ablation de ses parties charnues inférieures et tenter de lui greffer le séant d'un chimpanzé, en remplacement.

— Rien ne saurait mieux lui convenir, assuré-je.

4

CHAPITRE QUI FAIT APPEL
AU GALVANISME

L'église Santo Prosibus est modeste. Très ricaine : mi-pierre, mi-bois ; mi-figue, mi-raisin. Clocher minuscule d'où sort la cloche comme une orchite double d'une braguette.

Le père Machicoule est occupé à cueillir les dattes de son jardin lorsque nous survenons, Pinuche et moi ; d'énormes fruits gros comme des saucisses de Francfort, charnus, mielleux et presque sans noyau.

L'ecclésiastique porte un long short qui découvre ses jambes velues, un tee-shirt blanc sur lequel est imprimée une pub pour Coca, des tennis éculés, une barbe profuse, des lunettes de soleil à monture de plastique bleu. Il pète en trombe toutes les vingt secondes, because, nous apprendra-t-il, il se nourrit exclusivement de lait et de *chili sin carne,* plus du bourbon si j'en crois son pif pareil à une fraise de Bû (Eure-et-Loir) primée dans un comice.

Son nom me donnant à espérer qu'il est français, c'est dans la langue des frères Corneille (tous deux de l'Académie française) que

FOIRIDON À MORBAC CITY 63

je lui adresse la parole. Une fois de plus, ma
sagacité n'est pas prise en défaut puisqu'il se
signe en disant :

— Merci, Seigneur : des compatriotes !

La glace est rompue et sert à rafraîchir les
verres de whisky qu'il s'est hâté de remplir
après nous avoir entraînés à sa cure.

Illico, on pige que ce prêtre croit en Dieu,
aime la vie et, qu'accessoirement, les plaisirs
d'ici-bas ne lui posent pas de problèmes majeurs.

— Appelez-moi Raymond, nous demande-t-
il, gagné qu'il est aux coutumes de familiarité
d'outre-Atlantique.

On gorgeonne en triangle. Il a la verse facile,
le père Machicoule.

Sa servante, une grosse fille noire, plantu-
reuse comme un Saint-Honoré à la crème, va
quérir une seconde boutanche de Four
Roses (1). Quand elle l'apporte, Raymond lui
flatte les meules de sa main consacreuse, ce qui
paraît être agréable à la dondon *black*.

Le père ne s'informant pas de l'objet de notre
visite, je le lui expose en termes concis (s'il était
rabbin, je le ferais en termes circoncis).

— Ah ! la môme Martine ! fait-il en s'assom-
brissant ; en voilà une qui m'a donné bien du
tracas.

— De quoi est-elle morte ?

---

1. Dans tous mes *books,* les buveurs de bourbon
éclusent du « Four Roses », non que je sois sponsorisé par
cette marque, mais c'est la seule dont je me souvienne. Je
déteste le whisky en général et le bourbon en particulier,
malgré la sympathie que j'éprouve pour Louis XVI.

— D'un ictère négligé, mon cher ami.

— Pas du tout de mort violente ?

— Pensez-vous ! La pauvre gosse à traîné des mois dans un hôpital de Pasadena. Je lui ai porté l'extrême-onction la veille de son décès. En même temps, j'ai glissé sous ses draps une bouteille de vin, ces cons de médecins lui refusant tout alcool alors qu'ils la savaient archifoutue !

— Elle picolait ?

Il écluse son godet et essuie sa barbe avec son mouchoir, du breuvage s'y étant fourvoyé.

— C'est pas le verbe qui convient ! Sur la fin, elle aurait pu s'enquiller son pinard en intraveineuses, elle n'aurait pas hésité !

— Elle avait un copain ?

— Pas un, des ! Elle avait les fesses généreuses, la mère ! Pas regardante sur ses partenaires, elle s'appuyait de tout, y compris des *coloured* et ça n'est pas très bien vu ici.

— Vous la connaissiez depuis longtemps ?

— Une bonne dizaine d'années. Un jour, grâce à un retour de sa foi, elle s'est mise en quête d'un prêtre français et m'a déniché.

— Que lui était-il arrivé, qui motive ce retour à Dieu ?

Raymond emplit nos glasses pour la énième fois :

— Secret de la confession, mon pote !

— Elle vivait comment à Venice ?

— Plutôt pas mal.

— Elle travaillait dans quoi ?

— Dans rien de précis, au début elle avait été femme de salle dans un hosto, mais elle avait lâché, et, depuis, passait ses occupations sous silence.

— Mais elle avait du fric ?

— Suffisamment pour bien vivre, malgré la modestie de sa maison. Il lui arrivait souvent de m'allonger une pincée de verdâtres.

— Prostitution ?

— Qui sait... Après tout, c'était son cul, non ?

— Elle buvait déjà, au début de vos relations ?

— Oui, mais cela n'avait rien de commun avec les muflées des toutes dernières années.

— Elle ne vous a jamais fait part d'un danger qui l'aurait menacée ?

— Si : celui que constituait sa maladie.

— Elle se savait fichue ?

— Naturellement, et même...

— Oui ?

— Non seulement elle ne redoutait pas la mort, mais on aurait dit qu'elle la souhaitait. Il existait chez elle une sorte d'inaptitude à vivre ; un désenchantement profond. Mais buvez donc, mes *french boys,* vous préféreriez du vin ?

— Cher Raymond, nous achevons la deuxième bouteille de raide, cela suffit.

Pinuche qui somnolait derrière son mégot réagit.

— Mon père, fait-il, cela vous ennuierait de m'écouter en confession ? Il y a très longtemps que je n'ai soulagé ma conscience.

— Depuis quand ?

— Ma première communion.

— Ben mon pote, il va falloir préparer la

chose, assure le père Machicoule. Vous vous rendez compte de ce que vous avez à déballer ?

— Vous savez, Raymond, c'est une belle âme, certifié-je ; ça ne devrait pas être trop compliqué !

Vaincu par ma caution, Raymond se lève, pète un coup sec et se dirige vers sa chapelle.

— Opération de nettoiement, gouaille le religieux, la voirie, en voiture !

Exit les deux. La servante noire met à profit pour venir me chambrer avec son regard de braise et son quintal de nichons.

Elle me sourit.

Sa bouche en chambre à air de camion s'entrouvre pour suggérer une propose sexuelle que je redoute cannibale.

Elle soupire avec les seize litres d'oxygène emmagasinés dans ses soufflets.

— *What is your name ?* je la questionne pour meubler.

— Grace.

J'ai envie de lui demander si cela s'écrit avec un « c » ou deux « s », mais le jeu de mots serait intraduisible en californien.

— Grace, l'attaqué-je, vous avez connu Miss Martine, une amie française du père ?

— Qui est morte récemment ? Bien sûr que je l'ai connue ; elle venait si souvent ici !

— Quelle genre de femme était-ce ?

La grosse servante fait la moue et sa chambre à air de camion devient une chambre à air de Boeing 707.

— Sympathique, mais elle...

Elle fait le pouce de l'auto-stoppeur à la hauteur de sa bouche pour exprimer la picole.

— Comme le père aime bien ça également, à la fin du jour ils étaient raide blindés.

— Vous lui avez parlé seule à seule quelquefois ?

— Pendant que le père devait s'absenter, je lui tenais compagnie, oui.

— Entre femmes, on se fait des confidences ; elle ne vous a jamais parlé de ses occupations ?

— Non, mais je pensais qu'elle vivait de ses rentes.

— Et de ses relations, elle y a fait allusion ?

La grosse fille va pour dénégater, puis se ravise, éclairée de l'intérieur par une idée subite.

— Si, un jour ; elle avait beaucoup bu en attendant Raymond appelé pour une extrême-onction par des Mexicanos du coin, elle a dit : « Demain, faut que j'aille dans l'Utah ; rien qui me fatigue autant que ce putain de Salt Lake Desert ! » « Vous y allez souvent ? » que je lui ai demandé. « Chaque premier vendredi du mois, et j'y attrape une pépie du diable », elle m'a répondu.

Grace, la grasse, se rapproche de moi.

— Vous la connaissiez, Martine ?

— Non et j'essaie de m'en faire une idée. Elle vous a parlé de la personne qu'elle allait voir là-bas ?

— J'ai essayé de la questionner, mais elle s'est mise en boule, comme un hérisson tracassé par un chien. C'était son secret et il était pas

question qu'elle s'en sépare ! Tête de pioche !
comme dit Raymond.

Le logis du religieux est assez propre grâce à
Grace pleine de grâces, mais dénuemental.
Juste le fonctionnel extrême.

— Vous aimeriez que je vous fasse une pipe
française ? s'informe l'obligeante servante.

Un peu surpris, mais je m'attends toujours à
tout, ce qui me permet de faire du slalom avec
l'infarctus, je m'enquiers de la différence exis-
tant entre une pipe française et une pipe
américaine, par exemple.

— Dans la pipe française, on va jusqu'au
bout, m'assure cette charmante fille.

— Qui vous l'a enseignée ? risqué-je en me
préparant à un signe de croix clandestin pour
conjurer la réponse que je crains.

— Un neveu de Raymond qui est passé le
voir pendant son voyage de noces aux States.

Je salue mentalement ce courageux garçon
qui a trouvé le moyen de parachever l'éducation
sexuelle d'une Noire méritante alors qu'il
accomplissait cette dure corvée qu'on qualifie
de « voyage de noces ».

Mais soulagé par l'identité du professeur que
je redoutais autre, moi catholique apostolique
romain, je caresse les mahousses doudounes de
la brave fille, tout en déclinant son offre. Ses
robloches sont durs comme deux ballons de
rugby.

— Dites, Grace, il en met du temps à confes-
ser mon pote, le Raymond !

— Peut-être qu'il a beaucoup de péchés sur
la conscience ! hypothèse-t-elle.

— Ça m'étonnerait : il n'y a pas meilleur type que César Pinaud ; excepté quelques cuites et quelques adultères bâclés, j'imagine mal ce qu'il pourrait dire.

Comme un quart d'heure plus tard le prêtre et son pénitent ne sont toujours pas là, je m'organise en patrouille de reconnaissance pour aller aux nouvelles.

L'église, dans ce quartier de Westchester, est très sobre, sans trop de ces saint-sulpiceries qui donnent à penser que le paradis est un endroit kitsch peuplé d'anges et de saints inventés pour les besoins d'un film que Walt Disney aurait renoncé à tourner.

La loupiote rouge du tabernacle évoque la présence du Seigneur. Un bruit de soufflerie retentit, avec des ratés. Je m'approche de l'unique confessionnal et découvre Pinaud endormi dans le compartiment du pénitent. Je tire le rideau de dentelle isolant le confesseur et m'aperçois que le père Machicoule en fait autant, et qu'en plus il pète son *chili sin carne* des derniers jours.

La confession, dans sa monotonie, a complété l'œuvre du bourbon. Sous la garde du Seigneur, le religieux et le civil en écrasent, unis dans une suave absolution.

Vaincu par la majesté d'un tel sommeil, je retourne à la sacristie où Grace vient de commencer son *chili* du soir. Les petits haricots noirs ressemblent à des yeux de rats.

La fille me désigne une photographie posée

près de la bassine où trempent les graines sombres.

— J'ai trouvé une photo de Martine dans le tiroir de la table de nuit de Raymond, annonce-t-elle.

Vitos, je cramponne l'image. Ça représente une femme brune, d'environ trente-cinq ans, avec des accroche-cœur sur le front. Je trouve qu'elle ressemble à Violette Nozière. Elle a le regard clair et grave, porte une petite robe blanche à col vert. Elle sourit à l'objectif, mais d'un air pas heureux le moindre. Il existe en elle un je-ne-sais-quoi qui fait « fripé de l'intérieur ».

Sur le cliché, elle se tient assise devant un massif de fleurs. Il y a une grosse main d'homme posée sur son genou, mais on ne voit pas l'homme.

Au-delà des fleurs, très au-delà, on distingue un panneau indicateur dont il ne m'est pas possible de déchiffrer les lettres qu'il porte.

— Vous permettez ? dis-je en enfouillant la photo. Je la rapporterai plus tard.

Elle s'en fout, Grace, de ce bout de carton. Ma présence survolte sa glandaille, sa forte poitrine fait le poumon d'acier : elle pistonne à tout berzingue. Tu sais qu'elle serait mignonne toute pleine (Béru dixit) cette Noiraude si elle pesait cent livres de moins ?

— C'est dommage…, dit-elle.

— Qu'est-ce qui est dommage ?

— Que vous ne vouliez pas une pipe française ; j'adore ça ! Mais je ne suis pas assez belle pour vous, évidemment.

Les mots sont prononcés sans rancœur, sur le mode constatatoire.

— Pas du tout ! récrié-je. Vous êtes superbe !

— C'est parce que je suis noire ?

— Au contraire, c'est excitant !

— Eh bien, alors ?

Moi, tu me connais : tout plutôt que de passer pour un raciste !

— D'accord pour un petit turlute, ma puce.

Sa frime s'éclaire au néon.

Elle tombe à genoux pour remercier Dieu et ouvrir ma braguette.

*
**

Le père Machicoule a insisté pour qu'on partage son *chili* vespéral, mais j'ai prétexté que nous étions attendus et on a pu s'arracher.

Je conservais de cette visite une impression assez lumineuse, comme chaque fois que j'approche un véritable brave homme. La pipe de Grace avait été somptueuse : on devrait toujours se laisser pomper le nœud par des Noires. Leur bouche a une épaisseur, un velouté irremplaçables et je me félicitais d'avoir cédé à ses instances : elle méritait le détour. Le neveu de Raymond avait admirablement « colonisé » cette belle âme !

L'après-midi avançait. On s'est fait driver « chez » M. Félix. J'avais omis de lui réclamer la clé de « sa » maison californienne, mais avec mon inséparable sésame, j'emmerde toutes les serrures, ricaines ou pas.

Cette fois, je me suis attaché à l'exploration

des tiroirs parce que ce sont eux qui « contiennent » les informations relatives à un individu : lettres, factures, papiers officiels.

Ça bordélisait dur dans ce secteur. J'avais du mal à déponner certains d'entre eux, tellement on y avait fourré de choses, comme ça, en vrac, sans se donner la peine d'envisager un quelconque classement.

Dans un premier temps, j'ai sélectionné les papelards de banque, dans un second les factures et dans un troisième les bafouilles privées. Pinuche m'a aidé. Il est lent mais précis, le Vioque. Sa main tremble mais ne rompt pas. On a fourré notre provende dans trois sacs de supermarché, et puis on a regagné la résidence d'Harold J. B. Chesterton-Levy. Je me promettais d'examiner notre récolte à tête reposée. J'avais, en outre, emporté un dessin de René Magritte.

Comme on roulait vers Malibu, César a murmuré :

— Pourquoi cette enquête en règle sur la fille Fouzitout, Antoine ? Qu'est-ce qui te tracasse chez elle ? Elle est morte de sa bonne mort, aux dires du père. Se sachant perdue, et n'ayant plus de famille, il est normal qu'elle ait voulu laisser ce qu'elle possédait à quelqu'un dont elle conservait un souvenir ébloui ! Je gage qu'avec son sexe effarant, Félix a fortement marqué sa mémoire.

— Et son cul, donc ! n'ai-je pu me retenir d'ajouter.

Baderne-Baderne a tourné vers moi le dessin dont je m'étais muni.

FOIRIDON À MORBAC CITY 73

— On dirait un vrai, non ?

— C'en est un. Tu connais Magritte ?

— Pour qui me prends-tu !

— C'est beau, la culture, apprécié-je (éjectable).

Le big boss de la Gloria Hollywood Pictures est arrivé car sa grosse Rolls Royce blanche, qui bat pavillon de sa compagnie, est stoppée devant le perron.

Nous le trouvons dans le grand salon, armé d'un bigophone sans fil. Il aboie dedans, tout en jetant des ordres à deux secrétaires blondes munies de blocs et de crayons (il n'y a pas un autre pays en ce monde où l'on use autant du simple crayon). Ces businessmen, ils ont le cerveau de Poléon Pommier pour pouvoir déployer une telle activité ; tu piges pourquoi ils claquent autant du guignol ou plongent dans l'océan depuis le pont de leur yacht. Surmenage ! Chesterton-Levy, il doit déglander avec un casque d'écoute sur les baffles, déféquer devant des écrans d'ordinateurs, manger en écoutant les cours de la Bourse et dormir devant un enregistreur, des fois qu'il lui viendrait des idées juteuses pendant sa roupille.

M'apercevant, il m'adresse un hochement de tête, crache encore quelques paroles bien senties dans son bigophone et m'interpelle :

— Hé ! le *french* impresario ! j'ai fait préparer un contrat, Miss Angela va vous le donner à lire, si tout est O.K. vous le signez et, dès mercredi, vos anormaux s'amènent au studio.

Ayant entendu son blase, la raide miss vient me bicher par une aile et m'entraîne dans un

74 FOIRIDON À MORBAC CITY

fumoir voisin, pièce délicate, tendue de velours de couleur tabac blond, que décorent un Watteau et deux Sisley. Une cheminée de cuivre ouvragé héberge un feu de bûches électrique que Jeanne d'Arc aurait regretté de ne pas avoir sur son bûcher.

Angela me tend une chemise luxueuse, en cuir repoussé, frappée aux armes de la Gloria Hollywood Pictures.

A l'intérieur, un contrat de vingt-deux pages, tiré en sept exemplaires. Pour la première fois, la collaboratrice du grand produc paraît s'humaniser et faire relâche.

— Vous ne prendriez pas un drink ? propose-t-elle.

— Avec vous, très volontiers, mais s'il s'agit d'un coup de rouge au facteur, non : je déteste boire seul.

Nouveau sourire.

Elle va ouvrir à deux battants un meuble d'acajou qui sert de bar. Il est plein de flacons avec tout le matériel de manœuvre.

— Genre whisky, ou plus élaboré ? elle questionne.

— Je boirai comme vous, à condition que ça ne soit pas de l'eau, douce Angela.

La voilà partie à bricoler des bouteilles pour un cocktail aussi riche en calories qu'un banquet de charcutiers.

Différentes couleurs se rencontrent, mélangent, conjuguent. Ça s'achève par des glaçons et un touillage consciencieux à la cuiller à long bec emmanchée d'un long cou.

FOIRIDON À MORBAC CITY 75

Elle me décerne un godet embué dans lequel le bleu domine.

— Goûtez si ça vous va.

Je goûte. Ça me va. Et le contrat de Mister Harold J. B. Chesterton-Levy aussi, me va. Tu sais quoi ? Il propose à mes trois phénomènes du nœud une semaine de tournage pour réaliser en commun un film X. Il a fait écrire le scénario dans l'après-midi par une de ses équipes « writeuses » (il en a seize, composées chacune d'une centaine de mecs douillés au mois !).

Le résultat de ce travail éclair est enthousiasmant.

Que je te narre !

C'est l'histoire d'un couple de jeunes mariés (robe blanche, fleurs d'oranger, habit) qui vient passer sa nuit de noces dans un luxueux motel.

A peine la lourde fermée, le nouvel époux se jette sur sa femme, la trousse, déculotte et broute avec l'appétit d'une vache savoyarde qu'on remet au pré à l'arrivée des jonquilles.

Cette première et classique phase d'entrée en matière accomplie, le monsieur sort son panoche afin de souscrire aux lois des hommes qui, exceptionnellement, coïncident avec celles de Dieu, car l'enfourchement de bobonne est prescrit par les autorités et le Seigneur avec une même vigueur. Par la suite, tu dois faire avec les humains, car avec Dieu, t'as plus droit à l'erreur.

Donc, le julot veut accomplir son devoir matrimonial. Mais là : un os dans la noce, comme je dis puis volontiers.

Il est trop fort monté pour le frisounet de la

petite médème. Il insiste ! Elle regimbe. Il re-insiste : elle chiale. N'empêche le Dracula d'al-côve entend mener à bien sa mission. C'est gentil de paumer sa liberté pour une gonzesse, mais si cette dernière a le hayon trop étroit pour héberger Coquette, il va devenir quoi t'est-ce, leur couple ? Nouveaux essais aussi infructueux que les précédents. Le gazier va au drug's acheter de la vaseline : que tchi ! La pauvrette continue à héler sa maman, quand l'autre taureau essaie d'engager sa tête de nœud. Elle hurle : maman, papa, mémé, oncle Romuald, cousin Johnny (il lui titillait la chattoune quand ils jouaient à cache-cache, jadis), c'est l'échec.

Le couple tient conseil. Le mari, pragmati-que, se résout à une soluce : qu'elle aille se faire débigorner le mollusque par un zigomar mem-bré menu et ensuite les voies royales du Sei-gneur lui seront accessibles.

Alors voilà la môme consentante. Elle va toquer au bungalow voisin et qui lui ouvre ? Bérurier. La mignonnette expose son problo. Le Gros est partant. Nouvelle minouche lubri-fiante, Alexandre-Benoît dégaine ! Alors là, c'est le passage des quarantièmes mugissants ! Devant un gourdin deux fois plus gros que celui du mari, la mariée se sauve dans sa robe blanche qui commence à friper dur.

Seconde tentative, chez Mister Félix. Ce presque vieillard si serein, si apparemment doux la met en fiance. Mais le hic : bande-t-il toujours ? Il pose son bénouze. L'horreur ! Le cauchemar à son paroxysme ! La pauvrette repart à sa quête au zob.

FOIRIDON À MORBAC CITY   77

La suite, tu la sais déjà, l'ayant devinée depuis lulure. Oui : elle se rend chez le Marquis. Là, nouvel espoir. Il est encore jeune, bien découplé comme on disait au temps de ma grand-mère. Elle est confiante quand il l'allonge sur son pucier. Elle éteint tout, ferme les yeux par surcroît de précautions. Elle attend. Ne se passe rien d'important. C'est son genou qu'il lui frotte contre l'entrecuisse. Ça va cinq minutes, mais il est temps d'enchaîner. Qu'un gus te rassasie à la minette tyrolienne, passe encore, le cunnilingus est l'adjuvant de service de l'amour, en maintes circonstances, et conduit une dame au plaisir, vaille que vaille. Sans lui, la vieillesse de l'homme deviendrait insupportable. Et même l'individu en pleine possession de ses moyens sud y puise des félicités essentielles à son équilibre psychique.

Alors, la mariée qui commence à en avoir class, au point de regretter que son voile ne soit point celui du Carmel, redonne la lumière.

Sur l'instant elle ne comprend pas. Pour être enregistrée par nos sens, la réalité se doit d'être concevable. Mais là ! Hein, dis, là ? Cette jambe supplémentaire qui déguise le Marquis en trépied, comment réaliser qu'elle n'est pas une jambe ?

Il lui faut du temps pour saisir. Le fantastique nous envoûte parce qu'il nous déconcerte, et elle est envoûtée, la mariée. Reprend tout au départ : voyons, elle commence où, cette chose, ce conduit en forme de trompe de mammouth ? Au bas-ventre, n'est-ce pas ? Et elle se termine où ? Dans le vide : elle est dressée avec un énorme fruit rouge à son extrémité. Si elle tient au bas-ventre, où est le ziffolo farceur du monsieur ? N'en a pas ? Alors s'il n'a pas « autre chose », c'est donc que c'est cela, sa biroute, *do you know, baby ?*

Et c'est là que l'indicible l'empare, la jeune mariée ! Elle pousse une clameur si démente que le mari, en alerte, accourt.

Un homme ! Il a servi dans les *marines* !

Il dit à sa bien-aimée de se shooter jusque dans leur piaule et qu'ils aviseront.

Puis, retrouvant ses instincts homo d'adolescent, il se met à lécher le gland forcené du Marquis !

The End !

L'œuvre est belle dans sa sobriété, d'un dépouillement qui confine au classicisme. L'équipe des scénaristes propose une seconde fin qui serait de voir la jeune mariée s'écarquiller l'espace bital au moyen d'une courgette. Ils prônent la poésie. Or, qu'y a-t-il de plus émouvant qu'une jeune fille dans ses voiles de noce, la robe remontée, en train de paître du bas ce végétal à forme phallique ? On mettrait la marche de Mendelssohn en final, sur le gros plan de la courgette libératrice, et ce serait d'une grande envolée.

Ayant pris connaissance du synopsis, je passe au contrat proprement dit. Il ne lésine pas, le produc, puisqu'il propose un forfait d'un million de dollars à nous partager, charge à moi de procéder à la répartition.

— Correct ? demande Miss Angela avec un

FOIRIDON À MORBAC CITY   79

troisième sourire encore plus savoureux que les deux précédents, au point que je le lui boufferais volontiers sur les lèvres.

— Ça peut aller, admets-je. Mais avant de signer ce papier, je dois préalablement consulter mes partenaires pour accord.

Entre nous, les castors mis à part, je ne vois pas d'autres mammifères capables de faire aussi bien avec leurs queues !

**

Naturellement, le prof et son débile cocoricant sont ravis. Nous convenons sans barguigner que Pinaud prendra vingt pour cent de la mise afin de se rembourser des débours concernant notre voyage, et que le reste sera divisé en trois. Car, malgré leur insistance, je décline toute commission, n'étant point homme à monnayer la bite de ses amis. Il existe en moi une grande pureté, concernant le fric et l'honnêteté, qui confine à la maniaquerie. Papa et maman m'ont éduqué ainsi, et mémé de même chez qui j'ai passé bien du bon temps. Respecter le bien d'autrui est un précepte fondamental chez nous autres Dauphinois. Oh ! certes, il y a probablement dans nos campagnes quelques noctambules déplaceurs de bornes ou vendangeurs de vin de lune (1), mais il s'agit là d'une toute

----

1. On appelle ainsi, dans mon natal pays, les paysans qui allaient chaparder du raisin, la nuit, dans les vignes des voisins.

petite minorité. Nos paysans aiment trop l'argent pour ne pas respecter celui des autres.

— Eh bien, conclus-je, il ne reste plus qu'à aller prendre des nouvelles de Béru en lui apprenant celle-là.

A peine ai-je décidé qu'un tapage éclate dans le hall, au sein duquel, telle une mère de vinaigrier, agit l'organe inimitable du Gros.

— Y sont laguches, mes potes ? barrit le Mammouth.

Nous nous ruons pour le lui démontrer.

Béru s'agite entre deux infirmiers très embêtés. Sa mise est troublante puisqu'il a découpé tout le fond de son pantalon pour laisser s'épanouir un cul énorme et flamboyant, bien plus gros et saignant que celui du chimpanzé qu'on lui destinait.

La chose monstrueuse comprend des boursouflures, par-dessus l'enflure initiale, sommées soit de plaies vives, soit de plaques sanieuses où s'enchevêtrent des filaments de verte purulence.

En nous apercevant, il se calme.

— Les mecs ! sanglote l'Obèse au dargeot simiesque. O mes bons mecs, si vous sauriez l'aventure dont j'viens d'échapper. Ces cons ricains voulaient m'découper l'prose pour' m'greffer un dargif d'singe ! V'v'rendez-vous compte ? Béru av'c une courge au der ! Y sont barges dans c'te principauté, merde ! Comment qu'j'ai mis les voiles. Y voulaient m'garder d'force. C'qui les a retiendus c'est d'savoir qu'on habite chez le grand producteur Trucmuche-Levy ! Ici, l'blé, la situasse, ça impres-

FOIRIDON À MORBAC CITY   81

sionne davantage qu'alieurs. Pour pouvoir enfiler mon grimpant, j'ai dû pratiquer une ébré-
chure dans l'fond, mais j'ai gardé l'morcif,
histoire d'l'faire estopper. J'sais, maint'nant,
c'dont qu'il m'a produit c'te carnerie : la plante
d'l'hôtel qu'j'm'ai servi d'ses feuilles v'loutées
pour m'détartrer l'oigne. J'vas les attaquer
endommagé-enterré (1).

Il respire profondément, s'approche d'un
immense miroir soleil accroché dans le hall,
ajuste une distance propice et se baisse, le
fessier tourné vers la glace, essayant de mesurer
l'importance du sinistre à travers ses jambes
écartées. Seulement, son ventre... Alors, il se
redresse pour opérer d'autres contorsions.

— Importe quel tribunal, voiliant un fion
pareil, m'voterera au moins vingt mille balles
d'réparation! affirme-t-il. Y sont pincecornés
dans c't'hôtel d'laisser une plante comme ça en
circulation!

Le maître absolu de la Gloria Hollywood
Pictures est venu à la rameute, flanqué de son
brain-trust.

Ce cul sinistré lui désoblige l'estomac et voilà
qu'il se met à vomir dans le décolleté d'une de
ses secrétaires.

— Emmenez ça! Emmenez ça! enjoint-il à
la ronde et entre deux spasmes.

Vite, je prends le bras du Gros.

— Viens, Sandre, dans ton appartement.
Nous allons téléphoner à Ramadé, l'épouse de
Jérémie, les plantes tropicales vénéneuses, ça la

---

1. Le Gros veut-il parler de « dommages et intérêts » ?

connaît, une fille de sorcier comme elle ; je parie qu'elle aura une recette de perlimpinpin à nous donner.

Telle fut notre première journée à Los Angeles.

5

CHAPITRE FUMIGÈNE

Le dîner fut exquis, le bon J. B. Chesterton-Levy n'y participa pas car il avait une soirée à San Francisco où son jet privé l'emporta. Il nous laissa en gage la belle Angela qui nous coupa le souffle à tous dans une robe moulante en lamé argent qui lui donnait l'apparence d'une sirène. Assis sur un oreiller de duvet, Béru la gratifia de moult compliments, nonobstant son prose aux dimensions de lessiveuse. Elle eut le bon goût d'en sourire et de pousser son devoir d'hôtesse jusqu'à me faire du pied sous la table, ce qui me porta à la reconnaissance.

Le Mastard souffrait un peu moins, Ramadé nous ayant conseillé une décoction dont je te donne la recette pour le cas où il t'arriverait de confondre un basic-instinct-corrosif avec du papier chiottes Lotus. Tu épluches trois bananes, tu les écrases dans un mortier avec un oignon frais, un jaune d'œuf et une aubergine. Tu y ajoutes un verre d'huile d'olive et un verre d'urine de chienne. Une fois que le tout est parfaitement mélangé, tu étales la pommade

84   FOIRIDON À MORBAC CITY

sur les parties affectées et tu te mets à genoux
pendant une heure devant le patient. Ce délai
passé, les douleurs s'atténuent et le voilà en
route pour la guérison !

N'ayant pas de chienne à disposition, nous
compensâmes par de la pisse de chien addition-
née d'urine de chatte, et cette entorse à l'ordon-
nance de Ramadé fut parfaitement tolérée. Le
Français qui est ingénieux de tempérament, use
souvent de tiers procédés compensateurs lui
permettant de retomber sur ses pattes.

Donc, pour en revenir à ce début de chapitre,
le repas du soir fut à marquer d'une paire
blanche comme disent les prostiputes noires.
Jus-je-zan : huîtres pochées au caviar (il y avait
tellement de caviar dans chaque coquille qu'on
ne voyait plus l'huître !), rosbif sauce Cum-
berland livré avec des truffes en croûte, testicules de coq en gratin, délice aux fruits rouges.
Le tout était arrosé de Dom Pérignon, de
Château Talbot et d'un Sainte-Croix-du-Mont
de chez Brun Camille 1955 dont on pressentait
le cousinage d'esprit avec Yquem.

Exténués par le voyage à longue portée, nous
gagnâmes rapidement nos appartements, sans
gâcher un aussi beau sommeil par un moka
quelconque.

Une fois dans mes draps frais, je crus m'endormir, mais au moment de lâcher la rampe de
ma lucidité, il se fit en moi l'un de ces sots
déclics qui vous déprogramment sec et, en très
peu de temps, vous rendent votre couche insupportable (de logarithmes).

FOIRIDON À MORBAC CITY 85

J'eus la sensation confuse d'une présence dans ma chambre. J'allumai : personne ! cependant, cette impression d'insolitude perdura. Mon cerveau fut marqué fortement par la photographie de Martine Fouzitout que m'avait remise Grace, la servante du bon père Machicoule. J'en fus troublé au point que je me levai pour l'aller prendre dans mon veston.

Je me mis alors à la contempler ardemment pour tenter de percer l'énigme que cette fille constituait pour moi, sans que je pusse m'en expliquer la raison.

Son regard, sur le cliché, me lançait un appel, A moi ! A moi qui ne l'avais jamais connue, ignorant son existence jusqu'à ces tout derniers jours.

Qui était-elle, cette ancienne étudiante baisée par son prof surdimensionné ? Une nympho ? Une follingue ? Comment s'était-elle procuré autant d'argent en Californie, au point de se constituer une collection de dessins de maîtres ?

Prostitution ?

J'examinai son corps quelconque, sa gueule de fille triste, sans grande grâce ; rien en elle ne provoquait le désir ; il existait à Los Angeles des milliers de pétasses autrement sexy qu'elle ! De plus, qu'allait-elle fiche dans l'Utah, le premier vendredi de chaque mois ? La source de ses mystérieux revenus s'y trouvait-elle ?

Une fois encore, je tentai de lire les lettres tracées sur le panneau indicateur de l'arrière-plan ; mais il était dans l'ombre déchirée d'un arbre et je ne parvenais pas à en capter les caractères.

Comme je dors nu, je pris un peignoir-éponge dans la salle de bains et descendis au rez-de-chaussée avec l'espoir de dénicher une loupe dans la bibliothèque.

Je joue de chance car il y en a une, superbe, à manche d'ivoire, sur le cuir de Cordoba du bureau. J'allume la lampe à col de cygne. Lumière halogène, crue et intense. Le panneau, derrière la loupe, se fait très présent sur la photo. Je distingue la seconde lettre qui est un « o ». Nom composé. La dernière du premier mot un « e », ou un « c », voire peut-être un autre « o ».

Au comble de ma perplexité, je perçois un glissement soyeux derrière moi. Il s'agit de la survenance inopinée (mais ça peut changer) de Miss Angela. Elle a troqué la robe-fourreau en lamé contre un pyjama de soie saumon à la coupe délectable. Le bas est un short qui lui arrive au-dessus des genoux, tandis que la veste descend plus bas. Cette dernière est fendue de chaque côté, sous les bras, jusqu'au niveau de la poitrine, ce qui exerce, lorsqu'elle se déplace, un harmonieux flottement du vêtement de nuit.

— Quel merveilleux vigile ! m'exclamé-je ; je vous ai réveillée ?

— Il y a dans ma chambre un cadran qui bipe lorsqu'une pièce du bas est occupée après minuit.

— Décidément, vous êtes l'ange gardien de cette somptueuse demeure ! Je me suis permis de pénétrer dans cette bibliothèque car j'avais besoin d'une loupe, dis-je en lui désignant la photo.

— Que faites-vous, si ce n'est pas indiscret ?

— Je tente de déchiffrer un nom, mon cœur.

Encuriosée, elle se penche ; alors, avec l'ongle de mon auriculaire, je lui désigne le panneau illisible.

— Dans quel Etat ? demande-t-elle ?

Bouaff ! J'ai un sein gauche à elle contre mon oreille droite à moi. C'est doux, c'est chaud et ça sent ineffablement bon.

— Utah, je bredouille.

Qu'heureusement il n'y a que deux brèves syllabes à articuler.

— Ce banc me dit quelque chose, reprend Angela.

Et moi, pendant ce temps, je laisse aller ma main qui ne m'a rien demandé, sous le flottant du short.

Téméraire, l'Antonio, comme toujours. Le Bayard du fouinozoff.

Le banc de fer forgé qu'elle visionne est en forme de nacelle, les extrémités de son dossier représentent deux têtes de biche.

— Je sais ! s'écrie ma compagne.

Mon médius n'est plus qu'à deux millimètres de son clito, mais elle fait mine de rien.

— Que savez-vous ? ai-je le temps de questionner, avant de saisir son sein avec ma bouche à travers la soie de son pyje.

— C'est *le banc des amoureux*, explique Angela, il est célèbre dans l'Ouest. A la fin du siècle passé, il était déjà en place. Deux amants qui s'adoraient, apeurés par l'avenir qui ne pouvait que les désunir, décidèrent de se donner la mort afin de disparaître en pleine félicité. Ils s'achetèrent deux revolvers et allèrent s'asseoir sur ce banc. Ils appliquèrent chacun le canon de son arme sur sa tempe, l'homme compta jusqu'à trois et ils tirèrent en même temps. Ils moururent simultanément.

« Depuis lors, ce banc est devenu le lieu de pèlerinage de ceux qui s'aiment. Ils vont s'y asseoir côte à côte, se jurent amour et passion, et la légende affirme que leur union reste heureuse. »

— C'est très beau, fais-je en caressant les lèvres de sa chatte. Et il se trouve dans quel bled, ce fameux banc si romantique ?

— A Morbac City.

Je reprends la loupe et, effectivement, quand on sait le nom que je cherchais, on finit par le détecter sur le cliché.

Je m'attarde sur le visage de Martine. S'agissait-il d'un « pèlerinage » ? Elle avait une gueule si désenchantée ! L'homme dont la main est posée sur son genou était-il son amant ? Pourquoi ne le voit-on pas ? J'imagine que c'est lui-même qui a pris la photo avec un appareil à déclenchement retardé, monté sur trépied, et qu'il aura mal cadré la future photo. Il a une main de plouc, ce gus, large, rude, velue, avec des ongles plus ou moins nets, taillés en carré. Pas du tout la paluche du gazier pour lequel tu te pralines le chignon à force de trop d'amour !

— Une amie à vous ? me demande Angela.

— Non : au vieux mec à la grosse queue que j'accompagne.

FOIRIDON À MORBAC CITY   89

— Il est venu la chercher ?

— Elle est morte. Avant de défunter, elle a testé en sa faveur.

— Riche ?

— Une bicoque à Venice.

Elle ne comprend pas trop bien pourquoi je détaille cette image avec tant d'intérêt, mais en femme bien élevée, quoique américaine, s'abstient de m'en demander davantage.

Pour couper court, je fais sauter le bouton de son « short de pyjama ». Le menu vêtement glisse sur ses jambes lisses comme la goutte d'une bougie sur la bougie. D'un mouvement doux, elle caresse ma nuque ; généralement, ce sont les hommes qui ont ce geste pendant que les gonzesses leur pompent le nœud. Ça marque la reconnaissance. Et puis il permet de contrôler le rythme, d'infléchir ou d'augmenter la vitesse de la gloutonne.

Je quitte le fauteuil pour l'enlacer, passe mes mains sous sa veste flottante. Là, j'ai touché le gros lot, mon petit ! Fermeté et velouté se conjuguent. Les loloches ont « de la main ». Nous échangeons un lent et ardent baiser. Pas du tout du baiser de fête foraine, espère ! On parvient à faire un nœud avec nos deux langues, ce qui est peu commun. Ensuite, on est obligés de le délier avec les doigts.

Lorsque j'ai repris ma respiration, je murmure :

— C'est la divine surprise, Angela, car je n'avais pas l'impression d'être votre genre, tant vous me battiez froid.

— A cause du boss. Il ne peut supporter une

collaboratrice qui regarde un homme ou, a fortiori, lui sourit.

— Il est jaloux ?

— Terriblement, mais pas de la manière que vous pouvez croire. Son brain-trust doit lui rester exclusif, au même titre que sa brosse à dents ou son stylographe.

— J'ai rencontré d'autres hommes comme lui. Donc, en son absence, vous vous défoulez ?

Elle rebiffe :

— Je ne suis pas une refoulée !

— Je veux dire que vous envoyez la ceinture de chasteté aux pâquerettes ?

Mais à quoi bon bavasser ? N'avons-nous pas mieux à faire, Césaire ?

— Où allons-nous ? demandé-je. Dans votre chambre ou dans la mienne ?

— On reste ici.

Comme cette décision me surprend, elle ajoute :

— Toutes les chambres sont équipées de vidéos enregistreuses.

— Charmant.

— Le boss a un goût marqué pour le voyeurisme.

— Alors, il doit être empêché du calbute !

— Oh ! non, laisse-t-elle échapper, ce qui en dit long comme le Chili sur ses relations avec le fameux produc.

Elle rougit de sa bévue, ce qui lui va bien.

Moi, pratique, de dégager les objets disposés sur le burlingue. Je place ensuite le vaste sous-main de cuir dans le sens de la longueur afin de lui constituer un matelas, puis réquisitionne le

FOIRIDON À MORBAC CITY 91

coussin d'un fauteuil en guise d'oreiller. Toujours veiller à ce qu'une dame ait ses aises quand elle se trouve « en délicatesse » avec toi. Les mecs qui niquent une sœur dans la paille d'une grange ou sur une fourmilière voient leur cote baisser à toute pompe. Panard, pas panard, leurs partenaires détestent emmagasiner des brins de paille dans leur chatte ou se faire piquer les noix à l'acide formique par des bestioles aventureuses.

Lorsque la couche est prête, j'y fais s'allonger Angela. Je reprends ma place dans le solide fauteuil recouvert cuir, place les pinceaux de ma dernière conquête sur chacun des deux accoudoirs et y vais de mon *Te Deum*.

Les Etats-Unis d'Amérique étant ce qu'ils sont, elle devient francophile.

Bon, je te concède que c'est souvent gênant, mais j'aime les gerces bruyantes en amour, à condition toutefois que ça ne soit pas du chiqué.

La vache ! Elle doit pas se faire reluire souvent avec une telle intensité, la chérie ! Ça rameute dans Malibu ! Elle peut pas contenir, Gégèle ! Son panard, faut qu'elle le crie au monde, comme un coq crie l'aurore ! Quel merveilleux chant de liesse ! C'est la nature tout entière, immense et radieuse, qui s'exprime par sa gorge. Pour une simple minouche, tu te rends compte ?

J'ai pas le temps de sauter dans le train en marche ! Elle arrive déjà à destination. Cesse de spasmer, de s' pâmer, de hurler.

92 FOIRIDON À MORBAC CITY

— Véry bioutifoulesque ! déclare Bérurier,
depuis la lourde.

Il se pointe, tel un jouteur, la lance en avant.
Lui, la chair fraîche l'attire comme une cha-
rogne le chacal. Son panais grand sport délivre
des acquiescements prometteurs avec sa grosse
tête casquée.

— J' m' croive dans un film dont j'ai visionné
sur Canal plus : « Le con, la broute et l' trou
rond. » Pas triste ! Une superbe production.
T'arrivais pas à compter les bites, comme dans
l'T.G.V. t'arrives pas à compter les poteaux. Et
ces petits culs esquis ! L' marché aux frometons
en n'Hollande, quand ils les empilent pour faire
des pyramides. Tu n' finis pas, mad'm'selle,
Antoine ? Just' un' régalade à la menteuse ?
C'est pas ton style, mec ! Si tu permettrais, j'y
donn'rais estrêment volontiers des nouvelles
d' Coquette ! D'autant qu' tu l'as préparée
d' première pour un emplâtrage mémorab'.

D'un haussement d'épaules, je lui indique
qu'il peut jouer son va-tout avec mon absolution.

Dès lors, il écarte le fauteuil pour prendre sa
place. Sa rude main en berceau fait sautiller son
membre qui n'est pourtant pas à ranimer.

— Mande pardon, m'm'mzelle, roucoule le
galant, je puis-je-t-il vous proposer un p'tit
coup d' c't' engin à soul'ver les camions ?
Croiliez-moi, c'est pas du surgelé !

— *Noooo !* crie Angela, brusquement
déléthargée. *Go out !*

Le Mastard se tourne vers moi.

FOIRIDON À MORBAC CITY   93

— Serait-ce-t-il qu'elle s'rait pas d'accord ? s'inquiète le cher homme.

— Il y a de ça, conviens-je. Elle te prie de sortir.

Il bougonne :

— Tu croives normal, Sana, qu'une morue t'chassasse en ayant les cannes à l'équerre et la moulasse plus espongieuse qu' l' marais Poitevin ? T' sais qu'y ne savent pas vivre, ces Ricains. C' serait été une Française, comment qu'elle allait m'étouffer l' mandrin ! Jamais z'une qu'aye refusé effrontément ; même celles qui m' redoutaient les dimensions acceptaient qu' nous fissions un bout d'essai, au beurre ou à la margarine !

Son courroux est si vif qu'Angela s'emporte de toute urgerie dans ses terres. La domesticité stagne dans le couloir, inquiète. Elle lui explique que Bérurier a tenté d'abuser d'elle mais que, heureusement, je suis héroïquement intervenu pour la sortir des étreintes du gorille rendu fou, probablement, par son allergie aux plantes tropicales.

Bruce, le majordome, demande s'il doit appeler la police, mais Angela dit que non : la crise est passée ; elle s'enfermera dans sa chambre.

Heureusement, le Gros n'a pas perçu les accusations de la perfide.

Ecœuré, il décide de confier ses « tourments charnaux » à la poupée gonflable dont sa chambre est également pourvue et qui l'excite à outrance car il lui trouve un air de ressemblance avec Mme « Gorgina du Foie ».

94 FOIRIDON À MORBAC CITY

On pouvait espérer que la nuit s'écoulerait
calmement après les aventures et avatars ci-
dessus narrés, mais ouichtre, comme on dit en
Auvergne. Fume, mon con ! Tu connais la loi
des chéries ? Eh bien, ça !

Dès lors que je me faufile dans les bras de
Morflé (comme dit le Puissant), des hurlements
made in ce dernier me désenchevêtrent. L'œil
cloaqueux, la bouche amère, le sexe brimba-
lant, je me rue jusqu'à l'appartement de mon
pote, fais sauter d'un coup des pôles le délicat
verrou de bronze ouvragé et pénètre en trombe
(d'Eustache) dans la chambre.

Il livre un dur et singulier combat, le gros
bougre ! Pas contre des moulins à vent, à l'instar
de Don Quichotte, mais contre une « partenaire à vent ». En loque-hure-rance, la poupée
gonflable qu'en désespoir de cause il projetait
d'étreindre.

Je comprends illico (et je devrais dire plutôt
dard-dard) l'ampleur de la catastrophe. L'énor-
mité du pénis engagé dans le charmant robot a
détraqué celui-ci. L'appareil s'est emballé, hap-
pant la virilité de mon pote à tout berzingue,
testicules compris. Le levier de commande est
resté dans la main du forcené. Il tente désespérément de crever sa maîtresse de caoutchouc,
mais ledit est de qualité plus que supérieure !

Et la vaginalité artificielle de la poupée
s'active comme les pales d'un mixeur au plus
fort de sa puissance. Ça pue le cramé, la
surchauffe, le cochon brûlé. Alexandre-Benoît
n'a plus la force de crier. Il vagit ! Moi, je

FOIRIDON À MORBAC CITY   95

ceinture sa partenaire en folie. Je tire, mais la queue du Mammouth suit.

Une fois de plus, c'est la grosse rappliquade du personnel, du majordome, puis d'Angela. Bruce qui comprend la nature de l'accident regrette que le gars chargé de l'entretien des poupées soit en vacances aux Caraïbes.

Existe-t-il un service de dépannage à Los Angeles ?

Pinuche radine à son tour, alerté par la brouhahance générale. Tu connais son calme, à César ! Il considère la scène tragique : ce pauvre Bérurier, totalement soulevé de terre et qui pend par la queue, comme un fruit.

— Il faudrait un couteau bien affûté pour pouvoir lui trancher le sexe au ras du ventre ! préconise le vieux zob défraîchi.

— Non on on on !... lâche Bérurier en s'évanouissant.

Alors, mézigue, brusquement l'idée (en anglais *idea*).

Je prends en bouche un téton de Miss Hévéa et tente de le cisailler avec mes dents. Ça ne fait que produire un crissement insupportable à l'ouïe (et aussi à Louise, l'une des femmes de chambre, laquelle se calfeutre les portugaises).

Mes incisives tentent d'inciser, en vain ! Puissance de l'incident qui renouvelle le gag de « l'apprenti sorcier ». L'homme dévoré par sa créature ! Je finis par renoncer, mais une autre idée (en anglais, toujours *idea*) succède à la première.

— Ton briquet ! enjoins-je à la Pine, vite !

Il court le quérir dans sa chambre proche.

96 FOIRIDON À MORBAC CITY

J'actionne la molette : flamme de quarante centimètres ! Je place ladite sous les miches rebondies de la poupée gonflable. Au bout d'un peu, le caoutchouc brunit. Et soudain, c'est l'explosion. Terrible ! A quel gaz était-elle gonflaga, cette poupée d'amour ? Le souffle nous couche sur la moquette qui, heureusement, est épaisse comme une tranche de pudding. La poupée perfide n'est plus qu'un petit tas de préservatifs déchiquetés et son appareillage tordu semble dérisoire parmi ces reliefs.

Bérurier gît dans les décombres. Pénible à regarder, sa chopine n'est plus que la trompe sanguinolente d'un éléphant qui se la serait fait happer par un caïman. Pourra-t-on la lui récupérer ? Prions ! En tout cas, elle ne sera pas opérationnelle avant lurette !

— Allez lui chercher du vin rouge, beaucoup de vin rouge ! ordonne Pinaud à Bruce. Ainsi que du sucre, beaucoup de sucre. Il boira une partie du vin et nous sucrerons l'autre dans un vase afin qu'il puisse prendre un bain de sexe. Il s'est déjà soigné ainsi lors d'une éruption d'herpès et deux blennorragies, c'est miraculeux !

Le Mastard rouvre les yeux ; probablement parce que son subconscient a capté le mot « vin » ?

Apercevant Angela, il l'apostrophe :

— Tu voyes, salope, où c' qu' ça mène quand tu r'pousses l'homme au lieu d' l' morfler dans les miches comme eusse fait un' dame d' la bonne société ?

Puis, à moi.

FOIRIDON À MORBAC CITY 97

— Si tu voudras qu' j' t' dise, grand, moi et l'Amérique, on n'est pas compatibes. Ils ont des idées dont j' te jure! Comme leur combine d' vouloir m' greffer un cul d' singe, j' t' d'mande un peu! Si j' les aurais laissés faire, j'aurais l'air malin, maint'nant!

C'est là que la capiteuse sonnerie du téléphone retentit dans l'immense demeure et qu'on vient me prévenir que la communication est *for me*.

— J'écoute?
Une voix amoindrie murmure :
— Mister San-Antonio?
— Tout à fait. Qui est à l'appareil?
— James Smith.
— Quelque chose qui ne va pas?
— Je viens d'en prendre plein la gueule!
— Une mauvaise nouvelle?
— Une grêle de coups de matraque.
— D'un flic?
— Non; de deux types en smoking. Vous pouvez venir?
— Bien sûr. Où êtes-vous?
— Résidence Tequila, sur Sunset Boulevard, très près de Beverly Hills. Faites vite!
— Le temps de sauter dans mon pantalon d'abord, puis dans une bagnole ensuite et je me pointe!
Taudis, tôt fait!
Angela à qui je demande de me prêter le chauffeur, me dit qu'elle va me piloter elle-même, à bord de sa vieille Mercedes décapotable, parfaitement entretenue.

98 FOIRIDON À MORBAC CITY

Chemin faisant, elle m'annonce qu'elle va faire jouer l'assurance pour la bite de Béru, la maison qui a équipé les chambres en poupées gonflables est responsable et devra casquer. Selon elle, une bite pareille doit valoir plus d'un million de dollars.

Je lui assure que nous n'avons pas l'esprit chicanier et que nous ne répondrons pas à l'hospitalité par un procès.

Elle me rétorque que je suis un gentleman et que je pourrais être anglais.

Je lui réponds que je préfère n'être qu'une imitation de gentleman et rester français car, entre nous, l'Angleterre, de nos jours, hein ? Y a plus de quoi pénétrer nuitamment dans la case de la mère Zabeth *number two* pour la regarder roupiller.

Elle en convient.

6

CHAPITRE ÉSOTÉRIQUE INVERSÉ

L'interminable Sunset Boulevard (100 km) développe ses lampadaires à l'infini. La voie est large, bordée de luxueuses propriétés cachées derrière des frondaisons luxuriantes (et où se pratique la luxure). Après quarante minutes de tire, on se pointe à la villa Tequila, extrêmement ravissante.

Une grille peinte en vert bronze, une large pelouse sur laquelle des soldats rouges et bleus, de je ne sais quelle armée d'opérette, sont figés dans une manœuvre qui pourrait être britannique. Au-delà, une grande maison cubique, blanche, avec des briques vernissées autour des ouvertures. C'est là que l'ultime Smith coule ses heures de repos. Il y a de la lumière plein l'intérieur.

J'actionne le timbre de l'entrée et la grille s'ouvre. Depuis icelle, j'aperçois l'ami James sur la terrasse, qui m'attend. A mesure que je le gagne, je constate qu'il est dans un fichu état. Il était en pyjama de soie blanc, à revers gansés de noir, lorsqu'on l'a agressé. Sa gueule est en compote et son vêtement de nuit plein de sang.

— Merci d'être venu ! m'écrie-t-il du plus loin.

Son pif a doublé de volume, ainsi que sa bouche et ses pommettes.

Il tient un grand verre de scotch à la main et s'en téléphone quelques centilitres à tout instant. Il n'a pas essayé de nettoyer ses plaies, probablement pour se montrer à moi dans tout son dénuement physique. Je le trouve plutôt courageux, ce mec. Combien, dans son état, auraient déjà rameuté la police et se seraient fait driver dans une clinique où se pratique la chirurgie plastique ?

Brève présentation d'Angela.

Il nous fait pénétrer dans un grand living. Il a étendu une serviette de bain vaste comme la place de la Concorde sur un canapé recouvert de chintz blanc pour éviter de le souiller, mais on lit des traînées sanglantes sur la moquette claire.

— Ils ne m'ont pas fait de cadeau, hé ? murmure-t-il avec des lèvres bien plus grosses que celles de Jérémie Blanc.

— C'est le moins qu'on puisse dire. Vous me racontez ?

Il ne se fait pas prier :

— Je venais de m'endormir après avoir visionné une cassette hard quand mon téléphone a sonné. Un homme se recommandant de vous m'a dit que vous deviez me voir de toute urgence pour une question de vie ou de mort et que vous alliez arriver chez moi quelques minutes plus tard. En effet, un quart d'heure après cet appel, on a sonné à la grille.

FOIRIDON À MORBAC CITY   101

J'ai ouvert et aperçu deux hommes en smoking qui se dirigeaient vers la maison ; l'un deux était grand et, dans la nuit, je l'ai pris pour vous.

« C'est à la dernière minute que j'ai compris qu'il ne s'agissait pas de vous, mais, c'est stupide à dire, le fait qu'ils étaient en tenue de soirée m'a mis en confiance.

« Je les ai fait entrer. Alors, sans un mot, ils ont tiré de leurs pantalons des matraques noires et se sont mis à me frapper comme des malades. C'était si soudain et si inattendu que je n'ai pu réagir. J'ignore si c'est cela, un passage à tabac, toujours est-il que je ne savais plus ce qu'il m'arrivait. Il y avait plein d'étoiles dans ma tête. Ils frappaient avec une telle violence qu'au bout d'un moment je me suis écroulé.

« Alors ils ont cessé de cogner et attendu que je retrouve mes esprits. Quand ils ont vu mon regard lucide à nouveau, le plus grand m'a dit :

« — Voilà, il y a deux solutions. La première, on vous pose quelques questions. Si vous y répondez, on vous laisse comme ça. La seconde, vous ne répondez pas, et on vous achève ; c'est simple et net, non ? »

« J'ai répondu qu'en effet. »

— Et c'était quoi, les questions ? ne puis-je me retenir de demander, tant tellement je suis avide d'en apprendre davantage.

— Le type m'a dit :

« — C'est vous qui avez réglé la succession d'une fille nommée Martine Fouzitout, demeurant à Venice ? »

« J'ai répondu " oui ". Il a poursuivi :

« — C'est un vieux type qui a hérité sa maison ? »

« — Effectivement », ai-je répondu.

« Il s'est agenouillé près de moi et a placé sa matraque en travers de mon cou. Il la tenait à deux mains de chaque côté de ma gorge, et appuyait ; ça m'écrasait le larynx.

« — Comment se fait-il que le grand patron de la police parisienne et deux autres flics de là-bas l'accompagnent ? »

« J'ai dit que vous étiez des amis de Félix Legorgeon. Que ce vieil homme était un peu à côté de la plaque et que vous l'assistiez. Alors ils se sont remis à me cogner dessus en disant que je me foutais d'eux et qu'un homme de votre importance ne fait pas douze mille kilomètres pour tenir la main d'un vieux débris qui hérite une baraque de guingois dans le quartier négro de Venice. Il a ajouté que vous furetiez partout à propos de la Française morte, et qu'est-ce que ça signifiait cet intérêt ?

« Que vouliez-vous que je leur réponde ? Malgré ma physionomie en compote, j'ai tenté de faire bonne figure. Je leur ai expliqué calmement que j'étais notaire, dépositaire d'un testament. Qu'à la mort du légataire j'avais informé l'ayant droit, comme j'en avais le devoir, et que je n'y pouvais rien s'il s'amenait avec le chef de la police parisienne ou même le président de la République française. Que mon métier consistait à rédiger des actes, et pas à m'occuper des gens qu'un héritage passant par mon canal concernait.

« Je devais avoir des accents de sincérité car

FOIRIDON À MORBAC CITY 103

au lieu de reprendre leurs sévices, ils m'ont posé d'autres questions à votre sujet. »

— Par exemple ?

— Ils m'ont demandé si vous m'aviez annoncé votre qualité ? J'ai répondu affirmativement. Ensuite, ils ont voulu savoir ce qui vous intéressait chez la femme Fouzitout ; je leur ai répondu que, selon moi, c'était sa vie aux States et probablement aussi, sa mort. Ils ont continué de m'interroger un bon moment encore : « — Aviez-vous découvert des éléments concernant l'existence de la fille à Venice ? » J'ai dit qu'à ma connaissance, vous n'aviez rien trouvé. « — Et ailleurs ? » ont-ils insisté. J'ai résolument répondu que je ne savais rien de plus, que cette affaire était pour moi une affaire comme les autres et que s'il existait des implications qui les dérangeaient, ils n'avaient pas à s'en prendre à un notaire qui ne faisait que son métier, mais qu'ils s'adressent à vous directement. En toute lâcheté, je leur ai communiqué votre adresse à Malibu, mais ils semblaient la connaître déjà.

« Alors, ils ont discuté un moment, à l'écart ; puis le grand m'a dit :

« — Bon, nous allons vous laisser. Une supposition que vous ne préveniez pas la police, peut-être que votre étude et votre belle maison ne brûleraient pas. Pour la clinique, dites que vous êtes tombé dans l'escalier ! »

« Voilà, c'est tout. Après leur départ j'ai bu un bourbon, réfléchi quelque peu et décidé de vous informer, vous, de ce qui venait de se passer. »

— Vous êtes un homme magnifique, James ! Merci et bravo pour votre attitude courageuse et habile.

Je lui en serre cinq.

— Maintenant, il faut vous soigner. Nous allons vous transporter à l'hôpital ; vous connaissez un endroit top niveau pour vous y faire réparer le portrait ?

— Laissez ! tranche Angela, on va le conduire à la clinique que finance Chesterton-Levy.

Il en est tout joyce, Smith.

— Vous vivez seul ici ? m'étonné-je.

— Je suis en instance de divorce : ma femme est partie avec son kinési et la femme de chambre noire dort au-dessus du garage ; elle n'a rien entendu.

— Vous voulez bien me décrire très complètement vos agresseurs, James ? Car vous n'avez pas l'intention de mettre la police d'ici au courant de vos tribulations, je pense ?

— Je préfère pas, avoue Smith, tout penaud ; je ne crois pas beaucoup à l'action préventive de vos confrères, sans vouloir vous vexer.

Quand le digne garçon est installé dans une chambre de rêve entre les mains d'infirmières de nuit dont la splendeur ferait chialer les pensionnaires de mon ami Bernardin (1), je me retrouve seul avec l'adorable Angela. La fati-

---

1. L'infatigable directeur du *Crazy Horse*.

FOIRIDON À MORBAC CITY   105

gue pèse sur mes reins et un sommeil de grosse
consommation me lutine les paupières.

— Vous avez une existence mouvementée,
dit-elle.

— Pas mal, merci.

Pour refroidir sa curiosité chauffée à blanc, je
lui campe un résumé suce-sein de cette aventure
franco-ricaine.

— Ainsi vous êtes le patron de la police
parisienne ?

— Pour l'instant, oui. Mais je sens que si je
continue d'arpenter la planète pour régler les
affaires de mes amis, on me trouvera prochaine-
ment un remplaçant. Mes manières ne sont pas
assez orthodoxes pour mes fonctions ; heureusement, le président de la République m'a à la
bonne. Seulement, les présidents passent et les
flics demeurent.

Elle promène sa main délicate sur ma braguette qui l'est aussi.

— Que faisons-nous, nous rentrons ?

— Bien sûr, ma chérie, je vous ai suffisamment volé de temps de sommeil comme cela.

Elle démarre, quand voilà ton Santonio-joli-
d'amour qui pousse un cri, comme de coït.
Angela pile.

— Quoi donc ?

— Une idée vient de me traverser le
caberlot, ma douce. Vous voulez bien me
déposer à une station de taxis ?

Alors là, elle pouffe.

— Une station de taxis ! Vous vous croyez en
France ? Où voulez-vous aller ?

— Westchester.

106 FOIRIDON À MORBAC CITY

— O.K. !

Tant de complaisance me comble. Tu te rends compte ? Une fille que j'ai seulement broutée et pas encore niquée ? Que sera-ce quand je lui aurai mis les doigts de pieds en bouquets de violettes !

— Je ne peux accepter, mon amour. Vous avez besoin de repos. Demain le big rentre et pas un bouton de guêtre ne devra manquer à votre culotte !

Elle sourit.

— Il m'est arrivé de passer des nuits dans des boîtes avec des gens qui me faisaient horreur, n'ayez aucun scrupule.

Nous voilà partis pour la modeste paroisse de l'encore plus modeste père Machicoule.

Pendant qu'elle pilote, je lui fais les bouts de seins, histoire de meubler. Je sais des connards qui font ça avec le pouce et l'index, comme s'ils cherchaient une station sur leur radio de bord ! Tu parles de pauvres démembrés ! Les bouts de seins, gamin, sache-le, une bonne fois, ça se fait du plat de la main très lentement frotté sur le téton de la dame. T'effleures à peine. Ça doit rester presque magnétique. Au bout de rien, tu la vois bourgeonner des nichebars, ta greluse ! Les soupirs de ma sœur Anne !

Quand t'as l'impression qu'elle a les têtes d'ogives en iridium, tu continues avec la pointe de la menteuse. Un frétillis imperceptible. Y a pas de volupté sans lenteur diabolique, au départ ; en tout cas, le suçotement n'intervient qu'en phase terminale et encore doit-il rester

FOIRIDON À MORBAC CITY   107

très relâché. Surtout ne chique jamais au nou-
veau-né affamé. Opère-la dans un nuage. Tout
dans le moelleux ! Puis tu pars en investigances
avec ton émérite langue ! Elle flèche le parcours
du combattant ; n'évite rien : l'estom', le nombril (divine oasis), la broussaille, le marégo.
Tout bien jusqu'à ton terminus où, dès lors, tu
te fous au turbin.

Angela murmure :

— Si vous continuez, je vais devoir m'arrêter.

Parce que je suis pressé, j'interromps mes
savantes agaceries. Magine-toi que je me fais du
souci pour le père Machicoule. Les agresseurs
de James Smith étaient si parfaitement au
courant de mes faits et gestes qu'ils ont dû
savoir ma visite au religieux. De là à aller le
« questionner » à mon propos, lui aussi, y a que
la distance de Sunset Boulevard à Westchester !

Quand on déboule à la cure, un chat furtif et
papelard, la queue en rince-bouteilles, les yeux
phosphorescents, sort de la porte restée entrou-
verte pour une balade de gouttière nocturne.

Je ne l'avais point aperçu lors de ma visite
diurne, ce minet. Après avoir poussé le battant,
je pénètre dans le modeste logis, le cœur étreint
d'une affreuse appréhension, comme on écri-
vait autrefois dans des romans fasciculaires
destinés à envelopper des œufs.

Je tâte le mur, près de l'entrée, trouve un
commutateur et l'actionne.

Mon appréhension cesse, comme toujours
devant la réalité. Grace, la grosse Noirpiote,
diplômée ès pipes, est étendue sur la table, en

croix de Saint-André. On l'a bâillonnée avec une serviette de bain, ce qui revient à dire qu'elle est morte étouffée. Les agresseurs se sont livrés sur la malheureuse à une voie de fait inqualifiable : ils lui ont enfoncé dans le frifri une matraque enveloppée de papier auquel ils ont ensuite mis le feu. Tu juges des dégâts ? Son bas-ventre est brûlé : ses poils crêpés, les lourdes lèvres de son sexe, les chairs dans toute cette zone délicate.

Angela pousse une espèce de gémissement et s'évanouit.

Je la récupère tant bien que mal, la sors sur le banc du jardinet et cours chercher une quille de bourbon, là où j'ai vu que le père rangeait sa gnôle. Une solide gorgée ingurgitée de force la fait tousser et la ramène aux sinistres choses d'ici-bas.

— Restez là et attendez-moi un instant, chérie, je ne serai pas long ! promets-je avant de rentrer dans la cure.

Il est sur son plumard, Machicoule, vêtu d'une liquette de toile et d'un caleçon long comme mon papa en portait l'hiver.

On l'a ravagé d'un coup de bambou terrifiant sur l'occiput. Le gazier qui lui a fait ce coup du *rabbit* n'y est pas allé avec le dos de l'accu hier. Te lui a cigogné le cervelet, les cervicales et autres bricoles dans une conjugaison époustouflante de ses biscottos.

En bon catholique romain, je me signe devant sa dépouille de prêtre et, les cannes fauchées, me dépose en ahanant sur un vieux prie-Dieu dépaillé. Je m'adresse un discours impromptu :

« Félicitations, Antoine, tu l'as tout de suite senti que cette histoire Martine Fouzitout n'était pas catho ! T'aurais tout de même pas imaginé qu'elle baignait dans le sang ! Que bricolait-elle à L'Os-en-gelée, cette étrange gonzesse ? A quelle louche activité se livrait-elle ? Fallait-il qu'elle détienne des secrets (ou des intérêts) importants pour qu'un tandem (sinon davantage) de tueurs exécutent un tel rodéo. Fais très gaffe à tes osselets, gamin, car ça va chier des bulles carrées pour ta pomme ! A tout instant ça risque de t'éclater en pleine poire. En ce moment, ta belle existence ne pèse pas lourd dans ce patelin de forbans. Ils deviennent de plus en plus bizarres, les Ricains ! »

Je mate le chapelet à gros grains accroché à un clou, contre le mur blanc de la chambre. Machicoule devait le porter sur lui, la journée, et le mettre au clou, près de son humble pucier, avant de se coucher. Les petites boules de buis sont usées par le frottement des doigts. Il a dû beaucoup servir. J'hésite, puis m'en empare : une relique c'est toujours bon à engourdir. Il en a plus rien à fourbir, à présent, de son rosaire, Raymond.

Le crucifix d'argent accroché au chapelet est très beau, inspiré sans doute d'un christ Renaissance. Cet instrument de prière doit posséder une certaine valeur car c'est un bel objet. D'origine espagnolisante, je gage. Il l'a peut-être acheté au Mexique, le vieux curé soiffard.

Ce qui a eu lieu chez lui remonte à plusieurs

heures, car les corps sont tièdes. A mon avis, on a molesté la gouvernante noire pour contraindre le père aux confidences. Mais que pouvait-il savoir qu'il ne m'aurait confié ?

Dans la chambre, il ne s'est passé qu'un coup de gourdin monumental. On a demandé à Machicoule de s'étendre à plat ventre et l'exécuteur des basses œuvres lui a placé sa botte secrète à l'aide d'un goumi spécial : en acier flexible gainé de cuir et non de caoutchouc. Une arme terrible dans la main d'un spécialiste, pas du tout le genre gourdin de C.R.S. comme celui qu'on a planté dans le vagin de ma copine Grace et qui a partiellement brûlé.

J'examine le sol à la lumière de ma loupiote de fouille, des fois que, dans le feu de l'action, le meurtrier aurait perdu un « indice providentiel », comme dans les polars de la mère Gaga Christie ; mais je t'en fous !

Au livinge c'est aussi peine perdue. Pas de mégots de cigarettes, de montre au bracelet cassé, de pochette d'allumettes portant l'adresse d'un bar ou d'un restau. Rien dans les mains de la morte : ni cheveux ni bouton ayant appartenu à ses tortionnaires.

Je sors pour rejoindre Angela qui grelotte sur le banc et l'entoure de mon bras invaincu, et provisoirement invicible.

— Partons ! lui dis-je en la pressant fortement contre moi, espérant ainsi lui communiquer un peu de mon indomptable énergie.

— Vous n'alertez pas la police ? demande-t-elle.

— La police c'est moi, Angie. Si je préviens

mes confrères d'ici, ils vont me pomper mon temps et ma liberté pour remplir des questionnaires à n'en plus finir, me garderont comme témoin, et vous aussi. Moi, j'ai mieux à faire.

Elle opine, convaincue par mon argument.

Il est pas loin de quatre plombes *of the morning* quand nous sommes de retour au palais.

Angie (c'est comme ça que je la nomme maintenant) est d'une blancheur que tout autre romancier populaire qualifierait de « cire », mais que moi, si talentueux, je dirais « de cierge », pour renforcer la connotation funèbre de la cire. Je la surprends même à claquer des ratiches.

— Vous avez pris froid ? demandé-je, plein de sollicitude.

— A l'âme, murmure-t-elle joliment. Cette malheureuse femme, écartelée sur la table avec... Seigneur ! je ne l'oublierai jamais.

Elle soupire :

— Cela vous ennuierait de dormir avec moi ? Je suis si bouleversée...

— Avec bonheur, ma chérie. Dans votre chambre ou dans la mienne ?

— Dans la mienne, si vous le voulez bien.

Et c'est ainsi qu'elle m'entraîne dans une pièce toute rose : murs, rideaux, literie et meubles compris.

Nous éclusons deux Gin-tonic chargés comme des mulets de contrebandiers espagnols,

nous nous dévêtons et je demande, désignant le
pimpant plumard très froufrou :

— Je prends bâbord ou tribord ?

— Le milieu, répond-elle.

Je comprends la motivation de sa réponse
quand la voila qui se pelotonne à mort contre
moi, à tel point que, même avec des démonte-
pneus, on ne parviendrait pas à nous séparer.
On s'endort brutalement, membres et souffles
mêlés, vaincus par l'épuisement.

Je suis arraché au néant par une sensation de
volupté profonde. C'est la grande fête à ma
queue ! Une féerie sensorielle si intense que je
râle de plaisir avant que d'avoir retrouvé mes
esprits. Au bout d'un instant, j'ai le fin mot.
Comme souvent, lorsque je suis très fatigué, je
me payais une asperge de première classe. Elle
était si ardente et véhémente qu'Angie en a été
réveillée et que, soucieuse de ne pas laisser
perdre une bandaison matinale aussi féroce,
elle s'est mise à me chevaucher à la langou-
reuse.

Une merveille ! Je n'ai pas à intervenir, juste
à subir ce doux viol en conservant la bite roide.
Volupté de fainéant, certes, mais j'ai bien le
droit de me laisser exploiter la grosse veine
bleue de temps à autre, non ? Après tout, c'est
mon zob et je peux le prêter à cette fille
serviable pour qu'elle en use à sa guise, comme
disait Henri III.

Ma chère Angie est à ce point surexcitée
qu'elle part au fade en moins de temps qu'il
n'en faut à un collégien pour éternuer dans son

FOIRIDON À MORBAC CITY 113

mouchoir quand il s'opère de la main gauche (ou de la droite s'il est gaucher!). Elle devait se trouver chauffée à blanc quand elle m'a enjambé le gouvernail de profondeur.

Un peu égoïste sur les bords, elle me laisse quimper pour aller se rafraîchir la frimousse australe, bien qu'il n'y ait pas d'urgence. Et moi, le sevré malgré lui, de me demander si je vais pouvoir me rendormir après avoir livré mon perchoir à perroquet aux nocturnes lubricités de la blonde Ricaine. Je crains que non. La dorme, chez moi, est capricieuse. Solide lorsqu'on la laisse courir l'amble, mais renâcleuse quand on la perturbe (surtout de cette façon!).

Je consulte ma Pasha aux chiffres fluos. Elle prétend cinq heures douze, ne faisant par là que son devoir. Il est trop tôt pour se lever. Que ferais-je dans cette opulente demeure coloniale lorsque tout le monde roupille encore? Le parti le plus sage, c'est de regagner ma chambre et, puisque je n'ai plus sommeil, de me mettre à examiner de très près la masse de documents éclectiques que nous avons ramenés de chez la Fouzitout.

Quand la belle Angie sort de sa salle de bains, la pelouse irisée comme après l'arrosage de l'aube, je lui explique qu'il est préférable de nous séparer avant la sonnerie du clairon, d'autant qu'elle semble avoir récupéré de ses affres.

Elle admet, vient contre moi, onduleuse, me dit merci, me lèche le cou, m'assure qu'avant moi, nani nanère, tout le boniment classique du style : « T'es pas le premier mais tu es le seul;

114 FOIRIDON À MORBAC CITY

j'ignorais tout de l'amour avant de te rencontrer ; un pétard à fesses comme le tien mérite qu'on soit venu sur terre pour se l'enquiller dans la balafre, etc. »

Elle m'implore de lui plomber ventôse, après lui avoir niqué pluviôse, mais je trouve que c'est pas l'heure de prendre du chouette, aussi demeuré-je ferme sur mes positions et regagné-je ma carrée, ma bite sous un bras, mon pantalon sur l'autre.

Tu m'accordes qu'avec mézigue, fils unique et préféré de Félicie, ça ne chôme pas. L'action et le cul tournent à plein régime.

Si je te disais que je ressens un contentement quasi organique à me retrouver seul. Etre à l'abri du parler d'autrui, de ses ondes, de sa connerie ambivalente, de son regard jamais tout à fait gentil et si souvent tout à fait féroce ! Ah ! le Sartre ! « L'enfer c'est les autres ! » Bien vu, Jean-Paul !

Je lâche mon paquet de hardes sur le serviteur-muet. La flemme de mettre le futal au pressing électrifié et la veste sur le cintre large comme de vraies épaules de jules. La limouille au sol, le slip idem, avec les mocassins. Le voilà Jésus en plein, ton Sana, l'arsouille. Le pénis passé au blanc d'œuf scintille dans la lumière des savantes loupiotes. Me gratte les meules, comme le fait si volontiers Béru, puis le dessous des roustons qu'on n'aère jamais suffisamment.

Alors quoi ? Je me couche ou je travaille ?

Un fécond comme moi choisit toujours le devoir.

FOIRIDON À MORBAC CITY   115

Je vais donc chercher les trois sacs.

Nib ! Ils ont disparu. Que signifie-ce ?

J'explore les placards et implore Saint-Antoine de Padova ; mais rien !

Faut gamberger ; tout comporte une explication, le plus léger mystère.

Ces papiers auraient-ils été évacués par une soubrette venue faire la couverture et qui a cru que ces sacs de plastique bourrés de fafs étaient destinés à la poubelle ?

L'ennui, avec les domestiques, c'est qu'on les paie pour briquer notre existence, alors, comme parfois ils sont honnêtes, ils en font trop. Et à force de nettoyer, ils détruisent. Ils ignorent que leurs glorieux patrons cousus d'or ont besoin de misérables petits riens qu'ils ne voudraient pas pour eux-mêmes.

Peut-être que Pinuche a eu envie de mettre son grain de sel dans notre provende afin de l'étudier dans sa chambre ?

On verra ça tout à l'heure ; décidément, j'ai trop besoin de dormir.

7

CHAPITRE CÉROFÉRAIRE

La moitié inférieure de Béru (sa plus intéres-
sante) étant hors d'usage, Harold J. B. Chers-
terton-Levy, reporta le tournage précipité de
« Trois Zobs dans une brouette » à la semaine
suivante pour laisser au Gros le temps d'être
opérationnel. Je décidai de mettre ce retard à
profit pour aller enquêter à Morbac City, la
fameuse agglomération où se trouve « le banc
des amoureux ». Je trouvais cette romantique
légende très belle bien qu'un peu cucul-la-
praline ; mais le peuple possède un instinct
infaillible quand il s'agit de se fixer des hauts
lieux émotionnels. Il chiale toujours à bon
escient, réservant ses larmes pour des conneries
au lieu de les consacrer bêtement à des affaires
de boîtes-pipoles, de famine abyssine ou à des
tremblements de terre mexicains que je te
demande un peu ce qu'on en a à branler, nous
autres dont l'échelle de Richter est en fonte
renforcée !

Angela, bien que chagrine de me voir partir,
arrange les bidons avec son boss pour qu'il nous
prête un de ses seize jets. Elle a, sur le magnat

du cinoche, un pouvoir qui me donne à penser des choses fuligineuses. M'est avis que la toute belle doit marner du slip à ses moments perdus ; mais que celui qui ne l'a jamais baisée lui jette la première capote anglaise !

Je dois inclure ici une information sans laquelle un esprit vétilleux comme le tien serait chagrin : je n'ai pas retrouvé mes trois sacs de documents arrachés de la maison de Venice. Pinaud ne les a pas pris et les domestiques nient énergiquement les avoir balancés dans le vide-ordures. Dois-je en conclure qu'on me les a chouravés ? Je n'ose. Qui donc aurait pu s'introduire dans ma chambre aux insus de tous ? Les tortionnaires-tueurs de la nuit ? Ou alors ils disposaient d'une complicité dans la place. Le dollar est, aux States plus qu'ailleurs, une clé de papier qui ouvre toutes les consciences !

Il est quinze heures dix, heure locale, quand le zinc de notre bienfaiteur nous dépose au petit aérodrome d'Hysterical Gold, dans l'Utah, qui dessert Morbac City, distante d'une vingtaine de *miles*. Un soleil de plomb, gris et triste, écrase le paysage désolé où l'ombre de notre avion est la seule qui s'imprime sur le sol. Tout est plat, sans végétation. A l'ouest, une chaîne de montagnes également blanches, mais il ne s'agit pas de neige : c'est de la roche !

Le pilote a établi son plan de vol avec la concierge du cousin germain de celui qui contrôle le « terrain d'aviation » (comme on dit en Suisse) et elle a oublié d'en faire part à qui de droit, car on ne voit personne dans le secteur.

— *Good luck !* lance le jet-driveur en envoyant les gaz.

Sa mission est remplie. Il nous a chiés dans ce désert, comme il en avait reçu l'ordre, et se grouille de regagner l'Os-en-gelée où sa souris l'attend pour une calçade expresse.

— Quel bled de merde ! lamente Béru. Y a lurette qu'y z'ont pas dû arroser les pelouses !

Brusquement, parce qu'il est en grand désarroi mental, le Marquis y va de son chant du coq. Celui-ci se répercute dans le désert et va mourir au loin.

Là-dessus (biscotte le soleil, on préférerait que ce soit là-dessous !), nous gagnons là construction en préfab, blanche comme le reste (ne manque plus qu'un dominicain dans le paysage), histoire de vérifier s'il existe un espoir de vie organique sur ce territoire, ou bien s'il serait préférable de se rabattre sur Mars ?

L'aéro-club est ouvert. Il mesure cinq mètres sur six et se divise en deux parties : l'une servant de tour de contrôle, l'autre de salle d'embarquement-bar. Près d'un comptoir en Formica, à l'unique table, est avachie une grosse rouquine sans âge, au visage ravagé par l'alcool et les bubons. Ses cheveux flamboyants et gras pendent au-dessus de la table et jusque dans sa bière.

— Hello ! lui lancé-je.

Mais je ne lui fais même pas broncher une paupière. Alors je passe dans le local contigu où

FOIRIDON À MORBAC CITY 119

un type à barbe dort devant des appareils
crépitants, un casque d'écoute sur sa tronche
hirsute.

— Hello ! relancé-je en mettant du guilleret
dans mon intonation.

Ça lui fait l'effet inverse de celui que j'espérais. Il pose son front sur son bras replié pour
une roupillade plus confortable et y va d'un
ronflement en comparaison duquel celui du zinc
qui vient de nous cracher n'est qu'une respiration d'adolescente masturbée.

Je m'approche et le secoue.

— Quoi, merde ? éructe-t-il (1).

N'a pas même déverrouillé un lampion, ce
vieux zob en tire-bouchon.

Décidément, la femme du bar et lui (probablement constituent-ils un couple ?) sont nazés
à bloc. Je me dis que s'il n'y avait que ces deux-
là pour faire fonctionner Roissy-Charles-de-
Gaulle, les ambulances ne sauraient plus où
donner du brancard.

Vaincu par l'inertie, je vais rejoindre mes
potes. Le Tuméfié a pris les choses en main et,
assisté du Marquis de service, met à sac le
réfrigérateur. Il distribue force bières fraîches,
m'en tend une que j'accepte et s'octroie une
boutanche de vin blanc de Californie égarée
dans cette aventure.

Je musarde à la recherche d'un poste téléphonique et en dégauchis un derrière le comptoir.
La providence qui ne me perd jamais de vue

1. Je t'ai fait une traduction simultanée, pas te compli-
quer la lecture.

très longtemps a fait placer un petit écriteau rouge avec le mot « Taxi » écrit dessus, ainsi qu'un numéro.

Je compose. Ça sonne un bout, quelque part dans le désert, et puis une voix me répond :

— Boorisch Garage.

Je raconte que je suis à l'aéroport d'Hysterical Gold avec des amis et que nous aurions besoin d'une voiture pour nous conduire à Morbac City.

La voix (de femme, d'homme, d'hermaphrodite ?) répond brièvement « O.K. », ce qui ne m'aide pas à dissiper le mystère de son sexe.

Ne reste que d'attendre en vidant le frigo. Nous nous acquittons de cette tâche avec conscience. La vieille ivrognasse rousse tente de vider son verre, mais la force lui en manque, ou bien l'énergie ? Elle y renonce et, pour se faire un petit plaisir compensateur, se met à pisser sous elle.

Nous poireautons plus d'une heure dans le local torride (bien que toutes les ouvertures en soient ouvertes), et je me mets à croire au méchant lapin quand un ronflement non produit par le vieux de la tour de contrôle, naît et croît. Qu'en fin de compte, une dépanneuse déglinguée finit par arriver en sinuant et s'arrête devant la porte du club-house. Un nain en descend. Que dis-je, un nain ! Un projet d'enfant de nain ! Minuscule créature issue des « Rantanplan » (1). Quatre-vings centimètres

1. Album de bande dessinée de jadis narrant les aventures d'un garçonnet nommé « Bicot » (c'était avant le problème algérien).

FOIRIDON À MORBAC CITY   121

en tout (dont cinquante de la queue à la tête), pantalon de velours, tee-shirt célébrant l'efficacité de la « Chase Manhattan Bank », chapeau de cow-boy trop large, heureusement stoppé par des oreilles décollées. J'oubliais : des santiags et un mégot de gros cigare complètent l'étrange silhouette.

Ce mutant s'avance et, de sa voix fluette, lance :

— O.K., les gars : c'est bon pour moi !

Je l'étudie, déconcerté.

— *Are you a dwarf?* (1) je lui questionne.

— Non : j'ai six ans, répond « la créature ».

— Six ans, et vous pilotez une dépanneuse ?

— Il faut bien : ils sont tous « patafioles » à Mor.

L'étrange gamin désigne la rouquine écroulée.

— Vous voyez ? Mes vieux, c'est du kif ! Jusqu'à ma grande sœur de douze ans qui était en train de dégueuler son gin dans la cuisine quand je suis parti.

— Et vous, vous ne buvez pas ?

— Je vais commencer l'an prochain : j'aurai l'âge de raison.

— Les gens d'ici se poivrent tous les jours ?

— Pas à ce point ; mais le « *Bench Holiday Making* » a commencé hier et va durer jusqu'à la fin de la semaine prochaine !

— La fête du banc des amoureux ?

— *Yes,* mon pote : c'est pour ça que vous êtes venus, vous et votre bande de vieux ?

---

1. Etes-vous un nain ?

— Exact, mens-je.

— Vous allez avoir de la peine à vous loger, tous les natifs du comté rappliquent pour cette occasion.

Ma pomme de commencer par le commencement :

— Prends ça et arrange-nous le coup, fais-je au môme en lui tendant un billet de cent ; tu m'as l'air démerde, fiston.

Il enfouille la pauvre gueule de Benjamin Franklin sans trop s'émouvoir.

— Ça va rester difficile, assure le déluré, combien êtes-vous ? Cinq !

— On n'a pas besoin de cinq chambres ; deux suffiraient : une pour moi, une pour les quatre autres !

Ça le fait rigoler.

— Vous venez d'où, avec votre accent à la con ?

— France.

— C'est où, ça ? Au Canada ?

— Non, en Europe.

— Et c'est où, l'Europe ?

Je me fous à rire.

— Il y a chez nous des politiciens auxquels j'aimerais bien te présenter, même, tu leur ramènerais les pieds sur la terre. Bon, tu nous emportes ?

— O.K. ! O.K. ! Martien. Vous montez à côté de moi et on fout les quatre autres derrière, c'est bien ça ?

— C'est tout à fait ça, confirmé-je.

C'est quand on quitte la piste pour la route que j'apprécie pleinement la conduite de « Petit

FOIRIDON À MORBAC CITY   123

Gibus » (1). Il roule d'un bord à l'autre, tutoie le talus, passe de la première à la quatrième, freine hors de propos, accélère, par contre, dans les croisements, foutant la diarrhée aux automobilistes de rencontre, écrasant deçà, delà, un chien errant, un oiseau au vol trop lourd qui n'a pu décoller avant son arrivée, emboutissant des panneaux de signalisation, bref, se comportant en tout comme s'il faisait joujou sur la piste du Lac Salé.

Je finis par me demander, après qu'il eut défoncé l'arrière d'un autobus, s'il pilote une dépanneuse ou plutôt une « panneuse ».

— Tu ne voudrais pas que je conduise ? demandé-je au bout de dix kilomètres et un litre de sudation.

— Non. Pourquoi, Martien ?

— Tu arrives à peine à toucher les pédales.

— Quelle idée ! Regardez mes pieds, Martien.

— D'accord, mais quand tu parviens à les toucher, tu as la tête plus basse que le pare-brise.

— Faut choisir, tranche le moutard. Est-ce qu'on serait chassieux, dans votre pays ? Comment s'appelle-t-il, déjà ?

— France.

— C'est un prénom de femme, ça. La fille du shérif s'appelle France.

— Elle est jolie ?

— Elle louche.

---

1. Personnage immortel d'un film d'Yves Robert : *La Guerre des boutons.*

124 FOIRIDON À MORBAC CITY

— Eh bien, mon pays est plus beau que la fille de votre shérif ; toi, tu te nommes comment, fiston ?

— Roy Clark.

— Tu iras loin si tu ne te renverses pas dans un ravin avant !

Il désigne en riant la plate immensité qui nous environne.

Ce simple geste suffit à nous faire quitter la route. Je l'aide à redresser le volant et il termine sa phrase :

— Les ravins, ici...

Mes potes de l'arrière se mettent à hurler. Je dis à Roy de stopper. Renseignements pris, on a perdu le Marquis dans l'embardée. On le voit qui se relève, à cinquante mètres en arrière et qui survient en clopinant.

— Recule, il boite, fais-je au pilote d'essai.

— Je ne peux pas : y a plus de marche arrière.

— Et vous vous en passez ?

— Chez nous, à Morbac City, on va toujours de l'avant !

***

Morbac City, je pourrais t'en dresser le plan les yeux fermés. C'est des maisons au bord de la route, une église, un bâtiment avec le drapeau ricain. Pas une seule voie perpendiculaire, pas une place, voire un simple renfoncement. Tu dirais une branche de dattes, les constructions comme les fruits que je cause, sont collées à la branche.

FOIRIDON À MORBAC CITY   125

Cela, comme toujours, commence par des masures, on passe à des crèches plus importantes, il y a quelques boutiques, la chapelle entourée de son cimetière, et puis, à l'extrémité du pays, après quelques centaines de mètres, voilà que la route s'élargit en forme de tulipe (j'ai la description végétale, aujourd'hui). Et c'est cet évasement qui est complanté pour former un petit espace vert au centre duquel se trouve le fameux « banc des amoureux ».

Au-delà de ce banc, quelques massifs floraux, puis, plus loin, le fameux poteau indicateur que j'ai eu tant de mal à déchiffrer. Après l'évasement, ça redevient rectiligne, on retrouve des masures ; le désert reprend, puis vient une espèce d'oasis qui se manifeste par un boqueteau de pins gris de poussière au centre desquels on a bâti un motel qui devait être délabré avant sa finition. Cela s'appelle, avec beaucoup d'à-propos *Desert Motel*. Et cela se résume en six bungalows évoquant les cabanes des « jardins ouvriers » où les manars vont cultiver le haricot à rames, la tomate et la carotte, pendant le week-end, histoire de se donner des émotions de gentlemen-farmers.

Quelques véhicules sont garés sous un toit de roseaux secs ; j'en compte davantage qu'il n'y a de cases.

— Vous voyez ce que je disais, Martien ? déclare le gosse. On affiche complet.

Je saute néanmoins du véhicule. Mes compagnons protestent comme quoi ils ont été durement secoués. M. Félix a les reins endoloris et ne parvient plus à retrouver la position verti-

cale ; la biroute du Gros est en feu ; le Marquis
s'est foulé une cheville en chutant de la dépanneuse ; quant à Pinuche, il est gravement
incommodé par les gaz d'échappement, le pot
ayant été arraché depuis longtemps. Effectivement, son teint est d'un vert poireau qui aurait
intéressé Toulouse-Lautrec.

Flanqué de mon petit prodige du volant, je
m'achemine jusqu'à la guitoune servant de
réception. J'y trouve un Indien à plumes qui
dort à poil sur le plancher, n'ayant conservé en
fait de vêtement que son serre-tête orné de trois
plumes rouges.

Comme je tente de l'éveiller, Roy me dissuade :

— Rien à faire : Bison Bourré a pris sa
muflée de l'année. Il sera huit jours comme ça.

— C'est lui qui tient le motel ?

— Avec sa fille.

— Et où est-elle, Génisse-Sevrée ?

— Dans les bungalows.

— Elle fait le ménage ?

— Non : l'amour. Elle apporte des cassettes
pornos aux clients et les visionne avec eux en
leur faisant des trucs.

— Tu en sais des choses ! béé-je.

— Il vaut mieux, dit sentencieusement mon
guide.

— Comment savoir s'il y a de la place ?

— Minute !

Il ressort pour aller klaxonner. La dépanneuse produit un truc formide : mi-corne de
brume, mi-meuglement de vache en gésine.

Comme il persiste, une porte finit par s'en-

FOIRIDON À MORBAC CITY   127

trouvrir, sur la gauche, nous révélant un quart
de fille dans le sens de la longueur. Ladite
semble tenir une serviette devant son fourré
d'aubépines.

— Ouais ! Ouais, quoi ! C'est toi qui fais ce
bousin, petit enculé de sa mère ?

— Gueule pas, salope ! Je t'amène des
clients.

— C'est complet, connard !

— Et ton cul aussi, il est complet, hein,
grande pute ?

La porte se referme violemment après cet
échange de répliques claudéliennes.

— Je vous l'avais dit, Martien, ça va être
coton !

— Pourtant, ce putain de bled paraît désert ;
à part tes Indiens à la con, je n'ai pas aperçu
une seule âme !

Le gosse ronchonne :

— Vous êtes dur à la détente, Martien ! Je
vous répète que, dans la journée, tout le monde
cuve sa cuite de la nuit ; mais vous allez voir ce
soir, cette foiridon !

Il gamberge un peu, puis :

— Bon, je vous emmène ailleurs.

— Où ça ?

— Chez le pasteur Marty ; il lui arrive de
louer ses chambres quand il a affaire à des gens
bien.

Privé du concours, souvent appréciable, de la
marche arrière, Roy part à travers la pinède,
arrachant un ou deux arbrisseaux, va tourner
sur la lune et revient à la route-rue. Tu sais que

je m'attache à la vitesse grand « V » à ce petit garçon phénomène ?

On stoppe devant une maison un peu moins locdue que les autres et qui jouxte le cimetière.

— J'espère que le révérend est raide, lui aussi ; y a pas plus mauvais coucheur que ce grand con ! Que je vous dise, Martien : sa bonne femme, faudra que vous lui fassiez du charme, elle est sensible aux beaux garçons.

Cet hommage d'enfant, donc cette vérité, fait se rengorger « le Martien ».

Sais-tu qu'elle est mieux que pas-mal-du-tout, la dame du pasteur ? Quand je vois une personne pareille, je mesure tout ce que ratent mes bons curés apostoliques romains. Dis donc, c'est la régalade chez leurs collègues réformés. Quand je pense qu'on vient dauber sur nos gentils prêtres, les suspecter du péché de chair et autres balourdises, sans raison la plupart du temps, juste manière de les salir, ces chéris ! Déjà qu'ils font ceinture de chasteté, merde !

Tu crois que c'est joyce de se retrouver seulâbre le soir dans son lit grabataire, à pas même pouvoir se pogner, vu que mon admirable Jean-Paul II (que je révère malgré ses prises de position dures dures) a interdit la chose. De l'automutilation, non ? Ça a un corps, un prêtre ! C'est un mammifère comme les autres. Ça possède des aumônières comac ! Alors quoi ? Il se l'enveloppe dans des linges mouillés quand ça tambourine contre la cloison de son bénouze ? Et tu penses que ça fait plaisir à Dieu ? T'es bargeot ! Faut pas bouffer, alors ! Pas dormir ! Pas lire de Santantonio ! Pas admirer la sublime Anne Sinclair à *Seven on seven !* Pas renifler les roses ! Pas regarder une libellule titubant au-dessus d'une pièce d'eau ! Faut rien, quoi ! Rien du tout ! Et il n'a même plus le droit de prier en latin, ce pauvre gars. Ils se plaignent de ce que notre Eglise part en sucette ! Qu'on me foute pape après Jean-Paul et tu verras ce travail ! Je te la remonterais, la boutique, moi ! Je suis catho, j'ai le droit de postuler. Y a eu des papes civils dans l'Histoire vaticane. Je prendrais pas l'avis d'André Froussard ! J'achèterais du savon et je ferais des bulles à tire la Saint Rigot ! J'en sais qui prendraient leurs encycliques et leurs claques, espère !

Pardon : je m'échauffe. Que veux-tu, je suis un passionné. C'est un péché peut-être, mais pas mortel, je le pratique depuis si longtemps !

Mais tu commences à piétiner, à te demander ce qu'il advient de Mme Marty, épouse de révérend.

Pour s'en débarrasser, du pasteur, je te signale qu'il est allongé sur le vieux canapé de son salon, un livre de prières en tuile sur le visage, et qu'il ronfle là-dessous à s'en péter la cloison nasale, kif des gens qui en prisent de trop grandes quantités.

J'ai rarement vu tout un village se torcher de la sorte, même dans mes coins viticoles ! C'est à croire que la pasteurine, Petit Gibus et la fille de l'Indien exceptés, il ne reste plus personne de lucide dans le Landerneau ! Ils se sont tous envoyés dehors, les Morbacityens !

La dame, sans bêcher, elle est très belle dans son style. Son visage est un camaïeu de vert, de jaune, de bistre. D'abord, elle a un bronzage qui tire sur le safran, puis de grands yeux tirant sur le vert, puis une chevelure d'un blond roux tirant sur le cuivre. Le tout fait songer à un tableau de Bozon-Verduraz l'Aîné, à sa période fauve.

Elle sourit à Roy, ensuite m'examine avec sérieux, en ayant l'air de se demander combien j'ai de poils sur la poitrine.

Je m'incline, cérémonieux.

Le gosse déluré à bloc :

— Madame Marty, j'amène des touristes étrangers qui cherchent à se loger, mais le motel est complet. Ils viennent d'un drôle de pays, très loin, dont je n'ai pas retenu le nom. Ils sont gentils et bourrés de fric, vous ne pourriez pas les loger ?

J'interviens en carbonisant la dame de mon regard 28 bis, qui a reçu de récentes améliorations techniques afin de le rendre davantage performant.

— Le drôle de pays dont parle cet exquis petit garçon, c'est Paris, madame.

Elle pâme :

— Parisss !

A croire qu'elle vient de répéter ce nom avec sa chatte.

— J'accompagne le professeur Félix Legorgeon, du Collège de France. Il est escorté de

FOIRIDON À MORBAC CITY   131

son secrétaire et de deux autres membres éminents de la faculté d'Arpajon. Ces sommités préparent une encyclopédie sur les fêtes populaires américaines, dans le cadre d'une vaste étude internationale relative aux contacts humains.

— Je vois, dit-elle. Il est flatteur que vous ayez inclus Morbac City dans votre enquête, seulement, si j'ai bien compté, vous êtes cinq et je ne dispose que de deux chambres.

Gagné ! Hip Pipe pipe, hurrah !

— Ça ira, dit vivement Petit Gibus.

— Je vais vous les montrer, décide notre nouvelle hôtesse.

— Va chercher mes amis et leurs bagages, enjoins-je au môme.

Je suis la belle épouse de pasteur sur l'arrière de la maison, laquelle est en longueur comme un wagon de chemin de fer. Pareille au village, elle a été bâtie selon le principe de la branchette de dattes. Au lieu de maisons bordant une rue, ce sont des piaules bordant un vestibule.

Pas le grand luxe, oh ! que non. Du bois qui grince, qui n'insonorise pas. Du bois disjoint, poreux, au travers duquel tu peux mater d'une pièce dans l'autre. J'ai trouvé ce genre de crèche au Groenland et aussi en Afrique. Note, des constructions de bois, y en a sous toutes les latitudes.

La dame ouvre les deux dernières portes qui se font vis-à-vis, comme dit Mme Lefournaux, la pédicure de maman. *Vis-à-vis,* c'est son expression d'Ingres, à l'éplucheuse de durillons. On a tous des tics verbaux, j'ai remarqué.

Les deux pièces comportent chacune des lits jumeaux.

Je vais me sacrifier : en prendre une avec Pinuche ; Béru et Félix adopteront l'autre, quant au Marquis de Carabas, il pieutera sur le plancher ; on lui trouvera sûrement une couvrante et un oreiller.

La dame attend mon appréciation.

— Voilà qui est parfait, assuré-je. Puis-je vous demander votre prénom ?

— Ivy.

— J'adore. Moi, c'est Antoine.

Elle répète avec un merveilleux accent :

— Annetouenne ?

— Exactement !

J'ajoute :

— Vos lèvres ont la couleur des framboises mûres et je parie qu'elles en ont aussi le goût !

— Vous croyez ?

Qu'est-ce que tu veux, mon neveu : faut assumer, j'annonce ma bouche. Pelle éblouissante ! J'en redemande ; elle en redonne.

— Après vous s'il en reste ! clame l'organe égrillard du Gros. Dis donc, grand, chez c'pasteur, c'est la maison du bon Dieu !

8

CHAPITRE INTRANSITIF

Son membre tuméfié ne pouvant souffrir le contact d'une étoffe, on a dû fabriquer une sorte de robe à panier au Gros afin que son chibre bénéficie d'un espace vital convenable. Oh! certes, ainsi attifé, il ne ressemble pas à Marie-Antoinette, mais pour circuler dans un patelin où, le soir tombé, s'organise un carnaval, cette tenue apporte sa contribution à la liesse générale.

C'est Ivy qui, de ses doigts de fée, a confectionné le travesti d'Alexandre-Benoît, épouvantée qu'elle fut, la belle âme, par la vue d'une aussi belle chopine en si cruel état. Femme de cœur, femme d'élite, sans doute négligée par un époux dont je n'ai pas encore aperçu le visage (toujours dissimulé sous son livre), et qui parfois, au mépris de son salut éternel, doit céder aux exigences charnelles avec un partenaire de bonne fortune. Moi, en cette belle occurrence, car je compte bien, demain, dès potron-minet aller lui faire minette à l'heure où les maris — fussent-ils pasteurs — cuvent, libérant ainsi leur conjointe des liens pas si sacrés que ça du mariage.

Curieux comme s'organise, se compose et s'exalte la fête du banc à Morbac City.

Cela commence par des illuminations, naturellement, dont, au jour, je n'avais pas vu l'infrastructure. Des guirlandes d'ampoules de couleur rose cernent chaque demeure et des cœurs immenses, percés de flèches symboliques, sont tendus en travers de LA rue.

Des haut-parleurs brailleurs diffusent des musiques fanfaresques qui meurtrissent les tympans. Des tréteaux sont sortis, sur les planches desquels on amène des boissons variées, toutes alcoolisées. On trouve là du whisky, du punch, de la tequila, et même du vin californien.

Plus tard, les majorettes déboulent : culculjupe-ras-de-touffe, corselet rouge semé de cœurs dorés, fanfare que domine ce pachyderme de cuivre qu'est l'hélicon basse. Les baguettes des tambours frappent en cadence et se relèvent pour monter au ras des moustaches. Vient la horde travestie, puis les autres, les vioques, les pattemouilles qui se déguisent d'un nez rouge ou trait de crayon blanc sur la gueule. Drapeau américain ! Mêlées à toutes les sauces, les cinquante étoiles : burlingue présidentiel, la Lune, mon prose-sur-la-commode !

Quand le défilé parvient au fameux banc, il stoppe et entonne l'hymne à l'amour composé par un compositeur de l'Utah nommé Charlaz Navour, d'origine argentine, donc doué pour le rythme. Ces voix ! De toute beauté ; les larmes t'en salent les joues. Les amoureux font la bite

FOIRIDON À MORBAC CITY 135

(pardon : la queue) pour s'asseoir côte à côte
sur ce siège de fonte légendaire. S'y roulent une
galoche sous les applaudissements de la foule.

Après quoi, le défilé repart pour un tour,
mais en marquant des stations devant les mar-
chands de boissons. Et c'est alors que les
libations commencent ; elles dégénèrent vite, au
fil de ce chemin de croix, en ivresse collective,
puis en noire beuverie. Moines, femmes, vieil-
lards, enfants, tout le monde lichetrogne.

Ivy, embusquée derrière son rideau, regarde
déferler la cohorte poivrée. Elle m'explique
qu'elle ne supporte pas l'alcool, trouve son
usage nocif et son abus dégradant. Son pasteur
le tolère mal, mais son ministère lui fait un
devoir de se mêler à l'ivresse publique, sinon il
serait mis en quarantaine et c'est le Seigneur qui
en pâtirait. Elle va le réveiller car il est temps
qu'il aille passer une nouvelle couche. Thérapie
de choc : café noir additionné d'ammoniaque,
puis un bourbon et deux jus de citron mélangés.
Après cette double ingurgitance, Marty se
prend une douche froide, se rase et repart à la
pêche aux âmes.

C'est un type plutôt neutre, au teint blafard,
aux gros sourcils bruns, à la calvitie méthodique
(lui, il est méthodiste). Il a laissé pousser ses
cheveux sur la droite, et les ramène sur le front
où il les maintient fixés à la gomina. Détail : il
est affublé d'un bec-de-lièvre mal opéré qui
donne à sa bouche l'aspect d'un glaïeul. Cela
dit, c'est un homme de bonne taille, surtout du

136 FOIRIDON À MORBAC CITY

côté gauche où son épaule domine la droite de vingt bons centimètres.

Ivy me présente, mais il est encore sonné par sa biture de la nuit passée et ma présence chez lui l'indiffère ; je crois que, même s'il me voyait tirer sa gerce (ce qui ne saurait tarder), la chose ne le ferait pas sourciller.

Ivy l'assiste, lui sort des fringues propres, les lui passe et le fout à la porte ; tout cela en un temps record. Marty, la démarche évasive, s'intègre dans le cortège de soiffards où déambulent déjà mes quatre compagnons.

Nous sommes seuls, la dame et mézigue. J'ai la nuit et ma bite devant moi pour entreprendre cette femme de bonne rencontre, si suave dans sa mélancolie d'épouse résignée. Les femmes frustrées sont les meilleures à prendre. Une fois la lourde bouclarès à trois tours, je pousse un soupir capable de gonfler un pneu de bulldozer.

— Je vais baisser les rideaux, dit-elle, cette cacophonie est insoutenable. Comment peut-on participer à ce triste carnaval ? Les gens sont des enfants, et des enfants demeurés !

M'étant assis dans le canapé où roupillait son jules, je lui tends la main. Docile, elle me la prend, vient s'asseoir à mon côté, se laisse renverser de manière à avoir la tête sur mes genoux. Moment de douce félicité. Baiser, toujours baiser, soit, mais un instant d'abandon ne messied pas, comme disait un égoutier de mes relations. Je caresse doucement son visage, me penche par instants pour lui donner un baiser ou lui en prendre un. Le temps passe. On est cool.

FOIRIDON À MORBAC CITY   137

— C'est bon, la France, murmure-t-elle, les paupières baissées.

Comme c'est bien dit ! Ça pourrait être de moi !

En geste de reconnaissance, je fourvoie ma dextre sous sa robe. Elle est nu-jambes ; sa peau est satinée, si douce... Le renflement de sa chatte sous le slip qui doit être blanc chez cette honnête créature. La toison élastique feutre ma caresse. Je tire légèrement sur son entre-deux Renaissance, puis expédie Mathieu et Babylas (mon médius et mon annulaire en chômage) dans des régions vénusiennes déjà noyées de plaisir, comme l'écrit Sa Majesté la comtesse de Paris dans « Quand j'étais jeune fille ou les Mémoires d'Henri III ».

La veuve Clito, c'est le plus joice des préambules. Ça vaut toutes les gaufrettes salées de chez Fauchon !

T'attaques circulaire. Tu balises l'entonnoir. Force centripète ! Une langue fourrée peut ajouter à la volupté. Rien brusquer : le temps est à nous. La nuit ! Quel beau cadeau qu'une nuit d'épanchements ! Mignonne allons voir si la rose...

J'aime mon existence butineuse. Je voltige de femme en femme, de bouche en bouche, de chatte en chatte. Tout recommence : la ronde des sens. Les gestes éprouvés. T'attends des réactions qui finissent par se produire, conformes à ce que tu espérais. Tu crées l'amour ! Tu le vis.

Elle ne dit mot.

Consent.

Passe le temps, sonne l'heure ; l'ennui s'enfuit, je demeure.

Ça s'éternise. Je me dis qu'il serait sot d'interrompre le sortilège pour jouer les cosaques du don (sans majuscule). Coltiner madame jusqu'à une couche, la dépiauter, l'entreprendre autrement. On verra plus tard : *mañana !* Rien ne presse. J'aime lui tenir lieu d'oreiller. La caresser dans le silence de la maison cernée par le vacarme extérieur. Baiser sa bouche tout en touillant son frifri. La voilà qui se met à trembler. Oh ! ça annonce le grand départ, ça, je te le dis. La danse de Saint-Guy dans cette situation est éloquente. Le tremblement s'accentue. Elle chevrote comme saisie par le froid, alors qu'à l'extérieur, la température avoisine encore trente degrés Celsius. Son dargif manque m'échapper tant tellement qu'elle rodéote avec, Ivy ! Pas souvent qu'elle prend un panoche de cette envergure, la chérie. Et puis elle crie deux syllabes révélatrices :

— *My God !*

Ne se met pas à glapir des « Je jouis ! Je pars ! Je te donne tout ! » ou des conneries du genre. Non ; elle, épouse de pasteur, quand un amant la fait reluire, ça reste « Mon Dieu ! ». Beau, non ? Edifiant. Comme quoi tu peux te faire éclater la moule en conservant ta classe et ta dignité ! Foin de « Je la sens bien, ta grosse bite ! », voire de « Tu me défonces le pot, salaud ! » Ivy, simplement « Mon Dieu ». Oui, son *God for ever,* en toutes circonstances, adultère, pas adultère ! Je m'incline.

FOIRIDON À MORBAC CITY 139

Après ces préliminaires, nous marquons une pause pour la publicité. Au cours de laquelle nous nous endormons. Elle, vaincue par trop de jouissance intense, moi par trop de fatigue non encore évacuée.

Dehors, les gaziers de Morbac City font un chahut de tous les diables.

Ce qui me sauve, c'est que cette maison soit en bois, comme j'ai eu le grand honneur et le vif plaisir de t'en informer y a pas si longtemps, cherche quelques pages plus avant, tu retrouveras.

C'est une succession de craquements qui m'alerte. Ils ont de particulier qu'on cherche visiblement à les étouffer. Il est à peu près certain que la personne qui se pointe nuitamment a ôté ses grolles.

San-Tonio toujours... prêt !

Je soulève mon hôtesse, ce qui a l'inconvénient de la réveiller.

— Qu'est-ce que ?...

La paume de ma main gauche l'empêche d'en causer plus.

— Chuuuut ! ponctué-je.

La dépose sur le divan, tout en lui faisant signe de se taire.

De mon doigt sorti de sa chatte et que je garde dressé, j'attire son attention.

Elle perçoit les craquements et répète « *My God* », mais pour une raison différente.

Là, je suis pris de court, comme disait une naine violée. J'aurais de l'outillage, je ferais le malin. Hélas, me voilà sans arme. J'opte pour la

solution bateau, conne à chialer sur son plas-
tron. Je me saisis d'un buste représentant
Wagner et me place derrière la lourde. Il est
heureux que le pasteur Marty soit un incondi-
tionnel de « la Tétralogie », sinon je n'aurais eu
qu'un éventail ancien à me mettre dans la
poigne.

Les glissements craquants se rapprochent.
Un effleurement. Le loquet de la porte se
soulève, le battant s'écarte. Par l'ouverture qui
se déclare le long des gonds, j'aperçois une
silhouette de clown. J'en suis basourdi. Evidemment, il est fastoche de se déguiser en cette
période débridée.

L'arrivant entre à pas de loup (je cherchais
une métaphore originale, merci, *my God*, de
me l'avoir soufflée). Il regarde la pièce plongée
dans l'ombre et avise la dame récamièrement
allongée. Comme il s'en approche, ton San-A
adoré bondit en tenant un fameux compositeur
allemand par le cou et l'abat sur la tronche du
visiteur.

Mais le clown possède des réflexes de chat. Il
me perçoit, volte. Dans sa rotation, il dérouille
Wagner sur l'épaule.

La statue est en marbre (Wagner le mérite) ;
la clavicule du type se brise (elle le mérite
également). Le clown tenait un pistolet de sa
main droite : il le lâche. Je file un coup de
pompe dedans, l'arme file recta sous un meuble. Dès lors, le gars bat en tu sais quoi ? Oui :
retraite. Je me précipite à sa suite. Comme son
bris de clavicule ne l'empêche pas de courir, il
est déjà à la porte.

FOIRIDON À MORBAC CITY 141

Je crie :

— Halte, ou je tire !

Il s'arrête pas, je ne tire pas non plus vu qu'il n'y a qu'un flingue dans cette pièce et qu'il est pour l'instant sous un bahut double corps dont la partie supérieure forme vaisselier, ce qui a permis à Ivy d'étalager des assiettes faussement anciennes de fausse porcelaine en faux Delft que ça représente des cons d'Hollandais en costume national à la con devant des moulins à vent, cons également, et par définition, puisque l'on dit toujours « con comme un moulin à vent ».

Quand j'arrive à la porte, il est déjà dans la rue et, quand j'atteins la rue, le clown est dans une bagnole au volant de laquelle l'attendait un complice. Comme elle démarre en trombe, je ne puis la rejoindre. Fin peut-être provisoire de nos relations.

Retour auprès de ma dame pasteurisée.

Elle n'est pas trop commotionnée. Mon intrépidité augmente sa mouillance. Mon esprit de décision, l'efficacité de mon intervention, lui font bâiller la craquette.

Elle croit dur comme ma bite à un cambrioleur. La chose s'est déjà produite à Morbac City, pendant que ses habitants font les connards lors des festivités du banc ! Je la rassure au mieux, et comme l'appétit m'est revenu pendant ce somme de bête (et non pendant cette bête de somme), que mon bébé joufflu est déjà en train d'adresser mille grâces à mon hôtesse avec sa belle tête casquée armée suisse, je lui remets le couvert, avec comme variante une tournée d'inspection dans l'œil de bronze, ce qui ne va pas sans plaintes ni supplications ; mais les unes et les autres sont formulées d'un ton qui me permet d'espérer une imminente planification de ce nouveau type de rapport.

Je l'en conjure en lui chuchotant des promesses plus ou moins fallacieuses à propos de la complète disposition de son corps, ce qui est une forme d'affranchissement à laquelle une femme moderne ne doit pas se dérober, et puis que ça ne mange pas de pain et bouche toujours un trou.

L'opérant en douceur, avec le maximum d'égards qu'on peut témoigner à une dame dans cette situation, elle se rend à mes raisons et, qu'elle soit feinte ou sincère, paraît éprouver, en fin de compte, une vive satisfaction.

Je suis donc en totale possession de cette personne après ce nouvel exploit sexuel ; mais nous autres, les grands pros du cul, avons une manière quasiment humble d'assumer ces débordements. Notre virilité déferlante représente, à nos yeux, rien de plus que son diplôme pour un médecin ou un avocat. Elle nous est acquise, l'existence nous la fait exploiter et elle nous apporte des avantages dont nous devons remercier la Providence. Le grand Brassens a écrit (et chanté) qu'un don n'est rien qu'une sale manie ; pouvoir faire de la sale manie en question une règle de vie et la récompense permanente de notre corps par ailleurs si contraignant, est une faveur insigne qu'il

FOIRIDON À MORBAC CITY 143

convient de se faire pardonner en gardant la tête froide.

Un politicard dirait « raison garder ». Un jour, l'un de ces cons a lâché cette vieille formule en se faisant interviewer, et les autres l'ont reprise de volée, car ces enfoirés, n'importe leurs tendances, se piquent tout, sans vergogne, que ce soit leurs idées, leurs mots ou leurs tics.

Tout effort physique répété réclame du combustible ; aussi des gargouillements de ventre, peu gracieux, nous indiquent-ils que la faim se fait sentir. Ivy propose une dînette. Accepté, la grande ! D'où visite à son congélateur. Le désastre de Pavie (1525) ! Cette bouffe ricaine congelée filerait la gerbe à un rat malade. Qu'il s'agisse de poissons, de viandes ou de végétaux, les somptueuses étiquettes des emballages me flanquent une angoisse existentielle.

— Qu'est-ce qui vous plairait, *darling ?* elle me demande.

Puis-je lui répondre « rien » ?

Dans les cas désespérés, j'ai toujours, tu le sais, le geste qui sauve.

Je déponne la porte du simple réfrigérateur, ensuite celle d'un petit « économat ».

— Aimeriez-vous que je vous fasse de la *french food,* Lumière de ma vie ?

— Oh ! oui, dit Ivy en battant des mains.

Je me mets à grouper les denrées comestibles que je peux trouver dans ces armoires frigorifiques inhospitalières.

Crois-moi, ça sert d'avoir une maman comme ma Féloche. Bien qu'étant toujours resté simple spectateur, j'en ai emmagasiné, des recettes. Par osmose. Cela dit, lorsque j'étais mignard, je confectionnais des petites bouffes, parfois le jeudi (jour de congé scolaire d'alors). Des gâteaux, surtout, elle me faisait faire, m'man. Avec la peau du lait bouilli, je me souviens. Ou des quatre-quarts fastoches à réaliser. Les calories volaient bas ! Ah ! bonheur, que je n'avais pas reconnu au passage !

La Ivy, je parviens à lui servir une salade niçoise à peu près conforme, et ensuite, des œufs en sauce blanche sur du riz grillé.

Elle méduse pire que Géricault, tant c'est bon. Les Français, elle les voit démiurges, la tendre chérie. Tringleurs émérites, metteurs en fuite de truands, cuisiniers d'instinct. Un peuple de surdoués, elle estime. Qu'en plus on est marrants comme tout, tu trouves pas ? Sans cesse le bon mot aux lèvres ! Des comme nous, tu peux te lever de bonne heure pour en trouver ! Passer des annonces dans le *Nouille York Times* ou le *Los Angeles Tribioune :* zob !

Notre souper est adorable. D'amoureux. Je lui donne la becquée ! Elle me caresse le paf ! J'ai négligé le beaujolais en boîte dont le pasteur détenait quelques centilitres, pour boire du whisky (du vrai) en mangeant. Et pourtant, à part la vodka avec le caviar ou le saumon, je ne lichetrogne pas autre chose que du pinard, quand je clape.

L'ayant entraînée dans mon sillage (en mêlant du Coca à son scotch), elle est légère-

FOIRIDON À MORBAC CITY   145

ment grise à la fin de notre bouffement. Alors je me dis que je pourrais peut-être bien joindre l'utile à l'agréable et je prends la photo de la pauvre Martine Fouzitout dans le tiroir du haut de ma veste.

Je lui salade que maman possédait une petite cousine dont elle n'a plus de nouvelles qui avait quitté Paris pour la Californie. Un jour, elle lui avait écrit de Morbac City en lui adressant la photo ci-jointe ; Ivy se souviendrait-elle de l'avoir aperçue dans la rue principale et unique du patelin ?

Elle saisit l'image et, spontanément, déclare :

— Bien sûr que je la reconnais ; mais il y a déjà un certain temps que je ne l'ai plus revue.

Chère Ivy ! C'est Dieu qui, dans Sa grande et inépuisable bonté, m'a guidé sous votre toit !

— Vous pouvez me parler d'elle, adorable salope ? (1)

Elle continue de défrimer la très ancienne maîtresse du père Félix.

— Elle est venue à Morbac City de temps à autre, mais pendant quelques années.

— Elle passait plusieurs jours d'affilée ?

— Je ne le pense pas. A la longue, j'ai compris qu'elle arrivait par le car du matin et repartait par celui du soir.

— Elle rendait visite à quelqu'un, fatalement ?

— Oui : au cow-boy suisse.

---

1. Les moins cons de parmi toi auront compris que j'ai énoncé la fin de ma réplique en français.

146 *FOIRIDON À MORBAC CITY*

Du coup, mes falots deviennent aussi larges que des phares de De Dion-Bouton.

— Le cow-boy suisse ? répété-je, indécis, et charmé quelque part en présence d'un tel sobriquet, moi si poète de partout.

— Il est très pittoresque, assure-t-elle.

— Vous pouvez me raconter ce type, mon petit cœur embrasé ?

Elle évasive de l'expression.

— C'est un vieil homme d'origine suisse qui vit dans la contrée depuis plusieurs décades. On l'a surnommé le cow-boy à cause de sa tenue, toujours pareille. Il porte un chapeau de cow-boy, une veste de daim effrangée, des santiags, et il s'est fait la tête de Buffalo Bill : moustaches longues, barbiche pointue ; un original, quoi !

— Pour ne pas dire un « timbré » ?

Elle rit et dit :

— Soyons charitables.

— Et c'est luï que ma petite cousine venait visiter ?

— Je les voyais souvent ensemble lorsqu'elle se trouvait ici.

— Où demeure cet étrange bonhomme ?

— A quelques *miles* à l'ouest, il a acheté un vieux ranch en ruine situé en plein désert. Il y vit seul et ne fréquente personne. Parfois, il vient à Morbac City pour les provisions, mais ne s'y attarde pas. Le temps de remplir sa Jeep déglinguée et il repart, comme un moine dans son monastère.

— Comment se nomme-t-il ?

— Je ne saurais vous le dire ; pour tout le monde, ici, c'est le cow-boy suisse.

— Par où passe-t-on pour aller chez lui ?

— Vous continuez la route deux *miles* encore après le motel de l'Indien, vous apercevrez alors sa maison, à main droite, au bout d'un chemin de terre. Vous ne pouvez pas la rater, c'est la seule construction où l'on trouve un arbre et quelques buissons.

— Ma parente se rendait chez lui comment ?

— A pied, je suppose. Je vous répète que c'est à deux *miles* environ d'ici. Peut-être faisait-elle du stop jusqu'à son chemin. Il se peut également qu'il soit venu l'attendre car il la ramenait au bus, le soir.

J'éprouve le besoin de regarder la photo que m'a remise la pauvre Grace ; à cause de cette main d'homme posée sur son genou. Grosse paluche aux tendons saillants, couverte de poils pâles.

Etaient-ils amants ? Parents ? Quels liens étranges les unissaient ? Et pourquoi cette visite mensuelle toujours fixée au premier vendredi ? Visite qui n'emballait pas Martine et qu'elle considérait un peu comme un pensum, aux dires de la servante noire du père Machicoule.

Le repas achevé, je l'aide à desservir. Maintenant que faire ? On ne va pas encore baiser ! J'ai les burnes à plat, moi ! Alors quoi, dormir ? Ce serait la sagesse même. Seulement il se fait un tel boucan, dehors, que, pour fermer l'œil, il faut auparavant se boucher les oreilles.

J'emmène néanmoins Ivy jusqu'à sa matri-

148 FOIRIDON À MORBAC CITY

moniale couche ; l'y allonge, lui fais un petit
bisou (je hais ce mot stupide) sur chaque sein,
une légère languette sur le clito, après l'avoir
bien dégagé de son emballage, de mes deux
mains posées à plat.

Puis rabats sa chaste limouille nocturne.

Elle est peinardos pour roupiller. Quand son
singe rentrera, il sera murgé à mort et s'écroulera sur le canapé du salon. Ces festivités
représentent des espèces de vacances pour elle.
Ah ! que d'épouses stagnent dans les grisailles
du mariage ! Elles rêvassent en se caressant le
doux trésor près de leurs gros sacs à merde de
maris. Et la vie passe. Le temps s'enfuit, leur
nostalgie demeure. Ah ! baisons, mes amis !
Baisons, baisons sans nous économiser toutes
ces malheureuses restées en carafe sur le quai
de gare de leurs illusions ! Plantons nos membres actifs dans leurs culs délaissés en leur
chuchotant les mots que, depuis qu'elles furent
fillettes, elles ont envie d'entendre. Disons-leur
l'amour en le leur faisant ! Il s'agit là d'une
œuvre pie (3,1416) ; d'une œuvre pine !

Je la borde en lui chuchotant des promesses
concernant un bientôt enchanteur.

J'éprouve l'intime satisfaction des ménagères
d'autrefois quand elles venaient de faire leur
lessive mensuelle.

Dehors, un feu d'artifice crépite.

Rien que je trouve plus con au monde, ni plus
décevant, que ces fugaces embrasements minu-
tieusement élaborés et si vite anéantis. N'en
subsiste qu'un peu de fumée entre les étoiles et
nous, également une odeur de poudre et de

FOIRIDON À MORBAC CITY 149

carton brûlé. J'ai assisté, une nuit, à Marbella, à un féerique feu d'artifice, tiré chez un prince arabe, dont les sujets avaient faim. Il fêtait l'anniversaire de sa fille, la princesse Babouche, et les Rolls n'arrivaient pas à se parquer toutes aux abords de son palais. Je regardais monter et exploser en gerbes d'or ces configurations artificiaires, essayant de comprendre quel plaisir passager elles pouvaient bien donner à ces gens qui payaient cette séance de feu d'un torticolis mérité.

Malgré tout, je décide d'aller marcher un peu, histoire de me dégourdir les flûtes ; un spectacle pyrotechnique ne dure jamais très longtemps.

*
**

Y a de la viande soûle partout. L'alcool a déjà accompli une partie de son boulot. Les Ricains ont cela de commun avec leurs amis russes, qu'ils boivent sans discernement ; rapidos et en quantité.

On voit des hommes et des femmes, assis sur les trottoirs, dos aux façades, cuvant, accrochant les wagons, débloquant ou ronflant, tout respect humain banni.

Ceux qui se trouvent dans la phase intermédiaire, font des embardées dans la rue, flacon en main, flacon en poches (les prévoyants). Ça hurle, ça chante, ça célèbre la picole. Des couples font l'amour dans des bagnoles, presque au vu et suce de la foule. Des groupes entourent ces bagnoles-alcôves en tapant dans

150 FOIRIDON À MORBAC CITY

leurs mains pour encourager les protagonistes.
Je vois un grand diable rouquin lancer à la
foule, par la portière, la petite culotte de sa
partenaire, tel un trophée durement acquis.
Des garçons se battent en riant pour l'emparer.
Ils la reniflent en yodlant ; l'un d'eux sort même
son chibre pour en faire une hampe à ce délicat
drapeau de l'amour.

Je pige que ces nuits de fête à Morbac City
dégénèrent en orgies crapuleuses. Il n'existe
plus de limites. C'est l'abandon total, la dégra-
dation systématique. Dans les pays où les gens
s'emmerdent, le vice devient ministre des
loisirs.

On me bouscule. Trois gonzesses en
goguette, plutôt jeunes, me prennent à partie et
me demandent de leur payer à boire. J'ai grand
mal à me dégriffer de ces pétasses. Le premier
de mes compagnons que je trouve n'est autre
que Pinuche. Il est assis sur une caisse de
bourbon et ressemble à un échassier en somnolence. Il y a un côté grelotteux chez lui. Son
clope n'est plus collé à sa bouche, mais à sa
joue.

J'opère un premier sauvetage.

— César, vieux biquet, amène-toi, il est
l'heure du dodo.

Et je le rentre chez le pasteur en le portant
sur mon épaule. La chose est courante car on
rencontre pas mal d'hommes agissant de même
avec leur conjointe. Je me dis, l'ayant partiellement défringué et complètement couché, que
mon altruisme ne doit pas s'arrêter là et qu'il

me faut secourir mes trois autres guignolos.

C'est cela, aussi, avoir charge d'âmes !

Un rassemblement animé de cris m'attire irrésistiblement (certains de mes confrères, plus doués, diraient « comme un aimant »). Mon don du pressentiment m'annonce que si je m'approche, je vais découvrir Alexandre-Benoît Bérurier.

Je. Et c'est oui.

Imagine un grand cercle, au milieu de la chaussée. Cent personnes le composent. Au centre, deux types aux gabarits impressionnants, dont l'un est notre ami, avec sa crinoline. En face de lui, un malabar qui le dépasse de la tronche et qui porte un tee-shirt noir duquel émergent deux bras tatoués dont chacun ressemble à l'une des colonnes de l'église de la Madeleine. Sur le sol, près d'eux, il y a un chapeau.

Les assistants jettent quelques *nickels* dans ledit à titre d'encouragement. Que va-t-il se passer ? Car rien encore n'a débuté, j'arrive pour les prémices.

Ne voulant pas interrompre ce qui m'a l'air d'être un projet d'affrontement, en interpellant Béru, je m'enquiers de l'événement auprès d'un petit garçon qui, lorsqu'il se tourne vers moi, se révèle être mon petit copain Roy, notre chauffeur.

— Ah ! rebonsoir, Martien, me dit-il. Vous venez assister au duel de votre copain avec Teddy-le-Rouge ?

— Quel duel, môme ?

Il m'explique que, chaque nuit, il y a grand

152 FOIRIDON À MORBAC CITY

concours de gifles. Teddy en est le champion incontesté. Le jeu (si j'ose user d'un mot aussi anodin) est le suivant : les deux adversaires se placent face à face. Une personne de l'assistance tire au sort pour déterminer celui qui giflera le premier. Le gars envoie sa beigne. Ensuite, c'est au tour du second, et ainsi de suite jusqu'à ce que l'un des gifleurs déclare forfait ou soit k.-o. Pendant le combat, l'assistance jette du pognon dans un bada (en l'occurrence, ce soir, celui du « Petit Gibus ») et le vainqueur enfouille la fraîche. Comme on le voit, ce genre de compétition est très intellectuel et ne nécessite pas d'accessoires particulièrement sophistiqués puisqu'une simple main droite (gauche si l'on est gaucher) suffit.

L'arbitre est un gros homme portant l'étoile de shérif sur sa chemise à carreaux. Il sort une pièce de son pantalon et la tient brandie entre le pouce et l'index.

— Il va sûrement donner la priorité du départ à Teddy, me confie Roy. Ici, on n'aime pas les étrangers.

Il ajoute :

— Et si c'est le Rouge qui commence, m'étonnerait que le combat se poursuive, vu qu'il leur décolle la tête au premier chtard. Y a deux ans, il a tué le représentant de Coca-Cola d'entrée de jeu !

Devant de telles révélations, j'hésite à intervenir pour enjoindre au Mammouth d'abandonner, mais au point où en sont les choses, nous nous ferions tous lyncher.

Le shérif demande à Sa Majesté quel côté de

la pièce il choisit. Mon pote ne comprend pas l'anglais, mais le geste est assez explicite.

— Face ! fait le Français.

Le shérif ne comprenant pas, il se tourne vers Teddy-le-Red :

— *Heads or tails,* Teddy ?

— *Heads !* grommelle la brute.

— Gagné, répond le shérif en empochant sa pièce sans l'avoir lancée.

Belle impudeur, révélatrice de l'impartialité de l'arbitre.

— Quand tu veux, Teddy ! déclare ce dernier.

Mais le Rouge désigne le chapeau, il engueule l'assistance comme quoi il va pas démonter la hure de ce porc d'étranger pour une pincée de févettes. Tisonnés par ses sarcasmes, les spectateurs mettent la main à la poche et ça se met à pleuvoir dru dans le bitos de mon petit pote. Je m'avance pour balancer un talbin, ce faisant, je dis au Gros :

— Gaffe-toi de ce monstre, il allongerait un éléphant d'une mandale ! Ote au moins ton râtelier.

Alexandre-Benoît ricane :

— L'est déjà dans la poche à Félisque, vu qu'j'ai pas de froc, je dépose toujours mon damier quand on est dans la foule mais fais-toi pas d'souci, grand, j'l'attends venir, c'grand nœud !

La pluie de monnaie cesse. Teddy adresse une mimique renfrognée pour signifier que, bon, il va démarrer la séance.

Il fait la manivelle avec son bras pour

s'échauffer, puis se masse le poignet et enfin prend bien le sol de ses pieds afin d'affirmer son assise.

Béru attend, le regard coagulé. Chose impensable, il n'est pas ivre, ou à peine. Lui aussi se campe bien. Je note que sa joue gauche (qui va déguster la baffe) est gonflée. Je pige l'astuce : il constitue une sorte de coussin d'air pour amortir l'impact.

Teddy-le-Rouge décrit deux moulinets et balance. Ça fait un bruit flasque. La trombine du Mastard décrit une embardée, ses deux pieds perdent leur adhérence, il titube. Un moment on peut croire qu'il va s'écrouler. « Les chênes qu'on abat » ! disait Malraux. Ce chêne-là vient de morfler un sacré coup de cognée ! Ses lotos font un tracé plat, puis s'animent et se mettent à gambader dans leurs orbites.

Un temps. L'homme Béru crache.

Rouge.

Lentement, il masse sa grosse joue qui violit comme, en été, un ciel de couchant.

— Bien jeté, l'Arménien ! murmure mon ami qui, d'ordinaire, use de cette expression lorsqu'il entend autrui proférer un pet de l'ampleur des siens.

Enfin, il se consacre à ses préparatifs et se met à étudier son vis-à-vis.

— L'est plus grand qu'moi, soupire-t-il. Faut qu' j'vais m'hausser su' la pointe des pinceaux pou' l' cigogner ; d' c'fait, j'n'aurai pu mon équilib'.

Je devine que le Gros se pose un problème et

FOIRIDON À MORBAC CITY 155

tente de négocier la situation afin de gagner un max en efficacité.

— T'sais, Sana, me jette-t-il, si je m'l'paie pas c't'fois, j'sus marron, biscotte une deuxième tarte aux quetsches comme celle qu'y vient d'm' balancer, j'irai pas plus loin !

Soudain, l'arbitre intervient pour ordonner à Béru d'ôter son alliance qu'il porte à la main droite depuis qu'une fracture de son annulaire gauche l'a déformé.

Le Mammouth s'exécute de mauvaise grâce et met l'anneau qui le vassalise dans ma poche.

Et après, tout se déroule très vite. Alexandre-Benoît lève la tête et module un « Oôôô ! » irrésistible, tout le monde regarde en l'air spontanément, y compris son adversaire. Et là, Mister Mammouth place sa mandale surchoix. Fulgurante, puissante mais sans moulinets préalables, sans roulades avantageuses. Le rouquin dérouille puisqu'il pousse un cri inarticulé, qu'il se met à suffoquer, pose un genou à terre, ouvre sa gueule comme un boa qui s'étouffe en bouffant un lapin angora.

Pendant ce temps, Béru frotte sa main gifleuse avec sa main libre pour, probablement, la désendolorir ; mais, aussitôt après, il murmure :

— Félicite-moive, grand. Ta main, vite !

Je la lui tends, il la secoue énergiquement et profite de ce *handshake* pour me restituer mon couteau suisse qu'il avait piqué dans ma fouille en y mettant son anneau. Je fais disparaître l'objet.

156   *FOIRIDON À MORBAC CITY*

Pendant ce rapide manège, Teddy-le-Rouge s'est allongé sur la chaussée, évanoui.

Lors, la populace se met à congratuler le vainqueur : toujours, les foules ! Avec elles, c'est « malheur à qui reste en route » ; un homme terrassé est un homme désaimé.

Le Dodu a la victoire noble. Juste un sourire (et encore celui-ci le fait souffrir car sa joue gauche a triplé de volume et sa bouche a la position d'un accent aigu).

— Tu veux bien ramasser ma fraîche ? me demande-t-il. Avec mon cul et ma bite en compote, j'peux à peine m' baisser.

Je lui rends ce service. La comptée est de cinquante-quatre dollars. Magnanime, le héros décide de les boire en compagnie du vaincu, lequel reprend ses esprits tant mal que bien.

— Pourquoi lui avoir fait lever la tête avant de cogner, Gros ? m'enquiers-je.

Il révèle :

— J' l'eusse jamais couché n'avec une baffe ordinaire, mec. Alors j'ai décidé d'y mett' la sauce au larinsque. Pour ça, fallait qu'y l'vasse la tronche, comprends-t-il-tu ? J't'nais ton lingue en main, coincé ent' mon pouce et l'auriculier (1) ; ça n'métonn'rait pas qu' j' l'eusse broilié quéqu' carthages du corgnolon !

Effectivement, le Red est aphone et semble respirer avec une paille.

Je quitte les combattants pour me mettre en quête de Félix et du Marquis.

---

1. Bérurier se gratte l'anus avec le petit doigt dont il a laissé pousser l'ongle à cet effet.

9

CHAPITRE ENTIÈREMENT PLASTIFIÉ

Je longe toute la rue, jusqu'au très fameux banc. Une foule plus épaisse qu'ailleurs y est rassemblée, qui s'automalaxe et tourne comme de la pâte à pain dans un pétrin.

N'ayant pas aperçu mes deux « manquants », je furète dans les coins sombres, redoutant de les trouver asphyxiés par les vapeurs éthyliques de la fiesta. Idée judicieuse. Je les repère effectivement, mais, loin d'être inanimés, ils sont en possession de tous leurs moyens, et quand je dis « tous », c'est « tous ». J'ai failli ne pas les voir car ils se trouvent au fond d'une étroite impasse.

C'est une plainte de chienne sans abri qui m'a alerté. Cri d'une souffrance que l'on souhaiterait contrôler mais qui s'échappe de soi comme la vapeur d'une marmite norvégienne.

M'approche à pas lents de cet animal très connu lorsqu'il est blanc, et célèbre pour son froid, ses pas et sa faim. Le loup !

Je découvre la tronche de méduse d'une vieille raveleure pas racontable, dont les longs cheveux déteints pendent jusqu'à terre. Elle se tient penchée en avant, soutenue par deux mains aristocratiques : celles mêmes du Marquis, lequel est occupé à la chausser en levrette. La dame hurle donc, non de plaisir, mais de douleur. Quand elle parvient à suspendre sa plainte, elle s'autofustige, gémit qu'il faut être la dernière des vieilles putes pour se risquer à dérouiller un pareil tronc de baobab dans le frifri. Mais qu'est-ce qui lui a pris, bordel ! C'est bien l'orgueil, vous me direz pas ? Sous prétexte que sa vie mouvementée lui a défoncé le dargeot, elle a cru, la téméraire, qu'elle parviendrait à héberger la trompe du Marquis. Certes, elle est arrivée à ses fins ; seulement, à présent, le zob géant, gros comme le télescope du Mont Palomar, ne peut plus ressortir. Déjà, il n'en était rentré que trente-cinq centimètres (sinon on allait droit à une explosion de l'estomac) ! Maintenant, impossible de se désunir. Pis que des chiens ! Mais elle veut rentrer chez elle, la pauvrette. Avec deux pieds, pas avec quatre ! Ce monstre, y a qu'à lui sectionner le poireau ; n'ensuite de quoi, il se trouvera bien un toubib capable de lui dégager le bassin, ne serait-ce qu'avec une mèche de charpentier !

Je l'ai déjà dit : Félix ne comprend pas l'anglais, il lui a préféré le grec ancien, dialecte plus propice aux études scientifiques. Tout de même, il appréhende la situation ; prône la patience. Le Marquis demeuré détient nonobstant suffisamment de jugeote pour dire que c'est justement sa débandaison qui est à l'origine du sinistre. Une chose ferme est plus aisée à déplanter qu'une chose molle, C.Q.F.D.

Félix m'aperçoit et reprend espoir car je suis

FOIRIDON À MORBAC CITY   159

de ces êtres qui l'apportent par leur seule présence.

— Comprenez, Antoine : la collerette musclée de madame s'est crispée sur le membre du marquis de Lagrande-Bourrée. Cela constitue un étranglement qui emprisonne la partie engagée dans l'intimité de cette personne.

« Madame est de mauvaise foi, car c'est elle qui voulut tenter l'expérience impossible. Le Marquis urinait paisiblement dans ce coin d'ombre lorsque cette vorace personne est sortie de la porte que vous apercevez au fond de l'impasse, enfuriosée par cette miction. Elle s'est tue en découvrant la lance d'arrosage de notre exquis compagnon. Sans écouter nos protestations, elle s'est troussée, déculottée et, une fois qu'il a été disponible, s'est acharnée sur ce sexe éminent de telle sorte que, n'étant pas de bois, le Marquis a succombé.

« Je passe sur les manigances prodiguées par la respectable femme pour réaliser l'intromission. Vous savez qu'elle doit avoir le fondement en caoutchouc ! Quelle énergie ! Quelle obstination ! Ah ! elles sont pugnaces, les chères âmes, lorsqu'elles se trouvent en rut. J'en pleurais d'admiration, Antoine. La chose confinait au sublime. Mon Dieu ! que d'ingéniosité pour assurer la lubrification de cette impériale biroute ! Que d'automutilations pour s'élargir au-delà du raisonnable ! Comme elle donnait de la croupe, cette exquise sexagénaire ! Mais peut-être est-elle d'un âge plus avancé ? Si vous aviez assisté à ce pathétique acharnement, Antoine ! Une tragédie minière est ridicule en comparaison. J'ai vécu, pendant deux heures au moins, l'imperceptible progression de la bête en cette caverne trop exiguë. Ce cheminement accompli, millimètre après millimètre, me serrait la gorge et si fortement la poitrine qu'à un moment donné j'ai craint un accident cardiaque.

« Enfin, quand elle a eu encaissé son maximum de queue, compte tenu de l'habitabilité dont elle disposait, elle a crié pouce. Seulement, dans ces cas anormaux, la femme commande, mais l'homme jouit. Le marquis Jean-Ferdinand de Lagrande-Bourrée, trop surexcité par la lenteur du parcours, a libéré sa sève avant que cette téméraire baiseuse ait pu profiter de ce pourquoi elle venait de consentir à d'aussi terribles souffrances. Elle a été privée, pauvre chère âme, du bénéfice de son héroïsme. Et à présent — ô comble de l'injustice —, son intime tuyauterie est obstruée. Que faire, secourable Antoine, vous qui connaissez, mieux que quiconque, les démons et impedimenta de la chair ? »

— On sépare les chiens au moyen d'un seau d'eau froide, réfléchis-je-t-il à haute voix. Cette thérapie conviendrait-elle à des humains ?

— Voire !

Déterminé, je me rends dans la maisonnette de la vieille radasse, dont la lourde est restée entrebâillée (au contraire de sa chatte). Dans ce logis misérable, il y a heureusement l'eau courante.

Un grand récipient de plastique est là, qui m'accueille. Deux minuscules minutes plus

FOIRIDON À MORBAC CITY 161

tard, j'en vide le contenu entre les deux antagonistes. Mémé glapit en trombe (de chasse
d'eau) ; le Marquis claquechaille. Mais le phénomène espéré ne se produit pas.

— Il faut un docteur ! déclare Jean-Ferdinand de Lagrande-Bourrée.

Il commence à en avoir sa claque de ces
siamoiseries, le descendant des croisés.

— Il a raison ! assure Félix.

C'est dans ces instants où la résignation nous
rattrape qu'il me vient une idée.

— Félix, murmuré-je, vous pensez que le
sinistre résulte d'une crispation des muscles
vaginaux de cette brave femme ?

— L'évidence même, mon cher Antoine.

— Donc, il faudrait anesthésier madame afin
de provoquer dans son être un total relâche-
ment qui serait salvateur.

— Probablement.

— Voyons ! ajouté-je en m'approchant de la
parturiente bloquée. Vous voulez bien fermer
les yeux ? lui demandé-je.

Elle obtempère.

Ce qui me libère l'esprit pour lui décocher un
crochet très cordial à la pointe de son menton
barbu.

Elle est k.-o. instantanément. Se met à pendre en avant. Un bruit de bouchon de champagne nous comble d'aise, puis voilà la vieillarde à plat ventre sur le sol. Le Marquis et elle
viennent de divorcer ! Youpi !

Après cette épique équipée on emporte
médème en sa demeure, l'étendons (d'Achille)

sur son lit. Poussons l'altruisme jusqu'à coller un linge mouillé entre ses cuisses décharnées, et prenons congé d'elle à son insu.

— Rentrez vous coucher ! conseillé-je au maître et à l'esclave ; vous l'avez bien mérité.

Ils en conviennent. Le cher Jean-Ferdinand de Lagrande-Bourrée marche comme une paire de ciseaux ouverts. Estropié du panard à son tour !

C'est pas de chance pour des mecs qui s'apprêtent à tourner un film « X ». Ils vont se produire dans « Les éclopés de l'andouille à col roulé », mes lascars !

Une fois seul, je me mets à me distancier de la fête. Son grondement, ses clameurs de sauvages pris de boisson me chancetiquent le caisson. J'ai pas trop mélodramatisé, au sujet du méchant clown, mais il me donne à penser, l'artiste. Me fournit la preuve que je suis observé à la loupe d'horloger, filoché de première. Le revolver qui, à présent, fait pendre la poche droite de mon futiau, m'annonce que si ce vilain s'est introduit chez le pasteur Marty, c'était pas pour m'inviter à la Journée de la femme. Il belliquait, le mec. Une arme pourvue d'un silencieux dernier cri n'est pas faite seulement pour intimider l'épicier auquel on veut chouraver la caisse. C'est l'accessoire du tueur, le silencieux. Quand on te braque avec un outil de ce type, n'hésite pas à recommander ton âme à Dieu, car c'est comme si ton Créateur la recevait déjà en port payé !

Embusqué dans un coin d'ombre, je sonde les abords. N'aperçois qu'un couple d'amoureux en

FOIRIDON À MORBAC CITY   163

train de niquer à la verticale, contre un arbre. La fille est cramponnée au cou du matou, elle a noué ses cannes autour de ses hanches (une virtuose) et c'est elle qui s'active en lançant des petits cris qu'on dirait de rage. Son cul blafard fait la nique à la lune. Le « supporter » lui cramponne les jambons pour assurer sa position infernale. Se laisse prendre, le grand sot, que non seulement il doit dégorger le bigornuche, mais de plus faire des poids et haltères, ce con !

Je les laisse aller au bout de leur propos. Comme ils sont jeunes, la conclusion suit de près la préface. La miss, mollement comblée, remet pied à terre, tandis que le luron décapote son cabriolet. Il lance cette offrande sur une pelouse, remet Mister James dans sa geôle, part d'un grand rire de brute assouvie et entraîne sa partenaire vers le chaudron brûlant de la foire d'empoigne.

J'attends un peu, toujours sur le qui-vive, la mano crispée sur la crosse de l'arme abandonnée par le clown. Mais en dehors du tohu-bohu proche, tout est calme. La lune se vautre sur le désert blanc. Alors, ma pomme, désensommeillé complet par ces multiples péripéties qui rendent mes *books* incontournables, je me mets en marche sur la route menant au motel (LA route, quoi, puisqu'il n'en existe pas d'autres).

J'arque à pas non cadencé mais rapide. Lorsqu'une bagnole se pointe (à l'avant ou à

164 FOIRIDON À MORBAC CITY

l'arrière), je saute le maigre talus et me couche
jusqu'à ce qu'elle ait disparu.

Le motel est éclairé. Les carapaces des
bagnoles luisent dans la nuit. Dans l'un des
bungalows, des gens chantent à voix alcoolisées.

Je passe devant les maigres constructions et
poursuis mon chemin. L'air reste étouffant. Il
n'a pas dû pleuvoir à Morbac City depuis
l'assassinat d'Abraham Lincoln en 1865. Ce
coin d'univers est sec comme la langue d'un
spahi perdu dans le Sahara, ou comme la chatte
d'une nonagénaire (passé soixante-dix, pour les
faire mouiller, celles-là, faut amener son bidon
de vaseline !).

Il me vient une pépie forcenée et je rêve au
seau de flotte que j'ai versé naguère sur le
monument en viande du Marquis.

Environ deux kilbus et je peux distinguer le
ranch du cow-boy suisse, à main droite.

Construction basse, en forme de tortue tapie
entre quelque végétation de l'enfer.

Tu sais qu'il est pas feignasse, ton Sana,
chérie. Toujours animé de sa belle détermination, il part en direction de l'habitation située à
une bonne quinzecentaine de mètres.

Il t'est déjà arrivé, Hervé, de marcher ainsi,
de nuit, dans un vrai désert ? Seule la lune me
sourit. Bonne vieille lune que des confrères
romanciers me promettaient jadis et que les
Ricains m'ont offerte une nuit où je me trouvais
au Liban ! Inoubliable.

Il n'existe que deux choses dont j'ai très envie
et que je voudrais obtenir avant d'aller fumer

FOIRIDON À MORBAC CITY   165

des plantes de mauve par la racine : c'est un œuf de dinosaure et serrer la main d'Armstrong (1). Si parmi mes lecteurs, quelqu'un peut m'indiquer où je pourrais acheter un œuf de dinosaure, il deviendra illico mon ami d'enfance. Et si un autre veut bien me prendre un rendez-vous avec Armstrong, je le coucherai (en travers) sur mon testament.

Bon, où en étais-je-t-il ? Ah ! oui : le ranch du cow-boy suisse.

Je m'y dirige à l'allure d'un ancien facteur rural ; jadis, ces braves n'avaient même pas de vélo pour faire leur tournée et arpentaient leur commune d'un point cardinal à l'autre, canne en main, allant porter un simple journal dans les hameaux les plus reculés ! Ils puaient des pinceaux, les chéris ; du bec aussi. Vinasse par le haut, chaussettes de laine par le bas ! Dans le mitan, t'arrivais à détecter des remugles de pets ratés dans du gros velours jamais nettoyé ! Ah ! les postes françaises ! Quelle épopée ! Ma grand-mère a connu un gros facteur qui s'est fait assassiner sur la vieille route, entre Chalamond et Meximieux (Ain). On a volé sa brave vie pour une pincée de francs anciens. Les gens ont toujours été minables ; ça ne date pas d'aujourd'hui.

Toi, lecteur infaillible, qui me connais depuis lurette, je sais que ça ne te surprend pas de me voir cheminer sur cette étendue de caillasse à pareille heure. Tu te dis : « Il est venu à Morbac City pour rencontrer ce type, après

_____
1. Neil Armstrong, l'astronaute.

tout. Et il ne peut attendre davantage. « Même les plus marles d'entre toi mettent le doigt sur la vérité en pensant » : L'agression ratée dont il vient d'être victime, induit Sana à estimer que si les autres en savent long sur Martine Fouzitout, ils vont aller voir celui qu'elle venait visiter chaque mois. Il craint, ce brave Tonio, que les vilains s'en soient déjà pris au cow-boy suisse. Alors il vient aux *news*. C.Q.F.D. »

Effectivement, c'est bien un tel souci qui me mine.

A mesure que j'approche, un bruit particulier alerte mes tympans. Celui qu'on produit en opérant des fouilles.

Pour évoluer en silence, j'ôte mes tartines, ainsi que mes chaussettes (que j'achète toujours à Rome, dans la même boutique près de la via Venetto), les laisse en un petit tas sur les pierres et finis le trajet dans un silence de chat.

Tout à coup, j'ai un haut-le-corps. Tu aimerais que je dise ce que j'aperçois, derrière le plus proche buisson ? Non, sans charrier, ça te ferait plaisir ? Alors, 'magine-toi que c'est une auto blanche. Pas la vieille Jeep pourrie que possède le cow-boy suisse, mais une bagnole neuve : Buick Park Avenue, aux chromes luisants.

Cette tire, je la reconnais, l'ayant vue il y a moins de deux plombes. C'est la voiture à bord de laquelle le clown et son complice ont mis les adjas après leur expédition ratée chez le pasteur.

10

CHAPITRE INCALCULABLE

Ce bruit de terrassement m'apprend que j'arrive trop tard. Les méchants sont venus, ont abattu le vieux cow-boy et voilà qu'ils l'enterrent pour donner à penser que le bonhomme s'est tiré. Souvent, ces originaux tombés du ciel dans un patelin en repartent comme ils y sont arrivés : sans crier gare. Il va suffire à l'un des deux tueurs de piloter la vieille Jeep et de l'abandonner loin d'ici pour que l'on croie au départ du Suisse. Affaire classée sans avoir été ouverte.

Seulement, il existe une justice immanente et elle se nomme San-Antonio !

Je sors l'arme offerte en prime par le zozo au pif rouge, vérifie qu'elle contient un chargeur plein de pralines et aussi que le cran de sûreté est ôté.

Silencieux plus que jamais, je contourne le ranch. De l'autre côté l'est une fontaine, source de vie, qui laisse couler un filet d'eau. Le trop-plein de son bassin ruisselle sur une vingtaine de mètres et se perd dans le sol fissuré.

Qu'asperge-t-il à la clarté lunaire, Hilaire ?

168 FOIRIDON À MORBAC CITY

Pas un, mais deux cadavres, y compris celui du
clown, allongés sur la terre, l'un face contre le
sol, l'autre profitant de la lumière astrale de
notre bon vieux satellite avant d'aller pourrir
dans un trou que le vieux mec creuse avec
difficulté. Il s'applique ferme, le cow-boy
suisse. On devine ses origines rurales. Son
chapeau est accroché à la « chèvre » de la
fontaine, il a jeté sa veste par terre et une fosse
profonde de près d'un mètre est déjà en cours.

— On peut dire que vous ne plaignez pas
l'huile de coude ! lancé-je au ranchman : prenez
votre temps, y a pas le feu au lac !

D'un brusque mouvement, il se tourne vers le
fusil déposé au côté de sa veste à franges.

— Hé ! ne vous méprenez pas, grand-père,
lui dis-je, je ne viens pas foutre la merde, au
contraire. Je suis ici à cause de Martine.

Dès lors, il enfonce sa pelle dans le tas qu'il a
constitué près du trou (l'un étant la consé-
quence de l'autre) et me regarde, les mains
ballantes.

— Le dégourdi habillé en clown a cherché à
m'abattre, deux heures en arrière (1) avec le
composteur que voilà !

Je lui montre le feu, puis le remets dans mes
braies.

— Ecoutez, reprends-je, mon histoire est
longue à raconter et la nuit ne durera pas
toujours : je vais vous aider à enterrer ces

---

1. L'Helvète moyen emploie volontiers l'expression
« en arrière » pour ses évocations. « Il y a dix ans en
arrière, je me trouvais... »

messieurs puisque telle était votre intention. Après quoi, nous opérerons comme ils avaient sûrement décidé de le faire avec vous : nous conduirons leur putain de Buick à quelques kilomètres dans le désert ; puis vous me ramènerez à Morbac City et reviendrez chez vous. Ni vu ni connu. Ça peut jouer ?

— Qui êtes-vous ? me demande ce méfiant.

— Au retour, je vous raconterai tout.

Je lance mon veston léger sur le sien et, m'emparant de la pioche, saute dans le grand trou géométrique pour continuer de briser le sol dur.

Il me regarde m'activer un moment, surpris par cette aide qui lui vient de la nuit. Mais c'est un dur-à-l'ouvrage, aussi joint-il rapidement ses efforts aux miens. A deux, on dépote rapidos. J'ai bientôt la gorge et le nez encombrés de poussière âcre. On pompefunèbre en chœur, sans proférer un son. Au bout d'une plombe d'efforts décharnés (1), la fosse est suffisamment large et profonde pour pouvoir héberger les deux cadavres.

C'est le dabe qui prend la responsabilité.

— Ça ira ! dit-il.

Nous nous prêtons mutuelle assistance pour nous arracher de la tombe en puissance. Nous sommes en nage ; mes paumes sont en feu avec de grosses cloques qu'il me faudra percer, puis désinfecter.

Comme le Suisse saisit le clown par les

---

1. Béru dixit.

chevilles afin de le conduire à sa dernière demeure, je le stoppe.

— Un instant, cher Buffalo Bill !

Je palpe les fringues du gugus défunt, mais il n'a rien sur lui. Un prudent !

— Enlevez, c'est bon !

Je passe au deuxième corps. Lui, par contre a un porte-cartes d'identité, un porte-*money* de forme oblongue pour loger ses dollars, une tablette de gum, un couteau (lame-lime à ongles), des pièces de mornifle, un stylo-bille Waterman, un minuscule agenda à couverture de cuir rouge et enfin une boîte de préservatifs de couleur violacée qui doivent te faire une bite de gorille lorsque tu les utilises.

Je remets les dollars dans la fouille du défunt.

— Ils vont être fichus, remarque le cow-boy.

— Sans doute, mais je ne suis pas un détrousseur de cadavres.

Péremptoire, il reprend la fraîche de sa victime.

— Ce serait idiot d'y laisser perdre, assure ce Suisse indélébile ; je trouverai quelqu'un à qui ça fera plaisir.

Mon avis est qu'il n'aura pas à le chercher longtemps.

On a parcouru une quarantaine de kilbus. Le paysage me semblait de plus en plus féerique. Je n'y aurais pas passé mes vacances, pourtant, *sincerely,* il méritait le détour. On est vergif, les Terriens. C'est dommage que les autres planètes ne possèdent pas d'H_2O. J'ai longtemps espéré que des michetons radineraient des au-delà, qu'ils soient verts ou avec une longue queue en trompette ; mais je finis par croire que c'est râpé et que nous sommes vraiment seulâbres sur la grosse boule bleue. Dommage, on aurait pu faire la guerre avec des extraterrestres pour changer, au lieu de se rabattre sur nous-mêmes, sans piger que chaque fois qu'un homme en tue un autre, c'est lui qu'il met à mort. Enfin, c'est pas la peine de rêver. Déjà heureux que le Seigneur nous ait permis, j'entends par là, créés. Certes, c'est chiant d'être vivant, mais comme il doit être démoralisant de ne pas exister.

C'est moi qui prends l'initiative de quitter la route. Pépère me filoche à distance, pas qu'on semble former convoi.

Je vois, à ma gauche, se profiler une vallée à travers des rochers vertigineux. L'endroit me semble propre à servir mes desseins. La Buick laisse pneus et amortisseurs dans cette expédition.

Je drive, drive, drive.

Lorsqu'un boudin éclate, je déclare forfait et décide d'abandonner la bagnole dans cet étroit défilé où, selon moi, ni hommes ni bêtes ne doivent pointer le bout de leurs museaux.

Avant de mouler le véhicule, je l'explore. N'y trouve qu'une longue matraque de caoutchouc noir, plus les outils de bord usuels et une carte routière.

— Si on y foutait le feu ? suggère le cow-boy.

Je lui montre le magnifique panorama déve-

172 FOIRIDON À MORBAC CITY

loppé devant nous, et presque sous nous, car
nous avons pris quelque altitude.

— Ce feu de joie serait aperçu à des dizaines
de *miles* à la ronde, réponds-je.

— Juste ! apprécie l'ancêtre.

On rejoint son monticule de rouille ferrail-
lante et nous rallions cette coquette citée en
délire qui a nom Morbac City.

Il me raconte, pour commencer, que, dans le
silence du désert, son ouïe s'est surdéveloppée,
pépère. Tu penses qu'il l'a entendue venir de
loin, la bagnole blanche, ce madré.

C'est un homme de qui-vive, ça se comprend
quickly. Il a tout de suite renouché du glauque.
Une tire en pleine noye, alors qu'il ne vient
quasiment jamais personne, même de jour,
dans sa gentilhommière, il a pas aimé. Alors il a
filé un paquet de hardes sous son drap pour
donner la forme d'un dormeur, décroché son
flingue et s'est hissé dans la partie mansardée de
l'habitation, par un trappon à échelle rétracta-
ble. Et il a attendu.

Les méchants ont stoppé près du ranch et
sont entrés. Il les surveillait grâce à une fissure
du plaftard. Ils paraissaient connaître les lieux
car ils ont filé droit à son lit sans la moindre
hésitation. La chambre était cependant dans
une presque obscurité. Le copain du clown (un
homme d'une quarantaine d'années, courtaud,
très brun, de type espagnol) a braqué un gros
calibre sur ce qu'il croyait être le dormeur et a
vidé tout son chargeur dans la literie. Le clown

FOIRIDON À MORBAC CITY 173

bichait et poussait un cri de liesse à chacune des
détonations.

Quand le petit déclic indiquant que le chargeur était vide s'est produit, le cow-boy suisse a
soulevé le trappon et a dit :

— Faites-moi un petit sourire, mes cons !

Effarés, ils ont levé la tête vers cette voix
venue du plafond et alors le vieux leur a filé une
volée de chevrotines à chacun. De la vraie,
fignolée par lui, avec plein de déchets de
ferraille pointus parmi les plombs. Ça a zingué
recta les deux bricolos. Ne restait plus qu'à les
enterrer.

Ce que nous fîmes.

Très bien, ce documentaire. A peu de chose
près, je l'avais plus ou moins reconstitué dans
ma tronche aussi performante que celle de
Blaise Pascal. Seulement, ce qui m'intéresse,
c'est le reste, tout le reste ! A savoir l'histoire de
ses accointances avec la môme Fouzitout.

Je me risque à entamer le sujet, mais il me
coupe d'un sec :

— Moment ! Maintenant, c'est à vous de
parler, l'ami.

Catégorique !

Je me dis benoîtement que le moment est
venu pour moi de grimper à la tribune.

Pour la énième fois (au moins) j'y vais de
mon récit. Je le sais déjà par cœur et pourrais le
débiter sur la scène de l'Olympia, en fin de
première partie, un jour que mon pote Pierre
Perret y passerait en vedette. Je bonnis l'héritage de Félix, vieux prof fauché. Je brode,

comme quoi quelques potes et moi le sponsorisons pour qu'il vienne toucher son lot. Et alors, des types dont nous ne savons pas qui ils sont et ce qu'ils veulent, nous sautent sur le poiluchard et se mettent à équarrir tous les gens qui ont approché la petite Martine. Je parle du père Machicoule, montre la photo que sa servante m'a donnée, tout bien. Le cow-boy pilote en silence. A un moment, il tire une carotte de tabac de sa poche et mord dedans afin de se confectionner une chique à grand spectacle comme même la reine Elisabeth II d'Angleterre n'en a jamais mâché.

Il semble méditer mes révélations.

Et soudain, il grommelle :

— Feu de mes couilles ! j'ai un pneu crevé à l'arrière, à cause de ces putains de roches !

Effectivement, depuis un instant, sa brouette embardait.

— Vous voulez jeter un œil, gars ? il me demande.

Tu trouveras jamais plus serviable que moi avec un vieillard. D'ailleurs tu as vu comme je l'ai aidé à enterrer ses victimes ? Gentil, non ? J'en connais qui ne l'auraient pas fait.

Je descends et me dirige vers l'arrière de la Jeep. Je n'ai pas atteint l'aile droite que la bagnole repart aussi vite que son moteur naze le lui permet.

Le vieux passe sa main par la portière, un doigt (celui du milieu) dressé pour bien me confirmer que je l'ai dans le cul.

Ce qui te prouve que la bonté n'est pas toujours récompensée.

FOIRIDON À MORBAC CITY 175

***

Ce qui prédomine en moi, homme bienveil-
lant et d'une bonté foncière, c'est le chagrin
davantage que l'humiliation. L'agissement du
cow-boy suisse me navre. Quand tu aides un
homme à enterrer les cadavres de ses ennemis
(cadavres réalisés par lui) et à effacer les traces
de son acte, tu te sens, bon gré mal gré lié à lui.

Là, avec une impudence inqualifiable, le
vieux me laisse quimper, en pleine fin de nuit,
en plein désert, en plein épuisement. Salaud !
Ah ! sale salaud sans vergogne ni foi ni loi, ni
rien de bon !

Hébété, je poursuis ma marche à pincebro-
que. Que faire d'autre ? Mon cher Michel
Audiard a suffisamment déclaré qu'un con en
marche était plus performant qu'un intellectuel
assis.

Au bout de cent deux mètres zéro cinq,
j'avise un petit objet rectangulaire qui luit à la
lune parce qu'il est plastifié.

Ma brème de flic ! Dessus, il est encore écrit
que je suis commissaire car, par fétichisme, j'ai
conservé le document, ne m'étant pas habitué à
mon nouveau titre de dirlo.

Elle apporte une explication sur l'attitude du
Suisse à mon égard. Pendant que je piochais
dans la fosse, il a fouillé mon veston pour
s'assurer de mon identité, a découvert qui je
suis et, comme je lui ai menti par omission, me
le fait payer. Vieux brigand ! Il a jeté ma carte
sur la route, à mon intention, afin de me faire

comprendre pourquoi il agit de la sorte ; ce qui indiquerait qu'il lui reste un fond de savoir-vivre.

Cela dit, je pourrais le foutre en béchamel, pépère. Il me suffirait de prévenir la police qu'il y a deux cadavres inhumés derrière sa maison, près de la fontaine où la terre est moins aride. Seulement, ce faisant, je me flanquerais moi aussi dans un bain de gadoue pas parfumé à l'O-Bao.

Pour me stimuler, j'arque en fredonnant *La Marseillaise,* cette aimable comptine cent pour sang française. « Marchons ! Marchons ! » Tu parles qu'on en a fait marcher, des nœuds volants avec ça. Baïonnette au canon pour aller au boudin confectionné avec le sang qu'impur !

Je compte mes pas, les convertis approximativement en décamètres, hectomètres, kilomètres. Au bout de trois bornes, je déclare forfait. Anéanti, l'Antonio. J'aurais dû rester chez maman, à Saint-Cloud, à boire mon « vrai » cacao et à claper ses rôties croustillantes et beurrées. A chaque cruelle mésaventure j'éprouve ce regret infantile. J'ai jamais été totalement délangé, voilà la vérité. Drôle de superman, ton Antonio, l'aminche : le dur au cul talqué !

Après un long virage, j'avise une étendue tapissée de petites plantes mauves, genre bruyère. Harassé, je m'allonge sur ce que les romancières appelleraient « un tapis d'améthyste ».

Roupillage instantané. L'épuisement est le meilleur des soporifiques.

*
**

Cet ouvrage étant particulièrement copieux, je ne te raconterai pas le rêve qui vient me visiter pendant mon sommeil. A quoi bon tirer à la ligne, quand on songe au prix de l'impression, du papier, de la manutention, tout ça !

Donc, je fais l'impasse sur ce songe dans lequel je suis un militaire égaré en cours de déroute, qui demande son chemin à trois jeunes paysannes riches en fesses et tétons, lesquelles, diablesses moissonnantes, exigent d'être récompensées des renseignements fournis par chacune un beau coup de bite sur la paille rêche. Tu me vois te narrer cette échevelade de culs ? Cette répartissade de tous mes dons en une simultanéité à grand spectacle : mon zob par-ci, ma langue par-là, mes paluches sur ce qui reste vacant ? Tu me vois, dis ?

Mahomet, le plus impitoyable des boxeurs, se met à me taper dans la gueule à pleins rayons, m'éveillant complètement.

Adieu, rêves voluptueux ! Je retrouve la sinistre réalité intacte. Moi, la route blanche, le ciel plus blanc encore, l'horizon brûlant, la ligne de montagnes qui semblent taillées dans du quartz.

Une préfiguration de l'enfer.

Déjà mes fringues collent à ma peau. Mon empire contre un bain frais ! J'ai soif, j'ai faim, j'ai envie de déféquer. C'est terrible de chier au milieu d'une telle désolation. Chez m'man, les gogues sont envoûtants à force de bien-aisance.

178   FOIRIDON À MORBAC CITY

Murs tapissés de papier cretonne (Hollandaises charriant des seaux de lait avec un fléau sur l'épaule). Rouleau distributeur en métal doré. Papier satiné double face. Petit lustre de Murano. Minuscule bibliothèque contenant : des revues, les œuvres de Robbe-Grillet pour les constipés, les miennes pour ceux qui ont l'entraille généreuse. Un poste de radio pour pas rater quand Georges Le Pen cause dans un métinge, un cendrier pour les suicidaires, du déodorant qu'on se croirait aux îles Borromées, de l'eau de Cologne pour ceux qui s'embourbent les salsifis quand le papier crève. Ultraconfort, douilletterie totale. Tu y passerais ta vie !

Bon, là, je me mets à jour de mon mieux, explore mon portefeuille pour y trouver du faf à train. Soucieux de conserver mon permis de conduire, je sacrifie une lettre d'amour d'une certaine Lisette que j'avais commencé de déshonorer (1) en inscrivant, en marge, différents numéros de téléphone ainsi que l'adresse d'un certain Aloïs Dugadin, à Vitry-le-François, sans me rappeler qui était ce mec de rencontre.

Cette opération surintime me pousse aux réflexions désabusées et m'incite à écrire cet ouvrage que je porte en moi, sur la dégénérescence des fantasmes, seulement, comme je viens de te le dire, je suis à court de papier.

Je commence à me reculotter quand un coup

_____
1. La lettre, pas Lisette !

FOIRIDON À MORBAC CITY 179

de klaxon me fait sursauter. J'avise alors, à quelques encablures, une énorme limousine jaune à toit blanc, avec une dame au volant. Honteux, je voudrais qu'une faille s'ouvre dans le sol et m'engloutisse ; mais tes sentiments, dans un tel cas, ne prévalent pas et, sentant s'atténuer mon humiliation au profit d'un vaste soulagement, je vais à cette voyeuse de bonne aventure.

La vraie gaillarde !

Son poids foutrait les jetons à une balance ordinaire de salle de bains. Pour comble, elle est en short, soutien-gorge de diplodocus femelle et porte une casquette à longue visière sur sa tignasse à ressort, d'un auburn qui flanquerait la chiasse à Mathias.

— Hello ! me dit-elle.

— Hello ! réponds-je du tacot-toc.

— Que faites-vous par ici ? s'enhardit-elle.

— Je cherchais un endroit tranquille pour déféquer, mais je m'aperçois que c'est raté.

Elle rit.

— Vous avez un drôle d'accent, assure-t-elle.

— Je sais : c'est de naissance.

Re-marrage de la grosse.

On devient sérieux. Je raconte que des tomobilistes rencontrés à Morbac City m'ont proposé une virée nocturne dans le désert. Comme c'était des femmes, j'ai accepté. Et ces abominables pétasses m'ont abandonné.

L'obèse, rien ne lui paraît plus farce au monde. Elle en pète d'hilarité, la chérie. Mais

180   FOIRIDON À MORBAC CITY

comme les gros sont sympas, elle me propose de me ramener à Morbac City où, précisément, elle se rend pour le « Bench Holiday Making ».
Ça y est, mon destin reprend sa trajectoire.

11

CHAPITRE RÉCURANT

Elle est plutôt sympa, Mrs. Molly, dans son genre. Boulimique, comme la plupart des obèses, elle se gave de pop-corn puisé dans le sac en papier bloqué entre ses monstrueuses cuisses et rit de tout et davantage de rien en postillonnant des particules de maïs sur son pare-brise. Elle a une délicate peau rose, grenue, qu'un tanneur achèterait volontiers pour la modifier en faux croco. Elle fouette un peu le rance aspergé de parfum à deux dollars la bonbonne, et aussi la sueur d'encoignures. Chez les gens de cent vingt kilos, ce sont les replis qui racontent le plus.

Elle me dit habiter Salome, dans l'Utah, où elle gère une entreprise de salaisons fondée par son défunt époux. Si elle vient à Morbac City, c'est en pèlerinage. Avant de se laisser épouser toute crue par Bob, ils ont mis leur deux culs sur l'illustre banc et se sont offert une soupe de langues carabinée.

Douze ans d'un bonheur sans nuages à égorger des porcs. Et puis, l'adieu !

Bob avait tellement d'urémie que ses veines lui servaient de vessie.

Là, son ton a flanché. Des larmes grosses et brillantes comme les gouttes de cristal d'un lustre vénitien délayent son crépi ocre.

— Prenez des pops, invite-t-elle en écartant ses bayonnes.

Je décline, elle insiste, je cède. A travers le mince papier, je sens sa grosse moulasse épanouie. Ma farfouille à l'intérieur du cornet la fait frémir...

— Vous devez vous y entendre en amour, vous ! diagnostique-t-elle.

Je grince des méninges. Ah ! non : je vais pas devoir payer mon voyage d'une tringlée ! C'est de la bidoche pour Bérurier, ÇA ! Moi, si je la grimpais, j'aurais l'impression d'affronter la face nord de l'Everest ! Faut vite dissiper le malentendu.

— N'en croyez rien, je suis membré comme un cacatoès.

Elle hurle de rire et pisse sur le pop-corn.

— Quelle blague ! Vous oubliez que je vous ai vu vous reculotter ! Des membres comme le vôtre, y a que dans les films « X » que j'en ai aperçu.

Dis, qu'est-ce qu'elles ont, toutes ces Ricaines, à vouloir déguster mon braque ? C'est la saison du frai ou quoi ?

Pour changer d'ambiance, je branche la radio sans lui demander son avis. Elle comprend que j'adhère pas à sa propose voilée et se renfrogne. J'espère qu'elle ne va pas me larguer de sa Buick, la grosse cochonne ? Sous sa casquette à

FOIRIDON À MORBAC CITY   183

longue visière elle remue des pensées torrides et peut-être même malsaines.

Je redoute d'une seconde à l'autre une main tombée sur mon bénoche. Heureusement, la musique shunte, et un reporter local se met à débiter une nouvelle à sensation : on a volé le « banc des amoureux » de Morbac City aux premières lueurs de l'aube, une fois que tous les participants au Bench Holiday Making sont rentrés cuver leur cuite.

C'est le désastre ! La désolation ! Le deuil dans toute la contrée. La fête est arrêtée comme par une catastrophe naturelle. Seuls, un raz de marée, une éruption volcanique, une épidémie de peste bubonique sauraient mettre fin à cette liesse populaire. On est en train de dessoûler le shérif et on compte que son premier soin sera de prévenir les fédés. Un événement aussi majeur compromet la réélection du gouverneur.

Mrs. Molly pile à mort.

— *Oh! my God! My dear God!* larmoie-t-elle.

Une suffocation la prend ; elle est obligée de lâcher la fermeture de son monte-charge et quarante kilogrammes de barbaque choient sur son ventre en produisant le bruit huileux d'un déchargement de poissons dans le port de Dieppe.

Elle se met sur mon épaule pour libérer sa marée montante. J'ai toute ma partie gauche inondée en vingt secondes.

Le reste du pop-corn lui est entré dans la chattoune tellement qu'elle s'agite du bassin.

184 FOIRIDON À MORBAC CITY

Ça craque dans son entrepont, à croire qu'elle les bouffe avec son poilu de 14, la dodue. Pour tout te dire, moi, le coup du banc disparu, je me fends la gueule dans ma Ford intérieure. C'est farce, non ? Ces populations en plein paganisme qui vénéraient un simple banc de square comme nos cons de druides vénéraient le gui (plante parasite, de surcroît !).

Tu sais qu'ils sont pas pensables, nos frères z'humains. Par instants, leur cervelle se détrempe. C'est hormonal, tu crois ? Glandulaire ? Ah ! bon ; oui, il me semblait.

Tant mal que va, on finit par se pointer à Morbac City. Il est dix heures du matin ; les habitants n'ont pas eu le temps de récupérer, mais excepté un tiers des autochtones en état comateux, ils assiègent le lieu où se trouvait le banc. Le siège volé reposait sur quatre gros plots de ciment, et on l'avait fixé avec des pattes métalliques rivées dans les blocs. Les voleurs (j'use du pluriel, imaginant mal qu'un homme seul ait pu dérober cette œuvre de fonte) ont délibérément scié le bas des fixations pour libérer le banc. Selon le jacteur de la radio, celui-ci pesait près de cent kilos. On lance un appel à témoins.

Les habitants de cette cité à la gomme constatent le désastre de leurs yeux injectés de sang. Ils ne parlent pas parce qu'ils ont la langue encore collée au plafond et les dents en plâtre, mais leurs expressions détruites montrent combien ce forfait vient de rompre l'harmonie de leurs existences.

Une atmosphère de deuil national pèse sur la ville. Un seul banc vous manque et tout est dépeuplé.

Les dames, généralement moins beurrées que leurs mecs, sanglotent et se tordent les mains. Elles ont le pressentiment qu'un fléau inconnu va se précipiter sur la cité et en faire un nouveau Pompéi.

Je profite de ce que Mrs. Molly est en train d'entonner un cantique, agenouillée dans un cercle de vieilles pécores, pour regagner la maison du pasteur sans prendre congé d'elle, ce qui aurait risqué d'hypothéquer mon avenir si précieux, ce genre d'ogresse laissant rarement tomber sa proie. Elle m'a dit descendre chez une sienne parente qui tient la *funeral house* du patelin ; a priori, ce n'est pas un lieu où l'on vient festoyer, mais j'ai eu le rare privilège de rencontrer des croque-morts de mon vivant, qui tous se montraient gens de joyeuse compagnie, étant débarrassés des encombrants préjugés qui entourent la mort.

Chez le révérend Marty, la vie a repris son cours à peu près normal. L'homme de Dieu cuve et mes amis roupillent, à l'exception de Félix auquel il est arrivé cette nuit un fâcheux accident. Le prof, si tu as bonne mémoire, était détenteur du dentier de Béru pendant la fiesta générale. Rentrant se coucher, après que son protégé eut récupéré sa queue dans l'orifice insuffisant de la vieille, il a fait une chute

186 *FOIRIDON À MORBAC CITY*

malencontreuse et l'appareil dentaire du Gros
mordit si cruellement son sexe, qu'il ôta un
morceau assez conséquent au chapeau de ce
champignon hautement comestible.

Cruelle blessure qui, là encore, compromet le
tournage pornographique envisagé par notre
producteur hollywoodien. A croire que le Seigneur S'oppose à l'exploitation financière des
pafs d'exception qu'Il accorda à mes compagnons, afin qu'ils en tirent plaisir, mais non
profit.

Ivy se faisait un sang d'encre à cause de moi.
Elle soignait la monstre biroute du prof mater-
nellement, de ses doigts fuselés et, nonobstant
sa souffrance, Félix témoignait sa satisfaction à
son hôtesse par des marques d'émoi incontesta-
bles. Il n'était pas loin de prendre à son compte
la fameuse réplique de François Mitterrand,
lequel, lors de son opération de la prostate, dit
à l'infirmière qui renouvelait son pansement :
« Maintenant, vous pouvez la lâcher, mademoi-
selle, elle tiendra toute seule ! ». Ce propos fut
rapporté à la Droite qui s'en alarma, voyant
dans cette démonstration de vitalité, les prémices d'une difficile cohabitation, plus pénible
à assumer que la première.

Tandis que cette charitable personne se pro-
digue, je me hâte d'aller prendre un bain chaud
et voluptueux ; puis de changer de linge. Et
c'est un être remis à neuf qui va bouffer le cul
de madame, en lui pratiquant simultanément
« la baguette de sourcier ». Cela, tu le sais, se
joue à deux doigts (l'index et le médius) conve-
nablement écartés pour que chacun se coule

FOIRIDON À MORBAC CITY 187

dans l'un des deux exquis terriers d'Ivy. Cette initiative jointe au cunnilingus emporte l'épouse du pasteur jusqu'à un paradis que ce dernier ne lui a, jusqu'alors, laissé entrevoir qu'en paroles.

Je mâchouille un fort mélancolique sandwich décongelé (pain de mie, blanc de poulet, tomate) lorsque « Petit Gibus » me rend une visite impromptue.

— Je passe voir si vous avez besoin de moi, Martien, claironne-t-il.

A son ton, je vois qu'il espère très fort la chose. N'aimant pas décevoir la jeunesse, je lui réponds qu'il tombe à pic et le frète pour qu'il me conduise chez le cow-boy suisse, car j'aimerais reprendre avec Buffalo Bulle (1) une conversation qu'il a écourtée de manière déplaisante.

Ce gamin, la disparition du banc l'amuse. En petit garçon sensé, il assure que la vénération païenne d'un siège de ville était ridicule et espère que les voleurs sauront le mettre à l'abri des recherches pour qu'on n'en parle plus jamais.

La foule s'épaissit de plus en plus, consternée et rendue silencieuse par sa gueule de bois inassumée. Les quelques pas-ivres ont réveillé les pas-trop-soûls, lesquels ont arraché du coltar les beurrés-à-morts et il ne reste plus dans leurs plumards que les comateux. Plus de banc, plus

---

1. La ville de Bulle est une coquette cité ancienne du canton de Fribourg, en Suisse.

de fête. C'est la débandaison, antichambre de la débandade.

Roy use de son klaxon enroué pour se frayer un passage. Cette fois, le shérif et son adjoint sont à pied d'œuvre. Pour se donner l'air de faire quelque chose, ils mesurent le vide laissé par le banc.

Enfin la rue devient route.

Nous passons devant le motel de l'Indien, après quoi on trouve le désert pur et dur, d'une blancheur aveuglante.

Soudain, « Petit Gibus » s'exclame :

— Ça fume !

— Ton radiateur d'eau ? m'inquiété-je, car comme le dit mon grand Patrick Sébastien : je m'étais endormi en sursaut.

— Non : le ranch du vieux !

Son minuscule doigt d'enfant me montre l'endroit où se situait ce dernier. Effectivement, des fumerolles vésuviennes s'élèvent dans le ciel.

Il largue la route pour s'élancer dans le désert. La dépanneuse décrit des bonds et autres embardées qui achèvent de me réveiller.

Au fur et mesure qu'on s'approche du ranch, on réalise qu'il est complètement détruit par le feu. Ses ruines fumantes sont plus noires et sinistres que la bouche d'un centenaire hindou mâchant du bétel. Ne subsistent que des pans de murs calcinés, entre lesquels la charpente se consume comme dans un large foyer de haut-fourneau.

La vieille Jeep du Suisse est rangée près d'un buisson.

FOIRIDON À MORBAC CITY 189

Le petit Roy, pâlot malgré son cran habituel, murmure en désignant les décombres :

— Lui, il est là-dessous !

Je hausse les épaules.

— Je crains bien que oui, petit.

J'imagine qu'après m'avoir plaqué, le cow-boy est revenu dans sa piaule. Il a dû vouloir se préparer du café mais, comme ses « travaux de terrassement » l'avaient fatigué, il se sera endormi et le réchaud à propane aura bouté le feu dans son antre. Sale fin pour le cow-boy suisse ; il a dû cramer comme un fagot de bois sec, ce vieillard tout en os.

Ainsi, ma piste concernant la môme Martine s'arrête-t-elle définitivement en cet endroit désespérant, comme le filet d'eau de la fontaine s'engloutit dans le sol desséché... (1)

Nous allons devoir retourner en Europe sans savoir ce qu'aura été la vie de la Française dans l'Ouest américain.

Je m'assois sur la margelle du bassin, pensif, amer. Je porte cet énorme point d'interrogation comme Jésus sa croix. J'ignorerai toujours ce que ce vieil homme et cette jeune femme fabriquaient, ni quelle était l'étrange connivence qui les rassemblait une fois par mois.

Pareil à un jeune cabri, Roy bondit jusqu'au bâtiment incendié. Il tourne autour du brasier qui rend l'atmosphère plus irrespirable encore.

— Il y a des traces de pneus ! me lance-t-il de loin.

1. Très bel effet de style. Bravo !

B. Poirot-Delpech

Il a l'œil, ce trouduc !

— Venez voir, Martien !

Je ne peux me dérober, répondre que je suis au courant, ce serait me trahir.

Le pas pesant d'un laboureur en fin de journée, il a, ton Sana joli, madame.

— Regardez, dit le Sherlock en herbe, excité comme un boisseau de morbacs dans la culotte de Madonna. Là, c'est les empreintes de la Jeep !

Il me montre d'épais dessins sur le sol, court plus loin et désigne d'autres traces :

— Ici, celles d'une bagnole ordinaire.

Une troisième cabriole le place non loin du buisson où sont enterrés les deux malfrats.

— Et ça, c'est un troisième jeu d'empreintes, Martien !

Je tressaille. Examine.

Tu sais qu'il dit vrai, ce chiare ? Il existe bel et bien, autour du ranch brûlé, une troisième série de traces ! Et elles sont fraîches, nettes, pour tout dire, récentes !

Alors de nouvelles perspectives s'ouvrent à moi. Je me dis que d'autres gars de la bande qui s'intéressent au vieux ont radiné et que c'est eux qui ont mis le feu au ranch. Ont-ils brûlé le cow-boy suisse avec ou l'ont-ils embarqué en repartant, histoire de le faire jacter plus tard ?

Les décombres brûlent encore, interdisant toute exploration.

— Rentrons ! décidé-je.

— On va aller raconter ça au shérif ? demande Roy.

Si je lui réponds que non, il va pas piger ; et

comme c'est un enfant, il ne pourra s'empêcher de répandre la nouvelle autour de lui. Quand, à son âge, tu traverses une aventure comme celle-là, il est impossible de la « garder par-devers soi », comme disent les grandes personnes.

— Et comment qu'on va aller raconter ça à la police, Brin d'homme !

J'ajoute :

— Dis donc, il s'en passe des choses dans ton bled !

CHAPITRE FARINEUX

Nous retrouvons le gros shérif (dans les westerns, les shérifs sont généralement gros et méchants, ils rotent bruyamment et leur haleine sent le hamburger aux oignons) en point de mire à l'emplacement du banc où il se fait photographier. Il est en décuite avancée. Pour l'activer, il a pris beaucoup d'Alka Seltzer, aussi rote-t-il avec véhémence et son haleine pue effectivement le hamburger aux oignons frits.

Comme c'est lui qui a arbitré le match Teddy-le-Red-Bérurier, il reconnaît en moi le supporter du vainqueur et me présente une bouille hostile. Ce mec ressemble à un éléphant sans trompe (on aurait remplacé ladite par un groin de porc). Ce matin, il a mis une chemise bleu marine, sur laquelle son étoile brille comme dans un ciel de crèche, un pantalon beige, en tissu léger, à travers quoi, quand il est au soleil, on voit la raie de son cul comme je te vois, ainsi que son gros pacsif de couilles inutiles et son foisonnement de poils sombres troisième choix (de ceux qui fouettent la ménagerie sans exciter les dames).

FOIRIDON À MORBAC CITY 193

Mon lectorat captif n'ignore point combien je suis sensible aux personnages pittoresques, car ils donnent du piment à la vie. Seulement ce n'est pas le cas du shérif Garson qui n'est que con, repoussant et souilleur de rétines.

Il me regarde venir à lui, une paupière mi-close, comme un qui a la fumée de sa tige ou bien le soleil dans l'œil.

— Le môme et moi venons vous déclarer un sinistre, shérif, annoncé-je.

— Pas possible !

— Le ranch du cow-boy suisse a brûlé.

— J'espère qu'il était dedans et a grillé avec, ricane cet être pétri d'altruisme.

— C'est très probable, confirmé-je.

— Alors le diable a du boulot ! oraisonfu-nèbre-t-il.

— Vous devriez peut-être aller jeter un œil, il se pourrait qu'on soit en présence d'un acte criminel.

Son regard se transforme en deux glaves de tubard, fortement injectés de sang. Il chope un revers de mon veston et profère :

— A votre putain d'accent, je parie que vous venez d'ailleurs, l'ami ?

— De France, le renseigné-je-t-il.

— M'étonne pas ! Et vous croyez sérieuse-ment, l'ami, que j'obéis aux ordres d'un enculé de Français ?

Moi y a des choses sur lesquelles je ne pourrai jamais passer. Etre traité « d'enculé de Fran-çais » vient en tête des choses en question. Ce serait le prince Charles qui me dirait ça, illico, je lui ferais bouffer ses longues dents. La patrie

194 FOIRIDON À MORBAC CITY

c'est sacré pour moi. Je te raconterai peut-être
un jour une bataille rangée homérique, avec des
Allemands qui m'avaient traité de « sale Français ».

Mais pour l'instant, l'heure est grave.

— Shérif, fais-je sourdement, êtes-vous
conscient de nous avoir gravement insultés,
mon pays et moi ?

— Arrêtez de m'échauffer les oreilles,
enculé de Français, sinon vous risqueriez de
vous trouver derrière les barreaux.

A peine dit qu'il mange mon poing ! En ai-je
déjà distribué des directs du droit, mais celui-là
est le plus percutant de tous. Il lui fait exploser
le groin que je causais y a pas deux minutes, lui
effeuille les ratiches de devant, transforme sa
bouche en deux tartares sanguinolents et, de
surcroît, le foudroie.

Tu me croiras si tu voudras, mais la foule
applaudit ; preuve de l'immense cote de popula-
rité dont jouit le gros sac !

— Qu'est-ce que vous venez de faire là,
Martien ! bredouille « Petit-Gibus ». Il va vous
arracher le nez, les oreilles et tout ce qui
dépasse de vous, le Garson ! C'est une pure
terreur ! Vous devez foutre le camp avant qu'il
se réveille ! Et ne vous fiez pas aux gens. Ils sont
contents d'avoir vu ça, mais vous n'en trouverez
pas la moitié d'un qui témoignera pour reconnaître que le shérif vous a insulté. Allez !
Partez !

Je caresse mes phalanges meurtries, regarde
l'étal de boucher qu'est devenu le physique du
gros lard.

FOIRIDON À MORBAC CITY 195

— Y a un bureau de poste dans ce joyeux pays ? je demande.

— A deux pas. Vous voyez le panneau « Post Office », à droite ?

— Attends-moi là. Quand il reprendra ses esprits, dis à ce goret plein de merde que je vais revenir !

Du bol dans mon malheur !

En quatre-vingts secondes, chrono en main, j'obtiens l'ambassadeur de France à Vagin-se-tond (Béru dixit). Lui déballe mon numéro de code, prétends être sur une formidable affaire aux ramifications internationales, tout ça... Je raconte le comportement odieux du shérif, suivi de ma réaction cocardière, certes, mais légitime.

Quelqu'un de bien, l'Excellence. Elle me connaît de répute, sait mes façons « directes » (surtout du droit).

— Ce genre d'incident est fâcheux, me dit-il. Ces shérifs arriérés sont des tyranneaux de bourgades et règnent sans partage ; mais je vais intervenir immédiatement en haut lieu.

Le grand mot composé est lâché : haut lieu !

Il s'en passe des choses, dans ce mystérieux endroit.

Un peu rasséréné, je retourne vers ma victime qui est déjà en position assise (toujours à l'emplacement du banc envolé). Son regard pendant encore sur ses paupières du bas, mais il est en train de récupérer. Dur dur de se laisser mettre k.-o. après sa cuite de la nuit.

La foule muette attend, espérant fort que ça

196 FOIRIDON À MORBAC CITY

va chier des bulles carrées et sachant que cet espoir ne sera pas déçu.

Moi, à toutes fins utiles, de la haranguer.

— Chers habitants de Morbac City, lui fais-je, accompagné de ce délicieux petit Roy, je suis venu faire mon devoir en prévenant votre shérif que le ranch du cow-boy suisse avait brûlé, probablement à la suite d'un acte criminel, et que le vieux devait se trouver dans les décombres. Au lieu de prendre ma déclaration en compte, ce gros sac, incapable, soit dit en passant, de surveiller et de garder le banc le plus prestigieux du monde, m'a traité d'enculé, vous l'avez tous entendu ; ce qui m'a conduit à faire ce que vous rêvez tous de faire, hélas sans l'oser. Cette baudruche qu'un simple coup de poing déguise en vache crevée est-il digne de représenter la loi dans votre magnifique cité ? Moi, je ne le pense pas ! Je viens de téléphoner en haut lieu car j'ai le bras long. Je compte sur votre probité américaine, que toute la France admire, pour répéter ce qui s'est passé à ceux qui vont venir régler cette histoire. Alors vous aurez l'occasion rêvée de démettre ce shérif à la gomme qui n'est bon qu'à infliger des tracasseries à ses administrés.

Ma diatribe galvanise. On me réacclame.

Garson qui est conscient, à présent, en prend plein son mouchoir.

Fou furax, il dégaine son pétard, un Colt gros comme un canon à longue portée ; mais, avant qu'il l'assure dans sa pogne velue, je shoote dedans et l'arme part à dache.

— Calmos, vieille viande, lui dis-je. Si tu

FOIRIDON À MORBAC CITY 197

veux régler ça en homme, bats-toi à poings nus,
ne serait-ce que pour montrer aux habitants
d'ici que t'es mieux qu'un baril plein de graisse
rance !

Je me mets en garde.

Le voilà au pied du mur, l'emplâtre.

— Larry ! il hèle, Larry, sacré bordel !

Je suppute qu'il s'agit de son adjoint, mais ce
dernier s'est empressé d'aller vaquer ailleurs.

— Alors ? lancé-je au monstre du *salt lake*,
on se bat ou vous vous défilez, grosse loche ?

Il ignore ce qu'est une loche.

— Au nom de la loi, bredouille-t-il.

— Au nom de la loi, va te faire poser des
points de suture, connard, je l'interromps. Si on
a besoin de moi, je loge chez le révérend Marty.
Tchao, la Gonfle, grosses bises à ta dame.
J'espère qu'elle trouve de la main-d'œuvre de
sommier pour t'oublier un peu !

*
**

Les hommes, faut reconnaître, penchent toujours vers l'optimisme. Quand ils s'en ramas-
sent un grand coup dans la gueule, ils restent un
moment prostrés mais, très vite, trouvent des
raisons d'exulter.

Ça me rappelle une nuit à Rome. L'Italie
disputait la finale d'une coupe du Monde (ou
d'Europe, ma mémoire patine). Tout était prêt
pour la victoire : feux d'artifice, musiques,
défilés de chars (romains).

Et poum ! La cata ! Les Ritals se font niquer.
Alors le désespoir tombe sur la ville. Rues

198 FOIRIDON À MORBAC CITY

désertes, silence de mort. Cela dure environ
vingt minutes, et tout à coup, c'est le déferle-
ment ! Les trompettes, les drapeaux aux por-
tières des bagnoles klaxonnantes, la foule gesti-
culante, hurlante sur le thème de « On est
deuxièmes ! On est deuxièmes ! » Quand la
liesse est prête, il faut la consommer, tout
comme le vin tiré, car elle ne se conserve pas.

Eh bien, ce qui se passe à Morbac City, à
propos de vin tiré, est du même tonneau. A la
consternation causée par le vol du banc succède
un retour à l'euphorie. Non ! On ne décrochera
pas les lampions, ne démontera pas les tréteaux, n'arrêtera point de se pinter à mort.

Le banc a disparu ? Et alors ? Il n'était qu'un
symbole. La municipalité le remplacera par une
stèle, voire un obélisque de marbre érigé à son
emplacement. Et on continuera de vénérer la
mort follement romantique de Suzy et Max, les
« suicidés du bonheur », comme l'a écrit le
journaliste local qui a rédigé un texte à leur
propos pour le syndicat d'initiative.

Si bien qu'aux premières lampes, tout se
remet en branle, avec peut-être davantage de
passion que les autres jours.

Ivy dessoûle son époux : café ammoniaqué,
douche froide. Le révérend récite quelques
oraisons et repart, toujours poussé vers de
nouveaux breuvages. César Pinaud, homme de
foi, l'accompagne. Ils sont faits pour s'entendre. Y a que nos éclopés de la membrane qui
s'attardent *at home* pour soigner leurs blessures
mal placées.

Je les approvisionne en boissons fermentées

FOIRIDON À MORBAC CITY 199

et leur conseille de tromper le temps de la convalo en ripaillant sans tapage.

Ensuite de quoi, tu l'auras deviné, Ivy me reçoit dans sa chambre matrimoniale afin d'y perpétrer une nouvelle phase de son adultère. Elle m'informe que je deviens sa drogue et assure, les larmes aux cils (notre perle qui êtes aux yeux), qu'elle n'envisage plus l'existence sans moi, ce qui suppose une alternative : soit que je m'établisse dans ce pays à la con, sait qu'elle largue le révérend et m'accompagne dans le mien où le con pullule également mais où le climat est plus tempéré. N'étant enclin à aucune de ces deux solutions, je la besogne en silence ; mais bien !

Ses exaltations l'ayant amenée à la posture de prise en levrette, je la pratique dans cette figure animale, laquelle requiert beaucoup d'assurance quant à la qualité de son érection. L'homme qui s'amène avec un sexe évasif se prépare à de tragiques déboires car il est rare qu'une bite partant pour une telle croisade se raffermisse en cours d'épanchement ; ce serait plutôt le contraire. Il faut faire montre d'impétuosité et d'autorité pour mener à bien sa besogne en pareille conjoncture. La jeunesse y excelle, tandis que les hommes en fin de parcours, malgré leur belle science, regardent à deux fois avant de s'y risquer.

Bien que n'appartenant pas aux fougueux triqueurs des débuts, je tiens parfaitement ma place dans cette joute, car la chagatte d'Ivry est bien située dans sa mappemonde et son accès ne présente pas de ces difficultés majeures qui obligent le mâle à des contorsions anormales.

Or, donc je la satisfais de mon mieux (un mieux qui est supérieur aux « top-niveaux » de beaucoup) et l'orgasme qui en résulte lui vaudrait illico un contrat de Harold J. B. Chesterton-Levy, le maître de la Gloria Hollywood Pictures.

Quand Mme Marty a connu l'extase qu'elle espérait, elle s'abat au travers du lit, les jambes en « V », dans cette posture familière aux femmes les plus prudes quand elles ont bien pris leur panard.

Ne tarde pas à s'assoupir du sommeil d'amour, le plus merveilleux qui soit. Elle dort, la tête sur mon ventre dont elle mordille les poils un moment avant de disjoncter pour de bon. Le fracas de la fête environnante ne m'incommode plus : je l'ai assimilé.

Je regarde, sur le plafond blanc de la chambre, le kaléidoscope des lumières et des ombres de la rue. Encore trois jours de ce commerce ! Ça va être gai.

Je pense au vieux cow-boy suisse, à ses deux macchabés qu'il enterrait, à sa vieille Jeep pourrie depuis laquelle il m'adressait « un doigt d'honneur ». Drôle de bonhomme ! Que manigançait-il avec Martine Fouzitout, ce ouin-ouin exilé ? Quel secret ou quel crime les liait ? Et qui sont ces gens acharnés qui recherchent tous ceux ayant approché la petite Française ? Ou du moins qui ont « fait des trucs » avec elle ? Pourquoi attaquent-ils impitoyablement son

notaire, son ami curé, son copain suisse, moi ?
Et qui encore à venir ?

Tu sais que c'est excitant, dans un sens ?

Dans un autre aussi.

En cette période vaporeuse du post-amour, le temps passe comme coulent les rivières. Longue somnolence, puis rebaisage languissant, sur le côté. Madame lève une jambe vers le Parthénon, tandis que je lui légifère le frifri. Pendant que je promène mon archet à tête ronde sur son violon à moustaches, voilà qu'on tambourine contre la porte.

A la violence des coups, je reconnais le doigté de Bérurier.

Et sais-tu ce qu'il me crie, soudain, le Mondain ? Comac, d'une voix de « centaure », comme il dit :

— Grouille-toi de déculer, mec ! C'urge !

Je vais ouvrir la plume au ventre.

— Le pasteur s'est réveillé ? m'inquiété-je.

— Pas z'encore, mais quand il sortira des bras de l'orfèvre, ça va z'être joyce pour c' con volant !

— Metz-Angkor ?

— Sape-toi et va mater dehors !

Quand il reste mystérieux, le gros fougueux, c'est que la situation est d'importance.

Je me loque, sors, enjambe une flaque de dégueulis nauséabond dont j'ignore le ci-devant propriétaire, et gagne la sortie, suivi du Gros qui ressemble à un gros chat taillé.

La *street* est encore à peu près déserte, mais mon attention est attirée par des affichettes fraîches collées sur les façades des maisons, à

202 FOIRIDON À MORBAC CITY

commencer par notre porte. Elle comporte une photo couleur accompagnée d'un texte en caractères gras dont la xénophobie est indiscutable. La photo me représente, en train d'enfiler la chère Ivy en levrette. Cliché pris entre les lattes du store, ce qui ajoute un côté feutré à la capiteuse image. On a écrit dessous : « *Quand notre pasteur loue ses chambres à des étrangers.* »

Travail rapide, précis, et qui a dû mobiliser l'imprimerie du journal local.

Pas si con que cela, le shérif. Il a la vengeance féroce, ce gros sac !

Les premiers habitants qui se hasardent dehors, commencent à s'agglutiner devant l'image dont la ville est inondée. Les palabres commencent.

Un coup de klaxon me fait sursaillir. C'est la dépanneuse de « Petit Gibus » qui vient se ranger tant mal que bien devant le presbytère.

Le môme qu'on ne peut pratiquement pas apercevoir quand il est au volant saute de son carrosse carabosse.

— Vos valises sont prêtes, Martien ? il me demande de sa voix flûtée.

— Mais il n'a jamais été question de mon départ !

— S'il en est pas question « à présent », fait-il en montrant l'affichette, c'est que vous avez le cerveau voilé, Martien ! Dès que les hommes d'ici se remettront à picoler, leur esprit va s'échauffer, et avant minuit, vous serez pendu par les couilles à un arbre du square, tandis que la mère Marty devra défiler à poil dans la rue, avec le mot « pute » écrit par-devant et par-derrière. Filez la chercher, ainsi que vos potes et vos bagages, faut qu'avant la nuit vous soyez loin d'ici.

En sous-impression sonore, je crois percevoir la voix du lutin privé qui me sert parfois d'ange gardien quand, dans ma vie, il pleut des chieries. Et ce précieux ami me chuchote :

— C'est le Seigneur qui vous envoie ce garnement. Faites ce qu'il vous dit !

Ma décision est prise sur l'heure.

Elle a fait une crise de nerfs, l'Yvy livide en mordant l'affichette. Sa vie qui basculait, faut la comprendre ! Et devant une telle photo, elle ne pouvait pas prétendre à un viol. Ça se voyait sur l'image qu'elle se payait une royauté culière de première grandeur ! Son expression pâmée, ses yeux chavirés, sa langue à demi sortie, tout révélait le grand fade bien sublime, l'emplâtrée géante : délices et grandes orgues ! Elle rayonnait du fion, la mère. Des centaines d'habitantes de Morbac City allaient se triturer la moulasse devant une telle photo, l'envier à la mort, cette gente dame si bien dardée.

Elle a commencé par crier de détresse, puis par pleurer, ensuite par me traiter de suborneur, me reprochant de me laisser flasher en cet attelage. Mais qu'y pouvais-je ? Un objectif sournois, embusqué derrière un store qu'on croit hermétique, échappe à toutes les précautions. Je lui ai fait valoir que si elle restait auprès de son vieux, ça risquait de mal tourner pour son frais minois et son beau cul si comestible. Elle devait s'enfuir.

Elle a été transfigurée, Vyvy !

— Avec vous, j'irai au bout du monde, a-t-elle déclaré en nouant ses bras à mon cou.

Entre nous, je ne lui en demandais pas tant !

On est montés le plus discrètement possible dans la dépanneuse, sitôt le retour du pasteur et de Pinuche. La mère Marty a passé des fringues de son singe pour moins attirer l'attention. Elle se tenait tassée sur la banquette avant, entre Roy et moi, son feutre noir rabattu sur la vitrine.

Avant de partir, elle s'est penchée sur le révérend qui riait aux anges au fond de sa soûlerie.

— Adieu, pauvre abruti ! lui a-t-elle chuchoté, en épouse aimante qui a à cœur de prendre congé.

C'est le Marquis qui avait gerbé dans le couloir, et il a remis ça sur le trottoir. On l'a embarqué comme un paquet de linge sale. Félix qui me paraissait atteindre les banlieues du gâtisme geignait sur sa bite mordue.

Une vraie déroute. Seul, l'imperturbable Pinaud rallumait sa clope en conservant son sourire de vitrail.

Le gars Roy a opéré une embardée à la sortie du village, because un chat noir traversait la rue. Il a alors fait demi-tour pour corriger le sort, sa maman d'origine mexicaine lui ayant inoculé le virus de la superstition. Il a décrit un arc de cercle pour contourner la ville, puis est allé chercher la route, en deçà du ranch du cowboy suisse, prenant ainsi notre chemin de la noye au vieux et à moi.

J'ai su, par la suite, que ce putain de chat noir m'avait peut-être sauvé la vie car, bien avant qu'il fît noir, l'enfoiré de shérif avait harangué les habitants et mis sur pied une expédition de représailles pour tenter de m'intercepter à l'aéroport d'Hysterical Gold par lequel nous étions arrivés.

On se met à côtoyer les montagnes et je reconnais, au passage, la vallée où je suis allé semer la voiture des tueurs tués.

— C'est loin, la prochaine agglomération ? m'enquiers-je auprès du valeureux conducteur.
— Je ne sais pas.
— Tu as de l'essence ?
— Ma jauge est détraquée, on verra.

Au lieu de m'alarmer, son insouciance juvénile me gaillarde.

La chance sourit toujours aux optimistes.

On roule d'une allure endiablée, enregistrant des écarts de direction, mordant « les » talus, écrasant quelque bête rôdeuse : coyote ou chat sauvage.

— Ta famille ne va pas s'inquiéter de ton absence ? fais-je au champion de formule 1.

— Quand ils sont pétés à la maison, je fais ce que je veux.

Je bénis le ciel de l'avoir rendu malin ; ce mouflet sait que faire de sa liberté. Il a du chou, de la détermination ; à son âge, ce sont là des dons inestimables.

La douce Ivy a la poitrine secouée de spasmes. Faut dire que c'est angoissant de devoir s'arracher à une vie douillette et honorable pour fuir dans l'opprobre comme une foireuse « malfaitrice du plaisir », pute à jamais classée monument hystérique.

Ce que je vais en fiche, alors là, je me le demande du bout de la pensée ! L'ayant compromise, je lui dois réparation. L'emmener à Reno pour la faire divorcer, puis l'épouser aussitôt après ? Ça se passerait comaco dans la collection « Doigt humide », mais un mec qui mène mon existence ne peut folâtrer dans les péripéties ineptes d'une littérature pour jeune châtelaine masturbée.

Manière de tuer dans l'œuf tout malentendu, je murmure :

— Vous avez la perspective d'un endroit où aller ?

Elle secoue sa jolie tête.

— Non.

— Pas de famille ?

— Mon père ; mais il est pasteur, lui aussi, et plus rigoriste que Marty.

— Des frères, des sœurs ?

— Je suis fille unique.

FOIRIDON À MORBAC CITY 207

Le voyage continue. On croise de très rares voitures sur cette route de l'enfer : des glandus qui foncent à la fiesta de Morbac City.

— Comment se fait-il que tu n'aies jamais pris cette route, Rantanplan ?

— Vous savez, je suis jeune, répond l'artiste du volant, et mon père m'a interdit de rouler dans le désert parce qu'il prétend que c'est dangereux.

Je file, temps à autre, un coup de saveur par le petit vitrage de notre cabine, histoire de mater mes potes. R.A.S., sinon que le marquis de Lagrande-Bourrée continue de gerber désespérément agrippé aux ridelles de la dépanneuse. Les trois autres somnolent en chien de fusil. Je note la présence d'une bâche que gonfle le vent de la vitesse.

— Tu allais faire une livraison ?

Roy opine.

— Ça peut attendre, Martien. Votre sécurité avant tout.

— Tu es un bon petit gars, assuré-je, ça fait plaisir de rencontrer sur sa route des garçons aussi prometteurs. Que comptes-tu faire, plus tard ?

— Devenir riche, Martien.

— Louable ambition. Et comment t'y prendras-tu ?

— Comme il faudra, selon les opportunités.

Ensuite, on la boucle parce qu'il fait une sacrée soif ! Un peu léger de s'engager ainsi dans une traversée du désert. L'air brûlant, plein de poussière en suspension, nous consume la gargante.

On boulotte encore du ruban et puis le moteur se met à débloquer.

— L'essence, hein ? fait le mécanicien en culottes courtes.

— Ça y ressemble, conviens-je.

Comme on amorce une descente en lacet, il fait roue libre, ce qui est de la dernière imprudence. Le véhicule prend de plus en plus de vitesse. Cramponné au volant, Roy fait ce qu'il peut. Mais c'est trop peu. La roue avant droite tutoie un remblai et le véhicule, décontenancé, décrit un tête-à-queue qui nous place perpendiculairement à la pente. Ça tangue, on perd le Marquis, trop penché pour sa restitution d'alcool.

Au moins un de sauvé !

La tire embarde et le mômaque n'y peut plus rien. La direction lui échappe ; j'essaie de l'empoigner, par-dessus Ivy qui braille d'horreur et se débat ! Je ne sais ce que branlent mes trois compères de l'arrière. C'est hallucinant mais calme dans la perception que j'en ai. Toujours dans un accident : l'horreur au ralenti, teintée d'incrédulité, avec, au fond de ton être, une espèce de confiance forcenée en son étoile.

— Saute ! crié-je au gosse.

Mais il ne bronche pas, paralysé (un vrai écrivain de polar écrirait, tu penses bien : « tétanisé ») par la peur. On dévale en bondissant. Et, brusquement, face à nous : un amoncellement de roches. De part et d'autre, c'est le vide vertigineux. Finito !

Fermer les yeux ? A quoi bon perdre une séquence pareille, qu'on a tant de mal à réaliser au cinéma ?

— Mais saute donc, bordel ! crié-je une dernière fois à Roy !

On va trop vite, il a immensément peur. Moi, je peux encore le tenter. En un milliardième de seconde, la terrific question me vient : « Que fais-tu, Ducon ? Tu essaies de sauver tes os en abandonnant les autres ; ou bien tu acceptes de mourir avec eux, par pure élégance morale, parce qu'un capitaine n'abandonne pas la dunette quand son barlu coule comme un fer à repasser ? »

J'ai pas le temps de me fournir la réponse. Un choc atroce me déchire tout le côté droit. Ma tête s'enveloppe d'une épaisse vapeur pourpre. Tu sais quoi, Eloi ? J'ai sauté ! Mon corps a agi sans que mon cerveau lui en ait donné l'ordre. Ce genre de truc s'appelle l'instinct de conservation.

Il me semble que je suis broyé. Je ne bouge pas. N'entends rien. Cependant, ce foutu véhicule a bel et bien percuté les rochers, non ? Une confuse idée me pénètre le cigare : il ne prendra pas feu puisqu'il n'y a plus d'essence.

J'essaie de me mettre sur le dos. Impossible ! Aurais-je la colonne vertébrale brisée ? Je m'imagine archiplégique, pot de fleur à vie ; m'man qui me branche ma purée mousseline par le pif et qui m'écrème l'oignon à la petite cuiller à thé. Cela arrive bien à d'autres, pourquoi pas à moi ? Si la chose m'échoit et que je n'en meurs pas, je réorganiserai mon existence autrement, voilà tout. L'homme est conditionné de telle façon qu'il peut TOUT accepter, TOUT subir. Il lui est même possible de vivre dans sa tête, et seulement dans sa tête ! Alors je soupire in petto : « O.K., Seigneur : je suis prêt ! »

Beau, non ? La soumission au destin. L'acceptation sans pleurnicherie.

Le soleil darde encore comme un dingue. Une puissante odeur d'huile me parvient. L'olfactif prime toujours chez moi. Tu sais pourquoi ? Parce que le monde pue !

Allez, Sana, fais ton bilan. Jambe gauche ? Je parviens à la plier, donc tout n'est pas zingué. Bras gauche ? Je l'amène jusqu'à ma tête. Pied droit ? Tudieu qu'il me fait mal !

— Tu croives que ça va aller ? gronde l'organe de Béru.

Il vit !

Je réponds :

— Oui, mais je ne sais pas jusqu'où !

— N't'occupe, l'essentiel du plus important c'est que ça alle.

— Pinaud ? questionné-je.

— Oui ? bêle le Fossile.

Lui aussi vit.

— Félix ?

— Y avait un gros machin lourd sur le camion qui y a écrasé la bite ! Tu dirais un boa qu'un tracteur y est passé d'sus ! On n'est pas près d'le tourner, c'putain d' film !

— Le môme ?

FOIRIDON À MORBAC CITY 211

— Un vrai sapajou, y s'a mis en boule et il est indemnisé !

— La dame ?

Je l'ai gardée pour la fin car j'étais certain de la réponse ; moi et mes pressentiments, tu connais ?

— Faudra qu'tu t'cherches un'aut' camarade d'plumard, grand : la pauvrette a morflé l'carter dans l'burlingue, et l'pare-brise l'a décapité la tête.

Je ferme les yeux. Un grand froid m'ensevelit au fond de la misère humaine.

13

CHAPITRE UNTEL

Une sensation moelleuse. Celle de m'abandonner aux soubresauts d'un plongeoir particulièrement flexible. Je tressaute langoureusement. Un flou artificiel me sépare de la réalité. Je me rassemble pour le dominer et, miracle de la ténacité, y parviens.

J'arrive à ouvrir mes calbombes. J'aperçois une potence supportant une poche de sérum terminée par un tuyau transparent planté dans mon poignet. Mon épaule est plâtrée. Je gis sur un lit d'hôpital. Une forte dame platinée est couchée à mes pieds, en travers de ma couche. Elle soutient ses genoux pliés de ses mains potelées, tandis que mon cher Béru la besogne à grands coups de reins méthodiques, ce qui imprime à ma couche le mouvement de trampoline évoqué à quelques lignes de là. La forte personne portant une blouse blanche et empestant l'éther, j'en conclus (sans mérite) qu'il s'agit d'une infirmière de bonne rencontre que le Mastard a séduite en un temps record et qu'il honore de sa forte présence sur ma couche de souffrance.

FOIRIDON À MORBAC CITY 213

La goulue, à chaque coup de boutoir, pousse un cri qui n'est pas sans rappeler celui de cette fameuse *tennis-woman* roumaine pour qui, toute balle renvoyée constitue un orgasme dont elle rend compte au stade entier ainsi qu'à dix millions de téléspectateurs.

Ma sortie de vapes s'effectuant rapidement, je m'avise que les assauts violents (et répétés) du Gros entraînent mon lit à roulettes en direction de la porte où Pinaud fait le guet afin d'assurer un coït confortable aux deux partenaires.

C'est une grande première pour moi que d'être en état de boutoir. Je me fais l'effet d'un kamikaze pris au ralenti. Voyant se pointer la torpille, César exécute un gracieux mouvement de torero pour éviter la charge ; malheureusement deux personnes entrent à cet instant précis : un grand habillé de maigre et un gros habillé de police qui n'est autre que l'enfoiré de shérif avec qui j'ai des démêlés. Leur mauvais sort veut que ces deux tordus pénètrent dans la chambre juste comme Alexandre-Benoît émulsionne du flacon. Chez lui, l'éjaculation est typhonnante, le coup de prose libératoire équivaut à la puissance d'une locomotive haut le pied. Le plumard à armature de fer frappe les jambes des intrus et les écrase contre le mur, brisant un genou du shérif et une cheville du grand qui l'escorte.

Les amants de rencontre n'ont cure de leurs douleurs.

— *I enjoy !* crie la femme.

— Haaarrrrwouhâââ hhhpppp bongu !

214 FOIRIDON À MORBAC CITY

répond le Torrentiel en déflaquant à tout va,
qu'ensuite ça festonne aux barreaux de mon
pucier. Cézig, en deux giclées, il te décore un
arbre de Noël !

Son panais, qu'une fabrique de préservatifs
utiliserait comme enseigne, demeure dans toute
sa vigueur et goupillonne à tout va.

Magine la scène, Arsène : moi et mon goutte-
à-goutte dans ce lit de formule 1 ; Bérurier,
dont la bite dodelinante salue la foule en délire
après exploit, la grosse infirmière toujours
écartelée par la jouissance et qui respire comme
un alambic, Pinaud, épargné mais ratatiné dans
un angle mort, le shérif et son compère criant
de souffrance, toujours coincés par mon lit !
C'est pas dans le *Journal Officiel* que tu peux
trouver ça !

Tu sais quoi ? L'humour primant tout, je me
marre, insensible au mal qui me point. Je ris à
m'en faire péter les cerceaux ; à m'en débran-
cher le perfuseur !

Tout ce tumulte en forme de brouhaha attire
du trèpe, naturliche. Ça radine des quatre
points cardinaux : infirmières, médecins,
hommes de peine, filles de joie, femmes de
charge, garçons de bains.

— Cache ton piano ! intimé-je-t-il à mon
pote.

Il remise son zeppelin en peau de zob dans
son hangar, aide la femme comblée à s'arracher
de mon lit qu'il ramène à sa place initiale.
Tourné ensuite vers la foule grondante et hospi-
talière, Béru déclare, « benoîtement » :

FOIRIDON À MORBAC CITY 215

— Ben quoive ? Qu'est-ce v's'avez à m'détroncher ? J'aidais maâme à pousser l'lit pour qu'a pusse nettoilier en d'ssous. Comme y a des roulettes, j'ai embardé et ces deux guignolets qu'entrent malincontreusement ! Visez-moi c'shérerif à la con, poule mouillée, qui bieurle comm' un goret ! Ah ! les draupers, y sont douillets chez vous ; des vrais gamines !

Le personnel s'occupe des blessés et les évacue. La grosse dame baisée est mandée illico chez le dirluche pour une mise à pied consécutive à celui qu'elle vient de prendre de cette manière éhontée. Un docteur diplômé de partout prie Bérurier de quitter l'hôpital. On me laisse seul avec Pinaud.

Toujours calme, le Débris. Doux et bêlant, sourire miséricordieux comme en ont les saints sulpiciens. Il sort une Gitane neuve, mais je lui fais observer que nous sommes dans un hosto et qu'on va le jeter s'il fume. Docile, il remet sa cousue en fouille.

— Prends la chaise, lui dis-je et raconte-moi les épisodes que j'ai manqués pour cause d'inconscience. Pour commencer, où sommes-nous ?

— A la case départ, chevrote l'Ancêtre.

— Tu veux dire à Morbac City ?

— Exactement.

Alors il déballe de son ton monocorde (à violon). Y a de l'amidon dans son phrasé. Il cause à sa botte, César. Me confirme que la malheureuse Ivy a perdu la vie dans l'accident. Que Félix s'est écrasé la queue à environ cinquante centimètres des couilles ; perdant tout espoir d'obtenir le prix d'interprétation du film porno, son chibre ressemblant dès lors à la queue d'un phoque.

Et attends, Armand ; sais-tu ce qui a causé cette écrabouillassion ? L'objet lourd que transportait le petit Roy. Et devine, Hermine, ce qu'était ledit objet ? Tu donnes ta langue ? Ben donne-la ! Hmm, tu viens de boire du thé à la menthe, elle est chaude et parfumée !

La chose lourde en question n'est autre que le banc des amoureux qui avait disparu. C'est Petit Gibus, tout seul, qui l'a chouravé, en fin de nuit, dans le grand désert dès potron-minet (ou potron-jacquet). Il a scié sa base et hissé le banc sur la dépanneuse à l'aide de la grue. Il entendait le planquer pour, plus tard, rançonner la municipalité.

Afin de ne pas se faire gauler, suite à l'accident, il a demandé à Béru et Pinuche de l'aider à le placarder dans le ravin (une faille propice leur a servi de cachette naturelle). Je te dis qu'il arrivera, le môme ! Dans quel état, ça je peux pas le garantir, mais un garnement de sa trempe, aux U.S.A. devient fatalement Einstein ou Al Capone.

Quant à moi, j'ai l'épaule démise et la chair arrachée de la cuisse au thorax ; ce n'est qu'une plaie vive. Plus un traumatisme crânien ; merci, docteur ! Huit jours d'hosto en perspective ; j'ai gagné le caneton, hein ?

Baderne-Baderne puise à nouveau une sèche dans sa vague. Un simple « tsst tsst » de ma part la lui fait abandonner. Il est tellement distrait, le vieux lapin !

FOIRIDON À MORBAC CITY 217

L'histoire de l'infirmière-chef culbutée ? Du Béru de la grande cuvée. La dame venait m'examiner pendant que mes Laurel et Hardy se trouvaient à mon chevet.

Le Mammouth a voulu lui demander conseil quant à la cicatrisation de son paf. Il lui a déballé le monstre, ce qui a complètement déboussolé l'excellente femme ; l'émoi de ladite s'est accru lorsque, manipulant l'objet pour le considérer sur toutes ses coutures, il a triplé de volume. Extasiée, elle continuait de le caresser en le déclarant guéri.

Mon gros opportuniste, ravi de la nouvelle, a proposé à la dame de l'étrenner, prétextant qu'en qualité d'infirmière cheftaine, elle se devait de connaître les performances d'une anomalie de nature que le hasard plaçait sur son destin. Il a déclaré que Pinaud ferait le vingt-deux pendant l'expérience. Comment refuser une offre aussi alléchante (mais non à lécher, car Bella Faulk possède une chatte très large compensée par une bouche de buveuse de gin-fizz) ?

La suite, tu la connais.

Maintenant, l'Ineffable passe aux conséquences de l'accide. Tu parles si l'enviandé de shérif fait un schproum du diable. Il voulait embastiller mes potes en attendant que je puisse l'être à mon tour, arguant que nous avons commis un délit de première importance en nous faisant véhiculer par un enfant de six ans. Les suites mortelles de ce méfait vont nous valoir d'être déférés devant le tribunal et nous

218 *FOIRIDON À MORBAC CITY*

encourons une peine de prison, plus des dommages et intérêts au pasteur, l'assurance consi-
dérant que sa responsabilité n'est pas engagée
dans ce cas d'espèce. Si on y réfléchit, elle n'a
pas tort. De plus, les parents du môme, contre
lesquels le pasteur pourrait se retourner, n'ont
pas un laranqué devant eux, la dépanneuse
détruite constituant leur seule richesse. Conclusion, ça va être pour nos pinceaux, mes frères !
Belle équipée, non ? Si tu veux avoir la photo
d'un authentique grand con, amène-toi avec ton
Kodak !

On n'a pas fourré mes potes au trou parce
que l'ambassade de France est intervenue, mais
pour ce qui est des dédommagements, elle n'y
peut rien, l'ambassade de France.

Et tu penses que l'affaire du plumard-torpille
qui fait craquer les guiboles de la loi n'ajoute
rien à mon look.

Paraîtrait qu'il y a des émeutes dans Morbac
City, à ma santé ! Quand l'alcool du soir chauffe
trop les oreilles, ça se rassemble devant l'hosto
pour réclamer ma carcasse. La terrible image de
la dame baisée en levrette et que je fais buter en
l'enlevant, m'a mis la population à dos, et je
serai lynché sitôt que je mettrai le pif dehors.
Déjà que mes aminches sont lapidés ! Heureusement, ils ont pu se loger chez Bison-Bourré,
l'Indien du motel dont un bungalow s'est libéré
et dont la fille a pris ces messieurs à la chouette.
Pour elle, la photo de ma pomme chaussant Ivy
a été le meilleur des sauf-conduits.

FOIRIDON À MORBAC CITY 219

Sale temps, pas vrai, mes lecteurs et trices chéris ?

Pour me tirer d'un tel mauvais pas, faudrait que j'aille à Lourdes à genoux.

Quoique la Vierge pyrénéenne n'apprécie pas chouchouille ce genre de tribulations. Elle préfère les paralytiques.

Dans le fond, je la comprends.

14

CHAPITRE PROTÉIFORME

Un coup de vape me reprenait, comme
toujours quand tu es médicamenté. Pinuche
continuait de jacter. La tchache, chez lui, c'est
quelque chose de naturel s'il ne dort pas. Côté
bavasse, il n'a jamais été étanche, le Fossile ; il
lui en arrive toujours. Je l'écoutais plus que
d'un œil ; par instants, ça couacait, je rempla-
çais par des pointillés, et puis son débit me
réintégrait pour un moment. Il disait comme
quoi le petit Roy s'était enfui de chez lui après
la monstre rouste que lui avait administrée son
poivrot de père en apprenant la destruction de
sa dépanneuse et la mort de Mme Marty. Ce
minuscule loustic qui bouffait encore de la
bouillie trois années plus tôt et qui les fout sur la
paille, il promettait de lui tordre le cou. Mais
avant, fallait que l'enfant le rembourse. Il était
prêt à l'envoyer dans une mine, à le prostituer
dans le quartier *gay* de San Francisco, à le
vendre à un cuisinier « anthropophagique »
pour être cuit en vessie avec une julienne de
légumes ; mais pour l'heure, il devait être plutôt
truffé, notre petit prodige, vu que son Thénar-

dier l'avait épousseté avec une manivelle d'auto, le vilain parâtre. Comprenant que son géniteur allait le buter, le môme, après une suprême cabriole, avait disparu.

Sacré gâchis ! Quelle drôle d'idée j'ai eue de ramener ma fraise dans ce pays de barjos !

Elle commence à m'écosser la prostate, la Fouzitout, avec ses mystères ricains et ses étranges relations. Dans quelles eaux troubles naviguait-elle pour que ça déclenche une telle branlée dans le Landerneau ?

J'ai fini par m'endormir.

Pinaud s'est retiré. Dehors, la fête a recommencé car l'obscurité tombait. A travers ma roupille, j'avais le sentiment qu'un grand malheur de nuit pesait sur Morbac City ; ça ressemblait aux prémices d'une catastrophe naturelle : quand le Vésuve s'apprête à débloquer, qu'une faille va s'ouvrir au Mexique ou que les immeubles japonouilles vont bicher la danse de Saint-Guy ! Cette « angoisse subconsciente » provenait peut-être de ma souffrance, non ? Lorsqu'on a mal au squelette et à la viande, des idées sinoques vous emparent.

Je geignais, probable, poussais même des cris, car l'infirmieuse de noye est venue se pencher sur mon page à plusieurs reprises pour m'examiner à la lueur bleuâtre de la veilleuse. Depuis l'incident de sa chef trombonée par l'Emérite (agricole), on me jugeait pestiféré. Ce bordel qu'on venait de déclencher au pays des amours romantiques arrosées au bourbon !

Quand tu es allongé dans un plumard hospitalier, shooté de la vie courante, le temps passe autrement. C'est un océan gris sur lequel tu flottes sans couler, comme quand tu fais la planche sur les eaux saumâtres de la mer Morte.

Je dérivais sur l'onde amère quand un courant d'air m'a balayé le visage. Aussitôt réveillé et sur le qui-vive flicard, j'ai maté du côté de la fenêtre. Quelqu'un venait de l'ouvrir depuis l'extérieur ; faut dire que l'hôpital de Morbac City est de plain-pied. Une petite silhouette caractéristique se découpait sur fond de clair de lune de Werther. Dans le désert environnant, on apercevait les ombres géométriques des cactus formant une espèce d'armée bizarre, égaillée dans l'infini.

— C'est toi, Roy ? ai-je soufflé.

— *Yes*, Martien.

Il est venu à mon chevet. Drôlement arrangé le pauvret ! Son papa gâteau lui avait éclaté une pommette, fendu une arcade souricière (Béru) et ouvert une brèche dans la denture de devant, heureusement composée de dents de lait. Toute sa frimousse était d'un bleu violacé.

— Si je rencontre ton père, je le massacre ! ai-je grincé (parce que dans ces instants de colère extrême, je cause plus : je grince).

— Il avait ses raisons, a répondu le mignon philosophe. C'est pas le tout, Martien, il faut que vous filiez d'ici illico !

— Tu es dingue ; je suis immobilisé.

— Eh bien démobilisez-vous, et rondo, Martien ! Il est en train de se former une expédition punitive pour venir vous chercher et aller ensuite vous pendre au plus gros arbre du square. J'ai même vu la corde. Vous ne connaissez pas les méchants de par ici ! Quand ils sont pleins de bourbon, ils pourraient aller mettre le feu à la Maison-Blanche ! Allons, faites un effort, je vais vous aider.

Il a, d'un geste presque doctoral, arraché le cathéter planté dans une veine de mon poignet. Comme du sang pissait, il a appliqué un tampon d'ouate dessus en le tenant fortement pressé. Assez vite, j'ai coagulé.

— Où sont vos habits, Martien ?

— Je ne sais pas.

Une armoire de fer se dressait contre le mur, face au lit. Et mes fringues s'y trouvaient. Un magicien, ce gosse ! J'en avais les larmes aux yeux de le voir m'aider à me vêtir avec sa pauvre petite gueule saccagée. Parfois, l'un de ses mouvements lui arrachait une plainte car son ignoble père l'avait chicorné de partout. Cet enfant, ç' avait collé tout de suite, nous deux. Une sorte de coup de foudre réciproque dans l'imprévu de l'existence. J'aurais voulu l'emporter en Francerie, ils auraient constitué une sacrée paire, Toinet et lui. Y aurait vite eu de la voyouserie dans notre coin de Saint-Cloud ; déjà qu'on avait du mal, m'man et moi, à tenir les rênes courtes de notre poulain fougueux !

J'ai pas pu enfiler la veste, because mon épaule esquintée ; juste une manche j'ai passée. Pour marcher, je devais m'arrêter à chaque pas, tant les calmants m'avaient réduit en esclavage !

Roy me soutenait de son mieux. Pour franchir la fenêtre, ça n'a pas été du baba au rhum, espère ! J'en chiais comme un grand brûlé qu'on

224   *FOIRIDON À MORBAC CITY*

obligerait à ramper sur des tessons de boutanches. Bon, on s'est tout de même retrouvés
dehors, dans la touffeur nocturne. L'hôpital
ressemblait à un motel, côté infrastructure. Il se
composait d'un bloc central avec quelques
pavillons satellites. Le tout commençait à se
faire vieux et les mauvaises plantes se ruaient à
l'assaut des bâtiments légers. Ça m'a rappelé
une peinture de Roland Cat représentant une
usine desservie par une voie ferrée que la
nature anéantissait sous ses verts tentacules. La
végétation plus formidablement forte que le
béton et l'acier ! De quoi faire mouiller les
écolos à perruque !

— Où allons-nous ? j'ai demandé, comme
quoi je laissais un gamin de six berges gérer
mon destin.

C'était lui le chef ! Bonaparte au pont de
Lodi !

— Chez l'Indien, rejoindre vos amis,
Martien.

*
**

Et puis alors, tu vois, c'est à cet endroit que le
hasard s'est mis de mon côté. S'il n'existait pas,
ça ne vaudrait pas le coup d'écrire des romans
d'action.

Comme on longeait l'arrière d'habitations au
style vaguement colonial, nous avons entendu
une femme qui protestait. Ça se passait sous
une pergola pauvrement fleurie. Et la dame
disait :

FOIRIDON À MORBAC CITY   225

— Non, non, pas sans capote, *my dear* (1).

A cette déclaration succédait un fouissement de mâle en rut aucunement soucieux de s'affubler d'hévéa pour tirer sa crampe.

Il devait gagner du terrain avec son goumi à tête chercheuse car sa partenaire a repris, deux tons plus haut :

— J'ai dit pas sans capote ! Si vous insistez, j'appelle au secours.

Alors je me suis avancé à pas de loup. Et qu'est-ce que j'ai vu ? La grosse Mrs. Molly, qui m'a pris en stop, en lutte avec le rouquin gifleur, mis groggy par Bérurier. Cézigue avait sa membrane dégainée et maintenait la dondon par le cou, en une figure imparable de *jute-z'y-d'ssus*, cet art martial plus efficace que le bon vieux judo de notre jeunesse. De sa main libre, engagée entre les meules de Mrs. Molly, il balisait son futur parcours avec brutalité.

La grosse trémulse du michard, mais, à demi étranglée, ne peut pas grand-chose pour libérer son bouquet de persil. Sa voix devient grasseyante :

— Lâchez-moi, espèce de brute ! Vous m'aviez promis avec capote française ; sans, je ne puis !

L'autre accentue ses grognements porcins. Bref, je pressens que la bonne obèse va être obaisée à cru, sans la légitime protection qu'une femme est en droit d'exiger. Je voudrais intervenir, mais j'ai l'épaule démolie et suis tout branlant de la charpente.

1. En français dans le texte.

Roy me touche l'épaule.

Je le mirage et tu sais quoi ? Il me tend une bille de bois du diamètre de mon bras.

Un bruit creux : Blongggg !

Le « Red » paraît rentrer en lui-même comme une longue-vue. Le voilà à terre. Mrs. Molly me reconnaît et sa reconnaissance est spontanée.

— Oh ! merci, merci, cher *french boy*. C'est très gentil à vous d'être intervenu. Ce dégoûtant garçon prétendait me pénétrer sans le petit capuchon !

— Je sais, dis-je, j'ai entendu.

— Je peux ? demande Petit Gibus en tendant la main vers ma matraque improvisée.

Il l'assure bien entre ses mains et, en un mouvement balancé de joueur de base-ball, file un coup gratifiant sur le blair de Ted-le-Rouge.

Puis il jette la bille de bois et déclare :

— C'est lui qui a tendu la manivelle d'auto à mon père quand il m'a battu.

Une chose que je reconnais volontiers aux Ricains, c'est leur fantaisie. Mrs. Molly, quand je lui demande de repartir cette nuit même de Morbac City et de nous prendre à son bord, tous, elle bat des mains, trouve que c'est une *very good idea* et qu'on va bien se marrer, chemin faisant. Elle demande si j'ai des préservatifs de camping, je lui dis que j'en achèterai une pleine valise au motel et, follette tout plein,

FOIRIDON À MORBAC CITY 227

elle promet de venir nous y quérir dans un couple d'heures.

La fille de l'Indien a eu bien raison de se faire pute. Elle est trop jolie pour cirer le gland d'un seul homme. Moyennant dix dollars, elle se propose à qui la convoite, sans marchander son temps ni sa peine. En plus, elle possède une technique honorable, m'assure Pinaud qui vient d'en tâter. Il a « ses retintons », le Vénérable, ça le prend parfois, à la fortune du pot. Celui de la petite Indienne l'a charmé.

— Au fait, l'attaqué-je, tu ne m'as pas dit comment nous avons été secourus dans le ravin de la mort ?

— La chance ; l'hélicoptère du gouverneur de l'Etat est passé presque à l'aplomb de l'accident, le pilote a donné l'alerte par radio.

Bison-Bourré, le père de sa fille, est sorti de son coma diurne et vaque à d'obscures occupations. Il est ridé, avec les châsses comme des œillets de chaussures à lacets, un pif en bec de perroquet et une chevelure coiffée à l'huile d'olive. Il porte un jean et un gilet de cuir, sans manches, à même la peau. Il pue la tequila rotée et le pet inca. Quand il parle, ça fait comme quand on marche sur un très vieux parquet : des couinements ; pour le comprendre, faut ouvrir grand ses baffles.

Il se tient dans l'encadrement de la pièce servant de salon au motel ; comme mes hommes ne disposent que d'une petite pièce pour tous, c'est là qu'ils se tiennent car ça fait bar. Il y a un jeu de fléchettes et un appareil à sous. Félix et le Marquis dorlotent leurs pénis contusionnés

228 FOIRIDON À MORBAC CITY

en éclusant de la bière. Pinaud se balance sur un rocking-chair provenant d'un décor de *Autant en emporte le vent* tandis que Bérurier écluse une bouteille d'alcool dont l'étiquette est partie et qu'il cherche vainement à déterminer. Je le sens raide complètement, mon Nounours.

On stagne en attendant l'arrivée de Mrs. Molly. C'est la jolie Indienne qui renouvelle les consos, sur un simple signe de l'assoiffé en panne. Sa robe de lin bis la moule j'ose pas dire comme un gant, car j'ai horreur du pompiérisme au rabais, et puis il y a des gants de boxe ou de base-ball qui, eux, ne sont pas moulants du tout.

Je me dis qu'en fait, leur vie dans ce motel délabré, aux deux Indiens, est une image de bonheur. Le temps coule sans heurts. Lui boit, elle baise ; un jour succède à l'autre ; c'est peut-être cela la félicité terrestre.

Coupant mes réflexions, le petit Roy se pointe en vitesse. Il puisait des capotes au distributeur de la réception, pour que nous puissions combler les fantasmes de la grosse plus tard. Il paraît effrayé, dit comme quoi un type et une femme sont en train de questionner l'Indien à notre propos. Ils viennent de se pointer à bord d'une Cadillac Seville jaune vanille immatriculée en Californie. Le gars fait au taulier une description de nous cinq très fidèle. L'Indien, très calme, l'écoute. Peut-être va-t-il admettre que nous sommes dans son établissement. C'est d'autant plus probable que nous ne lui avons pas réclamé la discrétion.

La porte étant incomplètement fermée, je

FOIRIDON À MORBAC CITY 229

peux couler une fraction d'œil dans *l'agency*. La
femme est épaisse, sans goût ni grâce, contrairement à celles qu'on trouve généralement dans
mes zœuvres. Elle a un pantalon de toile qui ne
cache rien de ses grosses cuisses, probablement
cellulito-variqueuses, non plus que de sa moulasse qui doit ressembler à la bouche d'un
boxeur noir après son combat. L'homme est
grand, costaud, porte un complet de lin noir. Il
est chauve du dessus et colle méticuleusement
les poils qui lui restent sur le caillou, de crainte
qu'ils se fassent la valise. A la boursouflure de
sa veste, côté sein gauche, je pige qu'il coltine
une arquebuse capable de pratiquer dans la
viande humaine des trous grands comme celui
d'un lavabo.

Ça y est ! Bison-Bourré lui désigne le salon.
Le mec s'avance déjà, une main sur son cœur
(du moins sur ce qui lui en tient lieu).

Dans un sens, je ne suis pas mécontent de
cette occase inattendue de renouer le contact
avec la bande.

— Acré, les mecs ! lancé-je à mes potes en
tas.

C'est éloquent pour le Mastard et Pinuche
qui se dressent et, en parfaits poulardins rom-
pus aux traditions policières, vont se placer
chacun d'un côté du local.

Pour ma part, je choisis de me planquer à
côté de la lourde. Le type est déjà là. Sa poche
gonflée ? Tu penses ! Il y a un silencieux long
comme le pot d'échappement d'un camion au
bout du soufflant. Il entre, l'arme à son côté, en
véritable pro.

230 *FOIRIDON À MORBAC CITY*

— Hello ! il nous lance d'un ton pas tubulaire (Béru dixit).

Je profite de ce qu'il ne m'a pas encore aperçu pour décocher un coup de tatane entre ses jambes qu'il tient écartées. Mais quand t'es fané du haut, le bas perd de son efficacité ; il y a une solidarité dans le corps humain qui rend tes membres presque indissociables. Au lieu de lui télescoper les précieuses, la pointe de ma godasse lui meurtrit seulement le michier, or, le charnu encaisse mieux les chocs que les rognons.

Il volte et tire. La secousse me projette contre le mur. Touché ! Je souffre comme un cinglé. J'attends une seconde bastos, mais voilà le type chauve qui émet un hurlement démentiel.

Tu as déjà entendu des hurlements démentiaux, toi ? Non ? Ben je te prie de croire que ça fait de l'effet. Le gusman est là, hagard, livide, échevelé (non, pas échevelé puisqu'il est chauve, mais s'il avait des crins, crois bien qu'il le serait).

On le mate, indécis.

Tu veux savoir, bien sûr ? Alors laisse-moi te dire qu'il a une fléchette enfoncée dans l'œil droit, et ça, franchement, ça fait un drôle d'effet : au gars d'abord, à ceux qui le voient ensuite. Surréaliste, comme scène. Film d'épouvante, genre « Le Monstre chie dans la vase ». Tu sais quoi ? Petit Gibus qui a lancé la fléchette. Il en tient une seconde dans sa petite pogne, prêt à crever le second lampion du mec. C'est seulement en apercevant l'objet à l'em-

FOIRIDON À MORBAC CITY 231

penne rouge et verte que ce dernier réalise ce
qu'il vient de bicher dans la lanterne et qu'il ne
peut plus chausser ses lunettes. D'un geste
fantomatique, il arrache le trait (d'esprit puisqu'il l'a dans la tête !). Du sang coule sur son
visage lividien.

— Lâchez ce putain de pistolet ou je vous
rends aveugle ! C'est moi le champion des
fléchettes à l'école ! crie Petit Gibus.

L'autre, le sagouin, au lieu d'obéir à l'injonc-
tion défouraille sur mon petit Rantanplan,
qu'heureusement le coup que je lui mets au
coude est mieux réussi que celui que je destinais
à ses couilles. La balle va fracasser une boutanche du bar. Cette fois, Béru intervient.

Avec lui, c'est vite fait. Il saisit le bras du
méchant, soulève son propre genou et, d'un
coup sec, lui fait craquer le coude. Ayant hérité
l'arme, il passe dans la partie *agency*.

— Entrez donc, chère mahame, fait-il à la
compagne du borgne ; et toi aussi, Œil-de-Vrai-
Con. T'es tell'ment glandu qu'tu s'rais chiche
d'alerter la volaille du coin !

Les interpellés ne comprennent pas la langue
de Tapie, mais il est des gestes dont l'éloquence
prime le verbe. Alors ils nous rejoignent.

C'est l'heure où le Marquis lance son chant
du coq. Ça crée une diversion.

La femme bieurle en découvrant que son ami
a un carreau en mayonnaise.

— Ne vous affolez pas, lui dis-je, on fait des
prothèses fabuleuses dans ce domaine ; on va lui
mettre un œil de verre qui aura l'air plus
intelligent que l'autre.

232 FOIRIDON À MORBAC CITY

Et j'ordonne à Pinaud de fouiller nos visiteurs du soir.

Sage mesure : la gonzesse avait un pétard dans la poche arrière de son falzoche, et son mec une espèce de dague plaquée contre son mollet.

— C'est le Seigneur qui vous envoie, assuré-je ; nous allons enfin pouvoir assainir la situation. Félix, soyez gentil : servez un verre de whisky à ce pauvre homme.

Avant de s'exécuter, le prof vient m'examiner.

— Vous n'avez pas été touché ? s'étonne-t-il.

— Si, mais la balle de ce brave homme a ricoché sur l'armature métallique assurant le maintien de mon bras à l'équerre.

— Vous êtes indestructible, Antoine.

— Il le faut bien, cher Félix, quand on assure la continuité d'une série policière. Qui d'autre, dans ce monde littéraire si chichois serait susceptible d'écrire des santantonios, hormis moi ?

L'alcool redonne un semblant de couleurs au calvitié.

— Il me faut l'hôpital, dit-il.

— Ça pourra se faire quand vous aurez répondu à mes questions.

Toujours la même antienne, que veux-tu. Notre job ? Des gens à questionner et qu'il faut souvent houspiller (sans bavures) pour les amener aux confidences. C'est ça, flic ! Arracher des renseignements à des êtres nuisibles la plupart du temps. Et tu ne peux pas passer outre.

FOIRIDON À MORBAC CITY 233

Je n'ai pas terminé ma phrase qu'il laisse tomber son verre et qu'il part en avant, d'une masse. Sa tête (dont ce n'est pas le jour, si je puis dire) percute l'appareil à sous qui se met à dégueuler des jetons, comme dans un film comique.

Le mec demeure inanimé kif un objet qui a peut-être une âme. Est-ce du chiqué ? Pour couper à l'interrogatoire ? Ou bien vient-il de nous faire une hémorragie cérébrale consécutive à la fléchette ?

Je le retourne, palpe son cou. La carotide ne raconte plus rien. Même silence de la poitrine. Alors là, notre position cacate pour tout de bon et ce n'est pas mon ambassadeur qui pourra nous ouvrir un pébroque suffisamment large. M'est avis que le fameux directeur de la police parisienne va aller faire de la reliure ou du rempaillage de chaises dans les geôles de l'Utah !

Je me redresse et cherche la grosse femme des yeux. Mais elle s'est éclipsée discrétos, la garce. Je passe dans le bureau, dont la porte donnant sur l'extérieur bée. Plus de Cadillac couleur vanille !

Là, j'ai les meules en serre-livres ! On l'a dans le Laos, comme dirait le prince Souphanouvong. Un meurtre vient de se perpétrer, on pourra toujours plaider la légitime défense.

Je suis accoudé à la banque de la réception (avec mon coude valide) et je réfléchis. Une sorte de prière muette sort de moi. L'imploration va à Félicie qui me sert fréquemment d'interprète quand je négocie avec le Seigneur :

234 FOIRIDON À MORBAC CITY

« M'man, arrange-moi ces bidons de merde !
Envoie-moi une idée, je t'en conjure. On ne va
pas se laisser poirer comme des malpropres ! »

La porte s'ouvre sur l'Indienne qui vient de
défoutre un représentant en machines agri-
coles (Mortimer Johnson, de Denver, marié,
trois enfants, une vieille maman à charge).

Elle me sourit malicieusement car je lui plais.
Je ne te dis pas ça par vantardise mais parce que
c'est la vérité. Elle mouille du regard en me
visionnant, ce sont des choses qui arrivent, moi
quand je regarde une photo de Mme Weill,
c'est pareil.

— Ça n'a pas l'air d'aller, remarque-t-elle
devant ma mine gravissime.

— Jetez un œil là à côté, ma princesse inca,
conseillé-je.

Elle.

Puis, revenant à moi :

— Qu'est-il arrivé à cet homme ?

A quoi bon finasser ? Je lui raconte. Tout.

Elle me dit :

— Roy va être enfermé dans un pénitencier
pour mineurs.

Je suis sensible à la peine que cela paraît lui
causer.

— Partez tous ! décide-t-elle.

— Et le cadavre ?

— Emmenez-le et débarrassez-vous-en quelque part, les coyotes seront tout contents.

— Mais votre père sait la vérité !

Elle hausse les épaules.

— Je vais lui faire boire une bouteille de rye,
il la cuvera et, au réveil, je vous fous mon billet

qu'il aura tout oublié. Il est toujours ivre, c'est à peine si, certains jours, il se rappelle encore son nom !

Pour la remercier, je lui roule une pelle à lui en bouffer les amygdales.

Et l'action se déclenche. Une ruche ! Félix et son protégé à particule sont chargés de poivrer Bison-Bourré. Comme la mère Molly rapplique, je la branche sur Béru qui va lui montrer son gros pollux dans le bungalow 2 bis. Pendant ce temps-là, Pinuche et ma pomme allons installer le cadavre du fléché dans le vaste coffiot de sa bagnole. C'est le seul mérite que je reconnaisse aux bagnoles ricaines : on peut transporter des cadavres à leur bord sans avoir à en replier les jambes. On le bourre dans le fond et on installe nos bagages par-dessus le corps.

Depuis le bungalow *number two* bis, la gentille vachasse brame à l'amour, because l'insatiable lui démantèle le centre d'accueil avec sa rapière de troglodyte.

C'est en route que notre conductrice lance une clameur de louve-cervière dissipant les somnolences, avivant les inquiétudes.

— Qu'y a-t-il, Molly ? interviens-je.

Elle freine à mort, stoppe et se comprime la poitrine, mais on entend cogner son cœur entre ses doigts.

Elle murmure :

— Lui !

En désignant Béru du menton.

236 FOIRIDON À MORBAC CITY

— Qu'ai-je-t-il fait ? demande l'Immense, comprenant qu'il est en question.

— Vous m'avez prise sans mettre de préservatif ! Votre membre est si gros que je n'ai plus pensé que c'était un sexe !

— Qu'est-ce a raconte ?

— Elle dit que tu l'as baisée sans capote. C'est une dame qui ne badine pas avec sa santé.

Alexandre-Benoît pouffe de rire.

— Et où ce qu'a voudrait-elle que j'trouvasse des capotes à ma pointure ? Déjà assez d'mal à trouver des chattes !

— Quoi ? se tourmente la grosse Molly.

— Il assure qu'il est séronégatif, mens-je. Il a fait un test la semaine dernière et n'a pas eu de rapports sexuels depuis.

Dans le fond, les individus ne demandent qu'à être rassurés.

— Dieu en soit loué ! dit-elle.

Et nous repartons.

Une fois encore c'est la fameuse route du désert, jonchée des voitures que nous y semons. J'espère que cette fois nous pourrons la parcourir entièrement.

La vaste limousine pue l'alcool et la sueur. A l'arrière, le Gros, Félix, le Marquis, plus le môme Roy qui est allongé sur le plancher et roupille de tout son vaillant petit cœur. J'occupe la banquette avant avec Pinuche qui a demandé la permission d'enflammer une tige. Chose surprenante, il ne dort pas. Parfois, entre deux exhalaisons de fumée, il me chuchote qu'il va falloir penser à nous débarrasser du copain de l'arrière. Comme si je l'oubliais !

FOIRIDON À MORBAC CITY 237

— C'est loin, Salome ? demandé-je à notre grosse docile.

— Encore un couple d'heures.

Donc, rien ne presse, j'ai le temps de piquer un tout petit somme, vu que l'épuisement me mine.

— Si tu aperçois un endroit propice, alerte-moi, dis-je à Pinaud.

— Sois tranquille, mon petit.

Alors son petit dort. Et quand il s'éveille, c'est pour constater que nous sommes arrêtés devant une superbe maison style « si-ça-m'suffi-sait-pas-ce-serait-malheureux ». Tout ce qu'on peut conjuguer aux States comme luxe frelaté se trouve rassemblé. Un vrai musée du mauvais goût tapageur.

— Nous sommes arrivés ! gazouille notre hôtesse.

Tout le monde pionçait dans la tire climatisée. Le père la Guenille me coule un regard de Christophe Colomb qui aurait découvert l'île de la Cité en croyant que c'est l'Amérique.

— Merci ! grincé-je. Ma confiance était bien placée.

Là-dessus, sort de la maison un couple de Noirs qui ont l'air d'avoir tourné dans *Dynastie*.

— Hello, Scott ! Hello, Dolly ! lance la primesautière. Déchargez les bagages, je vais voir pour répartir les chambres.

Le gros Noir en veste blanche s'avance jusqu'au coffre.

— Non ! lui lancé-je-t-il si férocement qu'il a le même sursaut que son arrière-arrière-grand-

238 FOIRIDON À MORBAC CITY

père lorsqu'un cobra lui avait mordu la bite
pour le déguiser en poste à essence.

— Laissez! fais-je, nous avons des choses
terriblement fragiles que nous sortirons nous-
mêmes de la malle. Allez aider votre maîtresse !

On a beau tutoyer le vingt et unième siècle
après Jésus-Christ, un Noir en livrée obéit
encore ; les deux larbins rentrent donc dans la
somptueuse demeure.

— S'agit de se manier la rondelle, mes
frères ! déclaré-je. Nous descendons les bagages
fissa, ensuite Béru et le Marquis partent avec la
bagnole et essaient de trouver un coin idéal
pour se débarrasser du julot. Je dirai à la vieille
que vous êtes allés acheter des cigarettes. Je
compte sur ta sagacité, Gros, car moi, avec mon
handicap, je suis bon à nib.

Rien de plus suffisant que Bérurier quand tu
l'investis d'une mission de confiance.

— Caille-toi pas la laitance, grand, j'ferai
comm' si c's'rait toi !

Il démarre à la Senna, traversant un parterre
d'orchidées polyvalentes pour aller plus vite.

15

CHAPITRE BISEAUTÉ

Elle veut absolument qu'on s'installe chez elle pour quelque temps, la Mrs. Molly. D'une certaine façon, ça arrangerait pas mal nos bidons. On a intérêt à se faire oublier un peu dans cet Etat, du moins pendant deux ou trois jours ; le temps de laisser Morbac City ne plus penser à notre tumultueux séjour. Du reste, moi, avec mon épaule naze, faut que je me réemboîte dans le calme et une relative sérénité.

Tu sais qu'on est bien, dans le luxe, même s'il est de très mauvais goût ? Affalé dans un horrible et moelleux fauteuil, avec un bloody-mary dans ma main valide, je m'abandonne à cette trouble détente qui succède aux moments tragiques.

Elle est vachtément aux as, Molly. Sa dèmeure (piscaille, tennis, sauna) est contiguë à sa fabrique de salaisons, laquelle est vaste comme trois hangars du Concorde. Il passe des bouffées de porc dans cette fin d'après-midi. Taty me promet une visite de l'usine pour demain, ce qui me comble d'aise, rien n'étant plus réjouissant que de voir électrocuter, saigner, puis débiter des cochons. C'est là un spectacle dont on ne se lasse pas.

Une plombe s'écoule avant que Béru et le Marquis réapparaissent. Notre hôtesse n'est nullement inquiète pour sa tire car elle en a six autres, dont la nouvelle Ferrari 456, dans son vaste garage.

L'air profondément jubilatoire du Gros m'incite à l'optimisme. Il me cligne de l'œil comme un gyrophare et donne des bourrades complices à Jean-Ferdinand de Lagrande-Bourrée.

Comme apéritif vespéral, il réclame du vin. Scott, le valet, va chercher une bouteille de Cheval Blanc dont il lui sert un verre ; mais Alexandre-Benoît a besoin d'assurer ses arrières et lui arrache le prestigieux flacon des mains pour le placer entre ses jambes.

— Va plumeauter, mec ! fait-il au domestique. Si j'aurais b'soin d'toi, j'sifflererais dans mes doigts ; comme ça, tu voyes ?

Et de lancer un coup de sifflet d'apache 1900 qui fait sursauter la coterie.

— Epatante, vot' tire, fait-il à l'hôtesse. Traduis-s'y qu'est-ce qu' j'dis, grand. Faut la préviendre qu j'l'ai écorné l'aile avant et qu'la portière a morflé aussi, peut-être les deux si on r'garderait d'près. L'pare-chocs en a pris un coup, mais j'ai pu l'récupérerer, et comme il est plié en deux, j'l'ai mis dans l'coff' avec les plaques de matriculation. Rien d'bien grav' au demeurant. L' pot d'échapp'ment a resté su' l' pav'ton, mais chez Midas ça vaut trois francs six

FOIRIDON À MORBAC CITY 241

sous. Faudra p't'êt' qu'é fasse vérifier le parallé-
lism', à cause d' la roue voilée, on n'est jamais
trop prudent. Et du temps qu'l' garaco s'ra en
piste, y d'vrait changer la calande ; sinon, j'
croive que c'est tout. Ah ! non, tiens, v'là la
poignée d'la portière qui m'a resté dans la main.

Il l'extrait de sa poche et la dépose sur une
table basse où elle devient objet insolite, donc
artistique.

— Que t'est-il arrivé ? grondé-je.

— Les pompelards, grand ; les pompelards :
plein cadre, d'mande à monseigneur l'Marquis.
Juste qu'on s'engageait su' l'av'nue, v'là ces
grands cons qui débouchent et nous bigornent,
à nous envoiler dinguer cont' un arb'. T'sais
qu'y s'sont même pas arrêtés ? C'est des fauves,
dans c'pays, les gens.

— Et le... le copain ?

— Ah ! lui, y n'pouvait rien y arriver d'plus
grave. La merde, c'est qu'avait plus d'couverc'
au coffre et qu'm'sieur s'trouvait à l'air lib'.
Dans un sens, ça nous a aidés biscotte on
n'pouvait pas s'permett' de traîner en ville
comac. Alors que fais-je-t-il ? J'voye l'usine à
côté av'c juste une barrière rouge et personne
dans la guitoune du gazier chargé de la lever.
Moi, sans baragouiner, je l'embugne, au point
où on en était ! On arrive vers un entrepôt de
l'usine. Deux trois mecs allaient fermer. Y a un
qui r'connaît la tire de Mémère, car l'usine y
appartient. Un physionomiste, ce mec, dans
l'état qu'est la brouette maint'nant. J'y fais
signe qu'on vient placarder l'bolide dans l'entr'pôt ; lui il s'en torchait le recteur. Les mecs

s'en va. J'rent' et tu sais c'dont on s'aperçoive ?
Une fabrique d'charcutrerie en gros, un peu
comme Olida, voilà c'que c'était, l'usine. Du
coup j'pars à fureter avec l'marquis d'Moncul.
Et c'est lui qu'a trouvé la soluce pour not'
macchab'. On l'a dessapé et balancé dans la
broilieuse qui fait la chair à saucisses : un engin
plus mahousse qu'c'te pièce ! En vingt s'condes,
c'tordu était bon à tartiner su' du pain d'mie.

Telle est l'oraison funèbre de l'inconnu
chauve à l'œil crevé.

— Ses fringues ? questionné-je.

— Y a un incinarrateur dans l'usine.

Il attend que la belle Molly se rende à l'office
pour décider du repas du soir avant de vider ses
poches.

— Tiens, j'y ai taxé son larfouillet, son stylo,
sa montre et sa plaque du F.B.I.

Le coup passa si près que la totalité de mon
adrénaline sortit en force de mes capsules
surrénales. J'éprouvai quelque chose qui ressemblait tellement à un spasme coronarien que
ce dut en être un.

Ployé en deux, je pris mon cœur comme
d'ordinaire je prends mon courage, c'est-à-dire
« à deux mains ».

Pendant un laps de temps que je ne pus
estimer car il variait entre une fraction de
seconde et un siècle, je crus sérieusement que
j'allais mourir.

— Antoine ! s'écria le professeur Félix,
alarmé.

— Sana ! fit Pinaud à l'armée !

FOIRIDON À MORBAC CITY 243

Mon malaise se dissipa. Je pris la bouteille de vodka ayant participé à mon bloody-mary et m'offris une rasade qui abaissa de cinq centimètres le niveau du flacon, mais remonta de dix mon moral.

— Sa plaque du F.B.I., murmuré-je, comme un paysan dit l'endroit où il a planqué le magot avant de clamser.

Ma voix était pâle, inaudible.

— On a fait disparaître un gars du F.B.I. ! repris-je pour donner un gros serti noir à la funeste réalité.

— Et alors ? objecta le Gros. Qu'y soive flic du F.B.I. ou berger landais, où est la différence ?

— Le tout-puissant F.B.I. ne se mobilisera jamais pour retrouver le meurtrier d'un berger landais, grand con ! On est fichus, archifoutus ! Laisse-les nous retrouver et ce sera l'équarrissage géant ! La femme qui accompagnait ce type a déjà filé notre signalement et tout raconté par le menu.

Béru hoche le chef :

— Si elle aura tout bonni, mec, ell' a dit que c'est c'morpion qu'a fléché son pote. Nous, on ne l'a pas scrafé. Et on était en état d'éligible défense puisqu'y v'nait d't' défourailler cont'.

Je considère avec effroi le petit Roy lové sur un canapé et qui dort comme un ange.

Que faire pour nous tirer de là, tous ?

Logiquement, un auteur moyen clorait son chapitre sur ce point d'interrogation, histoire de filouter son lecteur. Lui donner un p'tit canapé au suspense pour tromper sa faim. Mais Sana, lui, n'a pas à user de ce genre d'artifice. Il déploie toute sa voilure et fonce.

Si les gens du F.B.I. se sont lancés dans cette affaire Fouzitout, en ne négligeant aucune de ses ramifications, c'est parce qu'elle est très grave. Dans cette honorable maison, on n'efface pas les gens à tout berzingue comme cela vient de se produire. Une petite fantaisie de temps à autre, quand vraiment ça merde trop, je ne dis pas ; mais ce genre d'hécatombe systématique n'a pas cours chez eux. Conclusion, je dois coûte que coûte percer le secret de la mère Martine pour pouvoir disposer d'une mornifle d'échange !

J'examine les fafs de l'agent déguisé en pâté. Je lis Witley Stiburne. Importateur. Né à Portland (Oregon) le 18 mars 1945. Domicilié 1111 Connection Boulevard à Los Angeles.

Sa plaque du F.B.I. porte le numéro 6018. Son permis de conduire a été délivré à Portland. Il dispose d'une carte de crédit de l'American Express. Son portefeuille recèle en outre : la photo d'une très vieille dame à cheveux blancs (sa mère ?), une carte d'abonnement à un *fitness* de Los Angeles et un millier de dollars.

J'apprends tous ces renseignements par cœur et, lorsque je suis bien certain de les avoir mémorisés, je brûle le tout (dollars compris) dans la cheminée, momentanément éteinte, de Mrs. Molly.

Cela fait, je mobilise de nouveau mon cerveau exceptionnel afin de bâtir un schéma de nos activités très prochaines.

Ça vient gentiment, comme se précise le

motif d'une tapisserie entre les mains d'une brodeuse.

Naguère, je me trouvais dans un T.G.V. S'y trouvait, assise en face de moi, une dame agréable, entre deux âges peut-être, mais toujours comestible et qui brodait. On ne voit plus de brodeuses dans les transports publics. Le spectacle m'a ému, et vaguement peiné, sachant qu'on ne peut broder et se montrer bonne baiseuse. Pour vérifier, j'ai tenté de lui faire du pied. La salope a changé de place. Si tu ne veux pas être cocu, épouse une brodeuse et va te faire pomper le nœud chez des pros.

A l'aube aux doigts d'or, Molly entre sans frapper dans ma chambre.

En la reconnaissant, je fais la grimace car je préférerais, à cette heure-là, bouffer des croissants chauds plutôt que le frigounet de la dame, quand bien même il est chaud aussi !

Mais ce n'est pas la bagatelle qui l'amène.

Elle est crispée, ce qui est malcommode pour une obèse. Me demande, la voix châtrée :

— Le Martien, c'est vous ?

— Enfin, c'est du moins ainsi que m'a surnommé le petit Roy.

Alors, sans ajouter un mot, elle m'en tend un, écrit au crayon feutre sur une serviette de baptiste brodée.

Je lis, en te passant les fautes, car, comme elles sont en anglais, elles ne t'amuseraient pas :

246 FOIRIDON À MORBAC CITY

Martien,
On est trop nombreux pour qu'on va pouvoir
s'en tirer ; je préfère filer tout seul. Comme j'ai
pas de fric, j'ai tapé dans la boîte à bijoux de la
Grosse (mais j'en ai laissé). Essaie de la calmer,
t'as le secret pour causer aux femmes. Je te
souhaite un bon retour en France, et aussi aux
connards que tu traînes avec toi. On se sera bien
marrés, non ? Quand je serai devenu riche, j'irai
te voir à Paris. Ton ami Roy.

La grosse fulmine :
— Vous parlez d'un petit voyou ! C'est de la
graine de potence, ce gosse. Je vais immédiatement prévenir la police.
Elle se tait soudain et murmure :
— Mais vous pleurez, *milord ?*
Ben oui, je pleure, où est le mal ? Que veux-
tu, je revois le môme avec sa gueule d'ange
tuméfiée par les coups paternels. Le revois
cramponné au volant de sa dépanneuse. Ah ! la
merveilleuse rencontre ! Tous ces sublimes vau-
riens sont mes enfants, les enfants que je
n'aurai probablement jamais, à force de surni-
quer en pure perte. Je les enveloppe d'une
immense tendresse, comme d'un manteau de
saint Martin.
Que Dieu te garde ! Qu'Il te guide, gentil
gredin, téméraire jusqu'à l'inconscience.
— Vous pleurez à cause de lui ? demande
Molly, radoucie.
— C'est un petit d'homme, balbutié-je ; ne
lui faites pas de mal, Molly. Donnez-lui sa

FOIRIDON À MORBAC CITY   247

chance. Je vous dédommagerai comme je pourrai à propos de vos bijoux.

Elle soulève sa chemise de nuit, coule sa main entre des boisseaux de cellulite pour gratter son cul du matin.

— Dans le fond, dit-elle, vous êtes un dur au cœur sensible !

— Dans le fond, je pense que oui, conviens-je.

Après le breakfast ultra-copieux et donc très béruréen de conception (Alexandre-Benoît bouffe seize saucisses frites et huit œufs au bacon, le tout noyé dans un cabernet Hanzell de Sonoma Valley, California), nous prenons congé.

Le vol de ses bijoux et la mise à mal de sa voiture neuve ayant quelque peu fait baisser notre cote auprès d'elle, elle n'insiste pas trop pour nous garder davantage, la Grosse. J'envoie Pinuche, le plus anonyme de notre groupe, louer une voiture chez Avis ; mais il revient au volant d'une Pontiac de dix mètres cubes achetée à un marché de l'occase. La tire doit avoir sa majorité révolue. Elle est d'un bleu tirant sur le vert scarabée, et ses chromes agressifs la transforment en « orgue-lance-missiles ».

Bientôt nous roulons à la vitesse requise sur une autoroute américaine, laquelle (vitesse) se situe entre celle du vieux corbillard à cheval et celle de la voiture balai du Tour de France dans l'Aubisque.

**
*

248   *FOIRIDON À MORBAC CITY*

T'avouerais-je, Nadèje, que c'est avec une joie sans mélange (elle se suffit à elle-même) que nous réintégrons la demeure d'Harold J. B. Chesterton-Levy.

En l'absence du producteur, Bruce, le major-dome, nous redistribue nos chambres. Je tube à Gloria Hollywood Pictures pour prévenir de notre retour. C'est Angela, la belle, qui me répond.

— Votre voyage à Morbac City a-t-il répondu à votre attente ? s'inquiète la merveil-leuse.

— Moins que je ne l'espérais, Angela chérie.

— Vous me raconterez ?

— Tout, sitôt que j'aurai un peu calmé l'inextinguible soif que j'ai de vous.

Elle rit.

— Ce sera d'ici une heure car le Big Boss est à Moscou pour tenter de faire main basse sur le marché russe.

— Il a eu le bon goût de ne pas vous emmener ?

— Il a trop besoin que je garde la caisse du magasin !

Elle se radine dans le délai fixé, superbe à faire éclater les rétines d'un non-voyant, dans son chemisier vert et son tailleur pain brûlé. J'ignore si l'émeraude qu'elle porte au cou provient du rayon bimbeloterie du supermar-ché, mais si elle est vraie, elle ne lui a pas été offerte par le veilleur de nuit de son parking habituel. Un caillou de cette eau et de cette

FOIRIDON À MORBAC CITY   249

dimension assurerait le séjour au *Waldorf Astoria* d'un prince arabe avec ses cinquante-deux légitimes, voyage compris !

Nos retrouvailles sont si ardentes qu'elles nous renseignent sur notre mutuel désir, comme l'a écrit avec force la célèbre romancière glandulaire Max du Vieux-Zig dans son traité sur la dégénérescence des fantasmes. Une folie charnelle, pareille à celle dont parle Antoine Waechter dans sa conférence sur l'échec des implants chez les individus ne possédant pas de poils au cul.

On atteint à un tel degré de rut, qu'on ne se déshabille pas : on fait des brèches avec les dents, là où c'est rigoureusement nécessaire, pour livrer le passage, que tant pis pour nos toilettes ; faut avoir les moyens de ses embrasements sexuels. Le mec qui plie soigneusement son calbute sur le dossier d'une chaise avant de grimper sa partenaire, n'a que des coïts de sous-traitant. Dans le moins épique des cas, les fringues ça s'éparpille, et dans le meilleur, ça se déchire !

Ayant omis de chronométrer l'action, je ne saurais te dire sa durée, et d'ailleurs tu t'en branles. Sache simplement qu'à trois reprises je remets mon ouvrage sur le métier et que nous fumons comme des geysers islandais à la fin de la troisième reprise.

Délivrés des tourments de la chair, nous faisons ce que font tous les couples qui viennent de baiser, quand ils ne rentrent pas retrouver leurs conjoints : nous parlons. Je narre le plus gros de nos péripéties de Morbac City, en passant toutefois les cadavres sous silence afin de ne pas perturber une fille aussi merveilleusement bien disposée à mon endroit (également à mon envers puisqu'elle a tendance à te carrer le médius dans le couloir à lentilles, mais que ça reste entre nous). Par contre, je dis la mort accidentelle de Mme Marty, en précisant qu'elle a eu cette aventure galante avec le Marquis et non avec moi, ce par courtoisie, car personne n'est davantage minable que ces types qui se glorifient d'autres conquêtes auprès de la femme qu'ils viennent de calcer. De nos jours, l'élégance et le savoir-vivre se sont perdus et ne restent plus l'apanage que de quelques vieux nobles abrutis ou de quelques vieux truands plus abrutis encore.

— Auriez-vous encore un peu de temps à m'accorder, douce Angela ? fais-je en lui titillant le lobe de ma langue diabolique.

— Oh ! Chéri, vous voulez encore ? Déjà ?

Compte tenu de ce que je viens de livrer, je m'empresse de la détromper. Ce que j'attends d'elle, c'est qu'elle aille avec moi jusqu'à Connection Boulevard pour enquêter sur un certain Witley Stiburne.

Ça lui plaît. Les femmes comme elle adorent jouer au détective.

Moi je l'attends sur un toit d'immeuble servant de parking. La vue, de là, est magnifique. En face de moi, la colline de tous les rêves sur laquelle est tracé, en gigantesques carac-

FOIRIDON À MORBAC CITY 251

tères blancs, le mot « HOLLYWOOD » dont je t'ai déjà parlé. La ville verte s'étale à l'infini dans un entrelacs de boulevards et d'avenues. Des frondaisons, des milliers de villas qui rivalisent d'audace et de luxe clinquant. Et puis les voitures, seule animation des voies de circulation. Pas de piétons. Ville robotisée. Le vrai luxe, en fait, est végétal. Pourquoi les plantes des terres désolées, telles que le palmier ou le cactus, font-elles si riches quand elles sont ornementales ?

J'avise une cabine téléphonique sur le parking de ce trentième étage. Je rassemble mes *nickels* et vais téléphoner à Washington. Cette fois je n'obtiens pas l'ambassadeur, qui est à Paris pour quelques jours, mais son principal adjoint, un nommé Lionel Josmiche. Et voilà qu'en m'entendant, il s'exclame :

— Salut, cousin !

Ma stupeur l'incite aux justifications. Et voilà quoi : il a épousé la fille d'une cousine de maman. Un faire-part nous est probablement parvenu en son temps, mais je devais être en déplacement, ou alors je m'en foutais tellement que je l'ai oublié. Mais tu te rends compte comme le monde est petit ? Oui, je me rends compte ! On bavarde de ceci-cela, sa belle-mère, la cousine Mathilde a été opérée d'un cancer de l'intestin et a un anus artificiel, mais elle se démerde avec (si j'ose dire) ; à part ça, tout va bien : deux gosses, le choix du roi, garçon, fille. Rien qu'avec ses deux petites couilles d'attaché d'embrassade, c'est pas mal, non ? Il est content, Lionel. Vie de château quand il est en poste ; pour les vacances, il retrouve son F4 d'Antony et ses gosses rouscaillent de ne plus avoir quatorze larbins noirs à leur service ; mais, Dieu merci, les vacances passent vite.

Je résume la vie de Félicie, lui sais gré de ses compliments relatifs à mon prodigieux avancement et lui dis comme quoi, non je ne suis pas encore marié : pas le temps, trop d'affaires *sur* les bras, trop de femmes des autres *dans* les bras. Il rit. Faut qu'on va se voir. Et si on se tutoyait ? On se tutoie ! Ouf, je peux arriver enfin à ce qui m'intéresse :

— Dis voir, cousin, votre petit service de renseignements fonctionne bien dans votre grande boutique, à ce qu'on m'a dit ?

Il rigole que c'est pas la C.I.A., mais que pour un département artisanal, il est très convenable.

— Tu pourrais m'obtenir des tuyaux sur un agent du F.B.I. qui possède le matricule 6018 ?

— Sûrement. Tu as son nom ?

— Witley Stiburne.

Il prend note.

— Où puis-je te rappeler, cousin ?

— C'est moi qui te rappellerai, cousin, car je n'ai pas de point fixe pour le moment. Dans combien de temps pourrai-je risquer le coup ?

— Essaie dans une heure, cousin.

— Dis-moi, ça tourne rond chez vous ! Faut dire que votre ambassade est si belle !

— Tu connais ?

FOIRIDON À MORBAC CITY 253

— Et comment ! C'est une des plus belles du monde (1).

On se dit « cousin » encore quatre ou cinq fois, de part et d'autre, comme il sied à deux lascars qui viennent de prendre la décision de s'appeler de la sorte, et je raccroche, tout ragaillardi par le gendre de la cousine Mathilde ; une vieille acariâtre que ma Féloche n'aime pas beaucoup parce qu'elle est chicanière et daube sur tout le monde.

Un léger quart d'heure après cet appel, Angela émerge sur le toit voituré de l'immeuble.

« Belle et sûrement efficace », songé-je en la regardant s'avancer de sa démarche souple et naninanère (ajoute les mentions superflues qui pourraient te faire goder).

Un soleil pour publicité-de-jus-de-fruits-à-boire-très-frais l'illumine. Y a vraiment des nanas superbes sur cette planète ! Dire que j'aurais pu naître sur Mars ou Jupiter !

Elle a déjà la langue à demi sortie quand elle me rejoint. Je lui joue « la pelle de la forêt », coup de badigeon sur la voûte dentaire, nous nous embrassons jusqu'à nos molaires, en même temps, et c'est pas fastoche !

— Ça devient de la passion, dit-elle. J'ai une envie de vous qui me fait trembler.

J'ouvre la portière arrière, l'agenouille de guingois sur la banquette et me mets à la fourrer

1. Et je le pense !

à la photographe d'avant-guerre, depuis l'extérieur.

Pile que je l'accomplis, un léger coup de klaxon m'alerte. C'est un vieux birbe, type sénateur ricain : chevelure blanche, lunettes à monture d'or, au volant de sa Mercedes.

— C'est bon ? il me demande.

— Délectable ! Mais je regrette, y en n'a pas pour deux !

— Par-derrière, c'est plus performant ! dit ce monsieur affable.

— Ah ! ce n'est pas à la portée de toutes les bourses, conviens-je.

— Aussi, je ne m'y risque plus, avoue-t-il : peur de ne pas tenir la distance.

— Tout dépend de la partenaire !

— Moi, la dernière fois que j'ai pratiqué de la sorte, la femme avait le sexe situé trop en avant et les fesses rebondies, si bien que je me trouvais en situation instable. J'étais tellement préoccupé par cette configuration que je me suis senti mollir, progressivement, et dans ce cas précis, vous ne récupérez plus votre érection, c'est la panne irrémédiable.

— Sale blague ! dis-je.

— Ça ne vous est jamais arrivé ?

— Non, mais vous faites tout pour que ça m'arrive, avoué-je. Heureusement qu'elle est superbe et qu'elle me fait le casse-noix avec son sexe. Engagé dans ce délicieux étau, je suis en sécurité comme si je portais une prothèse.

— Je comprends, ça doit être bien ?

— Royal !

— C'est elle qui gémit comme ça ?

FOIRIDON À MORBAC CITY   255

— Non : la banquette. Cette Pontiac a plus de vingt ans !

— Elle est bruyante quand elle démarre ?

— La Pontiac ?

— Non, votre amie ?

— Je n'appellerai pas ça du bruit, tant c'est mélodieux.

— Y en a pas beaucoup qui prennent leur plaisir avec grâce.

— Je vous l'accorde : c'est rarissime.

— Vous pensez qu'elle va bientôt jouir ? J'ai rendez-vous dans trois quarts d'heure à Malibu et je ne voudrais pas rater ça.

— L'orgasme ne devrait pas tarder, d'autant que je lui ai déjà fait l'amour à trois reprises tout à l'heure. La répétition engendre la rapidité.

— En ce cas, si vous n'y voyez pas d'inconvénient, je vais attendre, quitte à téléphoner pour m'excuser de mon retard.

— Comme vous voudrez, réponds-je. Quand on se risque à faire l'amour dans un lieu public, il faut s'attendre à avoir des spectateurs ; bien que le voyeurisme ne m'excite pas, il ne me perturbe pas davantage.

— Là encore, je vous admire. Un jour que je faisais l'amour avec ma pédicure, quelqu'un est intervenu, qui m'a parlé et fait perdre contenance.

— Il faut pouvoir se raconter des histoires pour passer outre les importuns.

— Dans le cas en question, c'était impossible car il s'agissait de ma femme.

256 FOIRIDON À MORBAC CITY

— Evidemment, le problème est transcendé. Attendez, je crois qu'elle commence à vibrer.

Il se tait. Très peu de temps. Hasarde :

— Vous ne pourriez pas la reculer un tout petit peu pour que je puisse admirer son agitation dans la phase finale ?

— Vous savez, elle a ses appuis, ce n'est pas le moment de la déstabiliser.

— Quelques centimètres suffiraient.

Etant un être courtois, j'amène la croupe de ma chère Angela vers l'extérieur.

— Merci ! lance le témoin passionné ; ne touchez plus à rien : c'est bon pour moi, vous avez le feu vert !

Le feu, Angela, c'est plutôt au cul qu'elle l'a ! Brusquement, elle pique un sprint effréné. Là, je ne peux plus parler ; me voilà parti pour franchir le point de non-retour.

Elle se met à roucouler des plaintes que ni flûte de Pan ni cithare d'Europe centrale ne sauraient reproduire. C'est long, mélodieux, déchirant et d'une sensualité insoutenable.

Partis séparément, c'est ensemble que nous atteignons la ligne d'arrivée.

Superbe, époustouflant.

Le conducteur de la Mercedes applaudit par la portière.

— Jamais rien contemplé de plus beau ! dit-il. J'ai assisté à un concert de Pavarotti, le mois dernier, c'était de la merde comparé à ça ! Maintenant, il faut que j'annule mon rendez-vous de Malibu pour aller faire un tour chez « Darling Chérie », la Française. Elle a reçu des petites pensionnaires très convenables.

CHAPITRE MOBILE

L'amateur éclairé s'en va et c'est alors que se présente un grand gueulard en combinaison rouge et blanche : le préposé du parking. Il a une tronche précolombienne d'hydrocéphale inabouti, des cheveux et des yeux d'albinos et il bave en parlant comme un gastéropode en pèlerinage sur le Lac Salé.

— J'ai tout vu ! me dit-il. J'étais là entre deux voitures.

— Espèce de voyeur !

— Me parlez pas comme ça, sinon j'appelle la police et vous vous expliquerez avec les flics sur cet outrage à la pudeur.

Il ajoute, sans ciller :

— A moins que vous me filiez vingt dollars.

— C'est votre tarif ?

— Et même je me demande si je vais pas vous en réclamer cinquante, car y a eu exhibition. Le vieux de la Mercedes, je le connais, c'est un abonné ; il pourra témoigner. C'est passible de prison, votre putain de séance !

Je l'empare par une bretelle de sa combinaison.

— Voyons, baby, lui dis-je, pourquoi montez-vous sur vos grands chevaux ? Ça baigne pour vous : vous avez une situation élevée et la greffe de votre tête de veau n'a pas l'air d'entraîner le moindre phénomène de rejet.

Les faux durs, suffit de leur déballer des drôleries pour qu'ils perdent aussitôt pied.

Pour le finir, je lui sors ma carte de poulet. Ecrite en français, certes, mais comme je me tue à te le répéter : le mot « police » est international.

— Tentative de chantage, fais-je, sur la personne d'un haut fonctionnaire, c'est punissable de prison, ça, p'tit blond ; j'espère que vous le savez ?

Comme il ne répond pas, je tire un coup sec sur sa bretelle et elle me reste dans la main. Ensuite, j'empoigne la seconde.

— Allez, dites-moi que vous le savez, sinon votre combinaison va se déguiser en socquettes.

Il fait « Yes ».

— O.K., approuvé-je, faites gaffe de ne pas noyer vos poissons rouges quand vous changerez leur eau !

Sans plus attendre, je reprends ma place au volant. Angela se tient les côtes.

— Vous êtes étourdissant, chéri, me déclare-t-elle ; ça vous dirait de m'épouser ?

— Je préfère être amoureux de vous, réponds-je. Alors, votre mission ?

Elle me rapporte que Witley Stiburne habite un loft au dernier étage d'un immeuble déjà ancien lequel ne comporte pas de gardien. Elle est carrément allée sonner chez mon agent du F.B.I. Deux hommes lui ont ouvert. Se payant de culot, elle a prétendu appartenir aux services de l'habitat de la mairie, une enquête étant en cours pour classer l'immeuble ; elle établissait un descriptif de ce dernier, pouvait-elle visiter l'appartement ?

Les types lui répondirent qu'en l'absence du locataire, ils n'avaient pas qualité pour accorder une telle autorisation. L'un d'eux lui demanda si elle avait une lettre accréditant sa démarche. Elle rétorqua que c'était une enquête des plus banales et que la mairie n'avait pas jugé nécessaire de la munir d'un tel document, et elle avait pris congé avec désinvolture en annonçant qu'elle repasserait.

— Vous pouvez me décrire ces deux hommes, mon cœur ?

Elle me dresse un tableau scrupuleux des amis(?) du mort que j'assimile avec cette puissance mnémonique qui me permet de me rappeler le plus infime grain de beauté à la cuisse d'une fille que j'ai sautée il y a douze ans dans un compartiment de chemin de fer obscur.

— Vous avez pu couler un œil dans ce loft, depuis la porte ?

— Facilement, car on y pénètre de plain-pied. C'est, comme la plupart des lofts, une immense pièce sur deux niveaux, éclairée par une verrière. Une loggia sert de chambre à coucher. Dans la pièce elle-même il y a un désordre effroyable : tout est sens dessus dessous.

— Vous ne pensez pas que les deux visiteurs étaient en train de fouiller quand vous avez sonné ?

— Possible.

Le monte-charge du parking, un appareil poussif, nous apporte au niveau de la chaussée.

Qu'à peine nous y sommes-t-on engagés qu'Angela pousse une exclamation :

— Regardez ! Ils traversent la rue.

Pas besoin de lui demander d'explications, j'ai tout de suite compris qu'il s'agit des deux gars qui se trouvaient chez Stiburne. Comme le hasard ne rechigne jamais, il va au bout de son propos en conduisant ces messieurs droit au parking que nous venons de larguer. La chose s'explique du fait qu'aux U.S.A. on ne stationne pas dans les rues et que le parking de l'albinos est le plus proche du loft qui m'intéresse.

Moi, ni une, ni douze : je sors de la voiture.

— Je prendrai un taxi pour rentrer, mon âme. Gardez l'auto.

Elle n'a pas le temps de m'interroger, je suis déjà devant l'ascenseur réservé aux « automobilistes à pied », si je puis ainsi m'exprimer.

Je chope la cage avant eux, me hisse sur le toit-parkinge et cours m'embusquer près du vaste monte-charge des véhicules, en m'appliquant à ne pas être repéré de l'albinos garde-chiourme.

Une minute quarante plus tard, les deux lurons débarquent à leur tour et se dirigent vers une Ford beige. Que je te les explique, ils sont à peu près du même âge : une quarantaine dépassée. L'un est de type mexicain, avec une chiée (au moins) de grains de mocheté sur le cou. Graines de tumeur qui ne doivent pas être

FOIRIDON À MORBAC CITY   261

reluisantes vues au microscope. Il porte des lunettes dont les verres forment miroirs. Besicles d'hypocrite, je trouve, qui dérobent le regard, c'est-à-dire ce que l'homme possède de plus révélateur. L'autre est un peu plus enveloppé, c'est le Ricain type, carré de frime, grisonnant de poils, coiffé court, du chewing-gum plein la gueule, une paupière tombante et des yeux comme le dessus d'une boîte de sardines entamée.

Il n'y a pas beaucoup de cachettes dans un monte-charge, je vais donc devoir travailler sans filet. Mais je suis très calme, très déterminé : deux conditions primordiales pour risquer une folie pouvant entraîner la mort sans intention de la recevoir.

Survenance de la Ford crème. Comment ? J'ai dit beige ? Alors là tu chipotes, grand zob ! Un bouquin écrit en deux mois, tu ne voudrais pas qu'il soit aussi impec et chiant qu'un vrai qui se vend à deux mille exemplaires (dont quinze cents sont achetés par l'auteur !) ?

L'auto s'engage. Courbé en deux, je me glisse à sa suite. Depuis son siège, le conducteur (le Mexicano) enclenche le bouton de descente par la portière dont la vitre est baissée. Pour moi, c'est le moment unique. Avec un courage qui n'est pas à la portée de toutes les bourses, je prends dans ma poche gousset l'une de ces minuscules ampoules contenant ce fameux soporifique instantané inventé par Mathias, retiens ma respiration, casse l'ampoule et n'ai que le temps de la jeter dans la tire avant que la vitre ne soit entièrement remontée.

262 *FOIRIDON À MORBAC CITY*

Pour ce faire, j'ai dû me découvrir et le conducteur m'aperçoit. Je le vois porter la main à son holster. Je t'ai précisé la fulgurance de l'effet produit ? Surtout dans un petit espace clos, tu penses ! Il n'a pas le temps d'achever son geste et bascule contre son pote, lequel a déjà trouvé l'appui-tête pour se faire un oreiller. Alors je m'approche des boutons de commande et j'engage la touche « stop ». Le descend-charge s'arrête. Le plus duraille, pour ce qui me reste à faire, c'est d'agir en ménageant ma respiration. Une seule reniflée et je pars à dame avec mes victimes. Heureusement que le gaz est bouclarès avec eux. Je vais à la porte doublement coulissante de la cage et plaque mon pif contre l'interstice, après avoir ménagé un trou dans les deux bandes de caoutchouc avec mon stylo. Je respire au chalumeau l'air alourdi par les échappements de ce vertigineux conduit.

Au boulot, petit mec ! Tu vas devoir faire des efforts en te passant de renifler pendant des périodes d'une minute.

J'agis vite, sans mouvements inutiles. Ouverture du coffre ! Ensuite de la portière (*Achtung* !) ! Sortie du *driver*, coltinage du mec jusqu'à la malle où, plouf ! Kif pour le second. Fermage du couvercle. Attente, le nez presque enfoncé entre les joints de caoutchouc qui puent le moisi.

Au bout de quelques minutes, j'actionne le bouton de descente et retourne faire mon plein d'oxygène jusqu'à ce que nous soyons parvenus au raide-chaussée (selon Béru, qui emploie également « reste-chaussé, suivant son inspiration de l'instant).

Quand les portes sont ouvertes, je me mets au volant pour la manœuvre de sortie, laquelle s'effectue dans le sens opposé à celui de l'entrée. Deux gaziers en attente me filent des coups de klaxon rageurs. Je leurs réponds en sortant mon médius brandi.

Et toi, bonne crêpe, avec la louche de pâté de campagne qui te sert de cerveau, de te demander ce qu'à présent je vais faire de mes deux prisonniers. Vrai ou faux ?

Tu te dis : « Il ne va pas avoir le toupet de les emmener chez le produc, tout de même ! ». Eh bien, non, rassure-toi ; j'ai une idée bien supérieure. *Follow me !*

Je commence à me repérer comme un chauffeur de bahut dans cette cité tentaculaire, tant acculée, tant enculée. Le chemin de Venice, c'est un jeu d'enfant de Marie que de le retrouver.

Tu m'as compris ?

Le coin peinard, idéal, c'est la maisonnette de M. Félix, éminent professeur en retraite, devenu correcteur de graffitis. Tout le monde l'a explorée, cette crèche, elle n'a plus de secrets à livrer ; à personne ! Donc, on peut s'y dissimuler en toute sécurité. Pendant la 14-18, les pauvres poilus se planquaient dans des trous d'obus, en vertu du fait que jamais deux obus ne tombaient à la même place. C'est un phéno-

264 FOIRIDON À MORBAC CITY

mène identique qui m'amène dans la gentilhommière de notre aminche.

Le soir tombe avec grâce. Je stoppe la Ford
devant la maison. Manque de bol, une dame
mulâtrée, fringuée dans les rouges agressifs et
dont le parfum flotte sur tout le quartier, prend
le crépuscule devant la maison voisine.
Rocking-chair. Elle a les jambes ouvertes
comme les arènes de Séville un jour de corrida
et je crois apercevoir la tête noire et frisée du
toro au fond du tunnel.

— Hello! me lance-t-elle.

Je lui adresse un signe de la main.

Mais n'en suis pas compte à ce bas prix.

— Venez un peu par ici! m'invite-t-elle sur
un ton qu'on peut estimer comminatoire dans
son genre.

Compte tenu de ma cargaison, il m'est difficile de me singulariser en la dédaignant. Je
m'avance donc vers elle. L'ombre complice
m'avait masqué les dégâts. *Vacca!* Cent ans aux
prunes, la mégère, et toujours pute! Les asti-
cots doivent déranger les ultimes clients qui la
grimpent. Ravaudée à mort! Peau maintes fois
retendue, couches de plâtre successives. Ses
nichemars sont moins beaux que ceux de Liz
Taylor (qui est riche) mais son décolleté c'est
Silicone Valley, à elle aussi. Elle s'est dessiné
une bouche si grande qu'elle lui va du nez à la
pointe du menton.

— Qui êtes-vous, garçon?

— Le neveu de l'homme qui vient d'hériter
cette maison.

FOIRIDON À MORBAC CITY 265

— Le vieux dont me parlait toujours la pauvre Martine ?

Elle prononce « Mâârtiiine ».

— Vous la fréquentiez ?

— On ne peut pas appeler nos relations comme ça, mais enfin, oui, on se connaissait. Très bonne fille !

Elle me sourit avec un râtelier acheté d'occasion à une institutrice anglaise.

— Dites voir, Français, on va se payer une bonne petite partie de jambes en l'air, vous et moi. Un gars comme vous, je craque ; vous me donnerez ce que vous voudrez.

Une pareille propose, de but en blanc, me rend les couilles poreuses.

— Ça me serait impossible aujourd'hui, vu que j'ai déjà donné, et à quatre reprises, ce qui, même pour un Français constitue une honnête prestation. Par contre, ce qui me botterait, ce serait que vous me prépariez un bon café qu'on prendrait en bavardant ; je vous donnerais cinquante dollars.

Elle a un tressaillement d'aise dont je redoute qu'il lui provoque une crise cardiaque.

— Ça, c'est une foutue proposition, garçon. Après les pipes, le café c'est ma grande spécialité. Je vous demande dix minutes.

— O.K., je descends les bagages de tonton pendant ce temps.

Elle rentre dans sa masure en clopinant. Je balance un coup de périscope tout horizon. *Nobody*. La *street* est plus déserte qu'une rue de Tchernobilles après la déconne du réacteur.

Dix minutes plus tard, je me présente chez la

mamie, après avoir sorti mes deux guignols et les avoir emballés dans la chambre de feue Martine Fouzitout.

— Vous avez le téléphone ? je demande à ma ravissante voisine.

— Vous rigolez, garçon ; c'est mon instrument de travail ! J'ai une liste de clients, des hommes seuls ou dont la femme est malade, auxquels je téléphone régulièrement. C'est moi qui les relance ; je leur raconte les trucs que je leur ferais s'ils venaient me voir. J'ai la voix radiogénique, si vous avez remarqué. Un sur dix s'amène après mon baratin ; les vicieux principalement, ceux qui aiment l'amour de caractère : le fouet, les chaînes, le godemiché, vous connaissez tout ça.

— Par ouï-dire, chère voisine, mon système glandulaire étant suffisamment performant pour que je puisse me passer de ces stimulants sexuels qui sont à l'amour ce qu'une bouteille d'eau de Javel est à un flacon de Château-Yquem.

Là-dessus, je vais au bigophone posé sur une pile de brochures licencieuses dont la couverture de celle du dessus représente un bel éphèbe blond, tout de cuir vêtu, en train de se faire lécher la ligne bleue des Vosges par un officier de la Police montée canadienne en uniforme de parade.

Je compose le numéro de mon « cousin » de l'ambassade de France, le gendre à Mathilde-la-Teigne.

— Des nouvelles, Lionel ? l'attaqué-je, bille en tronche.

FOIRIDON À MORBAC CITY 267

— Elles viennent de tomber, cousin. Le matricule 6018 du F.B.I. a été tué la semaine dernière. Il ne s'appelait pas Witley Stiburne, mais Benjamin Stockfield.

Un hymne de grâce se met à musiquer dans mon âme si noble. Ainsi donc, Petit Gibus n'a pas crevé l'œil d'un agent spécial, mais celui d'un malfrat. Dieu en soit chaleureusement loué !

— Je m'appelle Cathy, m'apprend la vénérable pute en versant un café odorant dans ma tasse.

— Et moi Tony.

— Faudra quand même qu'un de ces jours vous m'asticotiez les miches, garçon, rêvasse-t-elle pendant que je souffle sur le breuvage brûlant. Ça fait au moins dix ans que je n'ai pas vidé les bourses d'un *Frenchie;* ça me ferait rudement plaisir d'en ajouter un de plus à mon palmarès.

— Ça devrait se faire, promets-je témérairement en pensant le contraire de ce que j'énonce. Et si vous me causiez un peu de Martine, Cathy ? Mon oncle l'avait perdue de vue depuis mille ans et aimerait savoir un peu ce qu'elle a bricolé à Los Angeles pendant leurs années de séparation.

— Elle n'en foutait pas lourd, assure la copine de Mathusalem. Une fois par mois elle faisait un petit voyage de trois jours environ et le reste du temps, elle picolait ou s'envoyait en l'air avec des messieurs de passage ; mais je crois que c'était pour le plaisir car elle semblait

ne manquer de rien. Son vice, si on peut
appeler ça comme ça, c'était d'acheter des
tableaux. Or les tableaux, c'est chérot, vous le
savez. Elle prenait un pied terrible devant des
dessins que j'aurais pas voulu pour accrocher
dans les lavatories. Il lui arrivait de m'appeler
pour me les montrer, tant elle avait besoin de
partager son plaisir. Moi, pour lui être agréable, je lui disais que je les trouvais beaux.

Elle rit frêle.

— Quand on n'aime pas quelque chose, c'est
pas une raison pour en dégoûter les autres, pas
vrai ?

Je tente d'imaginer ce que fut la vie de
Martine Fouzitout dans cette ville si étrangère à
la France. Pourquoi cette maison de couleur
criarde dans le quartier noir ? Pourquoi ces
visites régulières au cow-boy suisse ? Et surtout,
pourquoi soudain, après sa mort, cette horde de
tueurs qui se mettent à s'intéresser aux gens
qu'elle a connus, ainsi qu'à ceux (comme moi)
qui se penchent sur son passé ? Peut-être que les
deux loustics que je détiens de façon très
arbitraire vont pouvoir me tuyauter ?

Je souris à mon hôtesse d'un instant.

« Cathy, songé-je, vous fouettez le rance,
votre chair est ferme comme l'étoffe d'un
drapeau mouillé, vous feriez dégueuler un rat
en rut, et quand on vous contemple, on se
persuade qu'une miction bien conduite est préférable à un coït avec vous. Néanmoins, vous
me plaisez par votre gentille obstination
galante. »

— A quoi pensez-vous ? me dit-elle.

FOIRIDON À MORBAC CITY 269

— Cathy, lui dis-je, vous sentez toujours la femme en fleur, votre chair reste tentante, vous feriez bander Rudolf Valentino s'il revenait, et il faudrait être impuissant ou pédé pour ne pas vous sauter dessus au premier regard, néanmoins, je n'aime pas vos cachotteries.

Elle commençait, non pas à mouiller de mes louanges car à son âge on a le frifri à marée basse, mais à se pavaner du croupion ; ma dernière apostrophe la pétrifie.

— Pourquoi cette méchanceté, garçon ?

— Voyons, fais-je, j'implore de vous des détails sur la vie de ma compatriote, vous avez passé des années dans son voisinage, et tout ce que vous trouvez à m'apprendre c'est qu'elle buvait volontiers et se faisait tromboner parfois. Une fille aussi avisée que vous, à laquelle rien n'échappe !

— Mais je vous assure, *Frenchie*...

Je vide ma tasse et dépose un billet de cinquante dollars sur la table.

— Bon, bon, n'en parlons plus, Cathy. Je suis déçu, mais ce n'est pas grave. J'avais cru qu'on allait former un couple, vous et moi, parce que le courant passait bien...

Elle s'enroue d'égosiller (1).

— Mais vous vous méprenez, garçon ! Loin de moi l'idée de vous cacher quoi que ce soit. Si je le fais, c'est parce que je ne vois pas ce que je pourrais vous dire, Chouchou.

---

1. Une phrase pareille, tu ne peux la trouver que dans un San-Antonio.

Le Directeur Littéraire

270 FOIRIDON À MORBAC CITY

Sa désolation me file des remords. Mais mon lutin intérieur me persuade d'insister ; probablement parce qu'il renifle les choses mieux que moi ?

— Cathy, ma belle, concentrez-vous. Au cours de ces années passées près de Mââârtiiiiiine, il a bien dû se produire quelque incident inhabituel qui vous aura paru anormal, puis que vous aurez oublié ; entrez en vous-même, chérie, étudiez le passé !

Elle réfléchit si fort que t'entends se craqueler sa cervelle. Puis elle radieusit ; une clarté de néon sort de sa vieillesse comme la lumière d'une cave.

— Bon Dieu, bien sûr ! s'écrie-t-elle.

J'attends.

Elle déclare :

— J'oubliais ce nègre qu'elle a tué, il y a deux ans !

Je deuxrondeflante.

— Martine a tué un Noir ?

— Oh ! en état de légitime défense, je vous rassure. Le gars avait forcé sa porte pour cambrioler. Elle est entrée pendant qu'il faisait main basse sur ses putains de tableaux. Alors il s'est jeté sur elle et l'a violée. C'était un vrai fauve, elle s'est laissé faire. Quand il a eu fini, il lui a dit qu'il allait lui couper la gorge et a sorti un couteau de sa poche. Heureusement, Martine gardait toujours un pistolet sous son oreiller. Elle a réussi à le saisir, pendant que le Noir ouvrait sa lame et lui a vidé le chargeur dans le ventre. L'homme est mort pendant qu'on le transportait à l'hôpital.

— Et vous oubliiez de me raconter cette affaire, Cathy ?

Elle est penaude.

— Vous savez, Français, le temps passe, les jours apportent leur poids de nouvelles emmerdes...

Et puis, à son âge, hein ? Mais ça, par coquetterie, elle s'abstient de l'invoquer.

— Quelles suites a eues cette histoire ?

— Aucune. Je vous le redis : la légitime défense a été rapidement établie et le gars avait un casier judiciaire long comme un tapis d'église. De plus, outre le viol, la gosse avait des contusions partout.

— Je sentais que vous saviez plus de choses que le *Los Angeles Chronicle,* Cathy.

Je dépose un baiser chaste sur son front aux rides mastiquées et vais rejoindre mes deux apôtres, pile comme ils commencent à redonner signes de conscience.

Leurs papiers doivent être bidons, je suis un trop vieux routier pour ne pas m'en rendre compte. Quand tu examines les fafs de gens douteux, tu as une réaction typiquement flicarde ; tel un joaillier, tu reconnais le vrai du faux.

Pendant qu'ils ébrouent du cervelet, je retourne chez Cathy pour téléphoner à Malibu. J'obtiens Bruce, qui me passe Angela, à laquelle j'explique que tout va bien et qu'elle serait gentille de m'expédier Bérurier et Pinaud le plus rapidement possible à Venice. Elle m'assure qu'elle va s'en charger personnellement, mais je l'en dissuade car je ne veux pas qu'elle se fasse remarquer dans ce quartier pourri. Alors, bon, elle va mobiliser le chauffeur. J'ajoute qu'il devra repartir dès que mes larrons seront sortis de son carrosse.

L'un des mecs prétend se nommer Mortimer, l'autre Wilson, ce qui dénoterait un manque d'imagination caractérisé de leur part.

Ayant décidé de ne pas démarrer la séance sans mes assistants de choc, je prends place à leur côté dans un fauteuil et me mets à rêvasser, comme j'en ai la manie dans les cas graves, en contemplant l'intérieur de ce modeste logis qui est hors du commun de par les œuvres qui le tapissent.

Elle arrivait de Paris, la Martine, toute jeunette, mais déjà sans illuses. Y avait eu du rebecca avec son dabe que je pressens pas « blanc-bleu ». Curieuse, elle s'était fait chopiner par le monstrueux braque de M. Félix. Une téméraire que rien ne devait arrêter! Aventurière, probablement. Quel fut son parcours avant d'échouer à Venice? Là, se situe un hiatus dans son curriculum.

Mon instinct me chuchote qu'elle a été mêlée à du pas banal qui avoisinait l'étrange. Une chose d'envergure qu'elle a manigancée avec le cow-boy. Tu sais ce qui me frappe? C'est que la môme Fouzitout, dans sa cage à rats de Venice, et le Suissaga dans son ranch perdu et pourri de Morbac City, obéissaient à un motif identique : la peur. Ils se cachaient! Quelles autres raisons auraient eues ces deux Européens exilés, de vivre pendant des années dans des endroits pareils ? Oui ! Oui ! Oui ! Adopté ! C'est sûr que l'un et l'autre se planquaient. Mais ils avaient la nécessité de se rencontrer une fois le mois.

Un jour, un grain de sable s'est glissé dans l'existence de Martine. A la suite de quoi ? De ses relations avec le père Machicoule ? Parce qu'elle a abattu un violeur noir ? Pour une autre raison encore invisible ? Sa maladie, peut-être ? Curieuses relations que celles qui la liaient au cow-boy suisse. Elle allait le voir par devoir ou nécessité, Grace, la servante noire du prêtre, n'a-t-elle pas rapporté que c'était pour elle un pensum, ce voyage mensuel en terre brûlante et désertique ? Que lui portait-t-elle, ou qu'allait-elle chercher ? En tout cas il s'opérait un échange entre eux. De l'amour ? Ça m'étonnerait.

Les deux compères, entravés et muselés en travers du lit de la défunte, me coulent des regards furibonds où l'on sent la haine et l'inquiétude. Ils doivent se demander pourquoi je reste inactif après les avoir neutralisés. C'est bon pour préparer des gens aux confidences, l'indifférence passive. Que ça bouillonne sous leur chignon ! Et que leur couvercle saute au plafond !

Quarante minutes passent. Mes idées prennent des développements inattendus, puis se rembobinent comme la bande magnétique d'un enregistreur.

L'un des deux prisonniers : le Mexicano, se

274 FOIRIDON À MORBAC CITY

met à émettre des sons inarticulés pour attirer mon attention. Il espère que je vais ôter son bâillon afin de le rendre audible. Au lieu de cela, très calmement, je me penche sur lui et lui colle au bouc un petit crochet sec, de ceux qui te mettent du flou artistique dans la moulinette sans te foutre k.-o. Après quoi, je me rassieds et reprends le cours de mes déductions.

Une tire ralentit devant la maisonnette. Je me rends sur le seuil. La grosse limousine de Harold J. B. Chesterton-Levy stoppe, obstruant la ruelle. Lord Bérurier et le comte de Monte-Cristo en descendent avec dignité.

Cette vieille pie de Cathy les aperçoit et m'interpelle :

— Dites donc, *Frenchie* : vous recevez du beau monde !

Elle l'a regardé sommaire, le Gravos.

— Mes hommes d'affaires français, lui dis-je.

Les frères Lumière s'inclinent en la direction de la châtelaine et me rejoignent.

— Beau brin de fille ! note le Mastard.

— Tu peux l'avoir pour dix dollars avec un verre de gnôle en supplément pour te remettre de la partie de jambes.

Je les conduis jusqu'à la chambre, leur montre mes deux salamis et les ramène dans l'entrée.

— Les chiens sont lâchés, expliqué-je. C'est la première fois qu'on a des cartes en main. Jusque-là, on a été baladés, assaillis ; on nous a buté nos témoins. Je veux que ça cesse, je ne peux pas rester indéfiniment loin de la maison

FOIRIDON À MORBAC CITY   275

Pébroque. J'ai décidé que je rentrerai dans les vingt-quatre heures après avoir entièrement solutionné ce problème de mots croisés. Je reconstitue mon trio de choc : César, Alexandre-Benoît, Antoine. Un pour tous, tous pour un !

Grandiloquent ?

Toujours, un chef, avant l'assaut.

Qu'on le veuille ou non, le courage prend sa source dans les mots et on ne se fait jamais tuer en silence ; trompettes ou blabla, le héros a besoin de sons pour aller à la mort, comme l'âne pour porter sa charge.

Emus, mes deux chéris me pressent la main.

— Voici les rôles, poursuis-je. Toi, Pinaud, tu joues le renard ; et toi, Béru, le loup.

— Et toi ? demandent-ils avec un ensemble gênant.

— Moi ? fais-je. Moi je jouerai le perroquet. Je poserai des questions aux deux olibrius et Alexandre-Benoît fera LE NÉCESSAIRE pour qu'ils y répondent. Ils sont l'unique passerelle qui peut nous conduire à la vérité (1).

Pinaud tâte son mégot éteint pour s'assurer qu'il a encore « du corps », puis le rallume en se grillant les poils des narines.

— Ça consiste en quoi, le rôle du renard ?

— A explorer les terriers. Voyez-vous, mes chérubins, plus je m'enfonce dans mes gamberges, plus je pense que cette baraque a joué un rôle important dans l'aventure de la môme

---

1. Ah ! la splendeur des métaphores chez San-Antonio !
Jérôme Garcin

Fouzitout. La petite investigation à laquelle nous nous sommes livrés ici ne me satisfait pas, j'aimerais que tu reprennes cette perquise en faisant jouer à fond ta jugeote de vieux madré.

Et Baderne-Baderne de répondre :

— Je vais me concentrer.

Il s'assied dans un fauteuil du séjour et croise ses vieilles mains sur sa vieille bite.

17

CHAPITRE NOIRÂTRE

Un grand psychologue, Bérurier Alexandre-Benoît. Dans son genre.

Il me dit, une fois la porte fermée :

— Faut qu'j'vas les tester avant d'commencer.

Il quitte sa veste, l'installe sur un dossier de chaise, roule ses manches, rejette son bitos sur l'arrière de son crâne de bovidé et frotte doucement ses phalanges contre son pantalon.

— Voilions voir qu'j' voye ! annonce-t-il en s'approchant du couple. Bien l' bonjour, mes p'tits gars.

Avec une promptitude dont on ne l'estime pas capable à première vue, il lance ses deux pognes à la fois sur les braguettes des types, comme un matou papelard sur deux souris endormies. Et il serre.

Moi, assis à deux mètres, je m'efforce de m'abstraire. Néanmoins, je perçois des plaintes à travers les bâillons.

Le Gros se redresse, l'air flippeur.

— J'ent'prends çu-là, décide-t-il en montrant

le Mexicano. Quand on y écrase les noix, il est
plus porté qu'l'aut' su' l'vague à l'âme.

D'un geste doux, il arrache le bâillon du mec
qui en profite pour gueuler putois dans le texte.

Le Gros place son poing à l'horizontale et,
comme un postier donne un coup de tampon sur
un timbre, il assène ses deux livres avec os sur la
denture du gueulard. Quelques canines et
autant d'incisives lâchent la rampe et se mettent
à macérer dans du sang à l'intérieur de sa
bouche.

— Tais-toi, et parle ! gronde Béru. Aboule
tes questions, grand !

Je m'approche du lit.

Et tu vas voir mon diabolisme. Au lieu de
l'interroger sur ce qui m'intéresse, je fais le
grand tour, histoire de déconcerter ces messieurs, leur donner à croire des tas de choses :

— Qui a buté Benjamin Stockfield, agent du
F.B.I., matricule 6018 ?

Là, il dérape de la matière grise, le petit
brun. S'il s'attendait ! Voilà qu'il échafaude des
hypothèses à mon sujet. Serais-je-t-il un mec
affilié au F.B.I., moi aussi ?

— Je ne sais pas ! éructe le « patient » du
Mastard.

— Qu'est-ce y dit ? demande ce dernier.

— Qu'il ne sait pas.

— Ben faut qu'y susse ! assure le Dodu.

Porté décidément sur les génitoires du Mexicain, il sort son vieil Opinel à manche de bois,
l'ouvre, fait tourner la virole qui bloque la lame
et l'enfonce dans les braies de sa victime. Son
ya, c'est une partie de sa vie, à mon pote. Il

FOIRIDON À MORBAC CITY 279

passe ses loisirs à l'affûter sur une pierre, et tu trouveras pas un seul Arbi à Pigalle disposant d'un rasif mieux aiguisé que ce brave Opinel de nature pourtant rurale.

Le zig pousse un nouveau cri, car la pointe du lingue l'a piqué. Béru la retire légèrement et découpe slip et pantalon en remontant jusqu'à la ceinture. Les parties sont dégagées, offertes au sadisme de mon valeureux assistant.

— N'v'là à pied d'œuv', déclare Alexandre-Benoît. Tu vas espliquer à c' pas-beau qu'j'va y peler l'gland. Son paf, c'est pas Bizerte, mais il est valab', av'c un' bonn' tronche. J' pourrais lu sélectionner tout d'sute le nœud au ras des moustaches, mais j'lu donne une chance : la der. Si y s'décidera quand l' galure du champignon s'ra parti, un' fois cicatrisesé, y pourra encore grimper sa polka av'c la tige.

Je traduis fidèlement.

Une expression horrifiée convulse la face du mec.

— Ecoutez, vieux, lui fais-je, conciliant, vous devriez vous mettre à table ; ce gros type va faire ce qu'il dit et bien plus encore si vous vous obstinez. Attila était un bricoleur, en comparaison !

— Je ne peux rien dire, je ne sais pas de quoi vous parlez, vous entendez ? Je ne sais pas, je le jure sur ma mère !

— Qu'est-ce y cause ? demande mon robot de service.

— Il jure sur sa mère ne rien savoir.

— Oh ! que j'aime pas ça ! Une moman, ça s'respèque !

Délibéré, il saisit la chopine du gars et, avec l'indifférence d'un boucher préparant une pièce de viande, se met à entailler la tête du nœud.

L'autre brame si fort que Béru lui flanque un oreiller sur la frime avant de poursuivre.

Et voilà que le second, le Ricain, commence à s'agiter de la tronche et à émettre des inarticulations. Je pige qu'il veut communiquer, aussi le débâillonné-je.

— Laissez-le, il ne sait rien ! me dit-il.

Je stoppe Béru d'un geste.

— Si vous savez qu'il ne sait rien, c'est que vous vous savez ! objecté-je.

Il a un signe soumis.

— En effet.

— En ce cas, mon cher ami, je vous écoute.

— Le gars dont vous parlez a été démoli par un nommé Witley Stiburne.

Ouf, cette fois on paraît démarrer du bon pied.

— Chez lequel vous avez perquisitionné tout à l'heure ?

Nouveau point marqué par l'éminent, le surdoué Sanantonio. L'homme comprend qu'il n'a pas affaire à une pelure mais à un homme supérieurement informé.

— Exact.

— Vous travaillez pour quelle maison ?

— Si je le disais, je serais mort.

— Vous le serez aussi si vous le dites pas ! assuré-je en désignant Béru. C'est un choix, comme toujours dans la vie. Le vôtre se résume à mourir soit « sûrement tout de suite », soit « peut-être plus tard ».

FOIRIDON À MORBAC CITY   281

— On en est où cela ? s'inquiète le Mastard que l'inaction dévalorise.

— Statu quo, réponds-je distraitement.

— T'vas voir les estatues qu'j'vais t'fabriquer av'c ces deux zozos !

Le Mexicano saigne de son gland fendu qu'il s'efforce d'apercevoir malgré ses entraves.

— Tu croives qu'on pourra y faire un point de soudure ? demande Sa Majesté, sans compassion, mais curieuse.

Je me penche sur le Ricain.

— Appuie l'oreiller sur la gueule de l'autre ! enjoins-je.

— Vous ne voulez pas parler devant votre acolyte, chuchoté-je. Maintenant je vous pose une question à l'oreille ; si j'ai deviné, battez des paupières. Vous appartenez au Syndicat du crime, n'est-ce pas ?

Il me regarde fixement et acquiesce.

Exprime-t-il la vérité ou me mène-t-il en bateau-mouche ? Peut-être lui tends-je une perche qui fait son affaire ? Nous allons bien voir.

Je passe à son compère.

Il étouffait sous l'oreiller solidement plaqué et suffoque. Je le laisse reprendre souffle.

— Traîne son copain dans l'autre pièce, Gros, César le surveillera, et reviens.

Sans requérir un mot d'explication, Bérurier m'obéit.

A son retour, il murmure :

— T'avais peur « qu'ils se gênent » de parler l'un devant l'autre ?

Pas si con que ça, Gradube.

— On reprend, annoncé-je, fin de la récré.

282 FOIRIDON À MORBAC CITY

C'est à présent qu'on va savoir si tu finiras tes jours en pissant avec un brise-jet de caoutchouc ou avec celui que ta mère t'a donné !

Le Mastard fait miroiter la lame de couteau qui, au fil des aiguisages, a perdu la moitié de sa largeur.

— Pour le compte de qui travaillez-vous, votre camarade et vous ?

Il marque un temps, mais réalisant que son tortionnaire vient de saisir sa queue à pleines mains, il s'empresse.

— Le Syndicat, chuchote-t-il, comme s'il était moins grave de trahir à voix basse.

Donc, le gonzier à la paupière tombante n'aurait pas menti ? Je te dis qu'on va finir par y arriver !

Ça nous prend beaucoup de temps. Rien de plus délicat que d'assembler les éléments épars d'aveux arrachés sous la contrainte pour, au fur et à mesure, constituer un puzzle pas trop bancal qui finisse par exprimer une vérité plausible.

Cela ressemble un peu à la composition d'un portrait-robot. On procède par tâtonnements et même, quelquefois, par divination. On obtient un détail qui vous comble d'aise, on croit qu'il est essentiel au portrait, et puis d'autres surgissent, qui le neutralisent, et on en arrive à le mettre au rebut en découvrant qu'il ne s'intègre pas dans l'esquisse qui commence à poindre.

Alors que nous sommes en plein turbin, la mère Cathy vient sonner à la porte. La soirée qui s'avance commence à la faire tourner en béchamel. Elle a besoin de réfections urgentes, mais son miroir manque d'éloquence à la mauvaise lumière des lampes et elle ne recharge pas son immense bouche de mérou qui, délayée, s'étale sur tout le bas de son visage ; non plus que le bleu de ses paupières qui pourrait donner à penser qu'un julot irascible vient de lui mettre une toise. Elle est carnavalesque, la dame voisine.

— Je venais voir si un café vous ferait plaisir ? dit-elle.

Elle a troqué sa robe pour fandango de brasserie sévillane contre un déshabillé à fleurs, fendu jusqu'aux seins et décolleté jusqu'au pubis.

Je lui réponds que non, merci bien, on s'apprête à dormir. Mais voilà que Béru, alerté par un organe féminin, abandonne ses « clients » et se pointe, joli cœur en diable.

— Qu'est-ce y a pour son service à ce petit trognon ? roucoule l'éléphant d'Afrique en roulant des charmeuses.

— Elle venait nous proposer du caoua.

— Riche idée !

— Tu veux qu'elle voie nos potes d'à côté, Gros ?

— Non, mais j'vas faire une pause-café : je commence à fatiguer d' m'êt' tant tell'ment dépensesé.

Il saisit Cathy par la taille et l'embarque sans attendre mon avis.

Il n'a pas tort, mon gros Nounours : la fatigue se met à peser lourd.

D'ailleurs, le « renard » Pinaud a moulé ses

recherches pour entamer une dorme de champion dans son fauteuil. Moi je retourne aux deux délabrés qui portent les stigmates d'un interrogatoire béruréen extrêmement « poussé ». A les voir, on peut les croire rescapés d'un accident de chemin de fer. Ils ont des gueules de post-déraillement. Leurs costards sont en lambeaux et il y a dans leurs regards cet abattement plein de langueur des poilus de retour de Verdun.

Nous les avons remis ensemble et ils savent qu'ils ont l'un et l'autre doublé le Syndicat.

Le Ricain, qui prétend s'appeler Steve, demande avec les deux boursouflures qui remplacent son ancienne bouche :

— Et maintenant ?

Pour lui, son siège est fait : il va prendre une bastos dans le cigare avant l'aurore. Quelle autre conclusion donnerait-il à nos brèves relations, s'il était à ma place ?

Et moi, comme lui, je me susurre dans les touffeurs de ma gamberge : « Et maintenant ? »

Ces deux bandits sont flambés, comme que comme (1).

Quand ils vont retourner au bureau, leurs employeurs verront tout de suite qu'ils sont passés à la moulinette et, dans le triste état où ils se trouvent, ne douteront pas qu'ils ont parlé. Pour en avoir le cœur net, ils les « entreprendront » à leur tour, si bien que ces deux

_____

1. Expression helvétique signifiant quelque chose comme : « de toute façon ».

FOIRIDON À MORBAC CITY 285

zouaves n'ont pas une chance sur un milliard de
s'en tirer.

Ce que j'éprouve à cette perspective ressemble presque à de la gêne. Ça a beau être des
meurtriers, je ne suis pas fier de les avoir
précipités dans une pareille fosse à merde.

— Maintenant ? répété-je à intelligible voix.
Maintenant, il ne vous reste qu'une solution, les
gars : vous faire foutre au trou dix ans, car le
monde sera trop petit pour vous puissiez échapper à votre putain de Syndicat. En partant d'ici,
braquez une banque ou une bijouterie et laissez-vous serrer par les perdreaux.

Un filet rouge dégouline de ses commissures.

— Vous croyez que la taule est une protection contre le Syndicat, vous ! Il y est aussi actif
qu'ailleurs. En moins d'un mois on nous retrouverait pendus dans notre cellule, suicidés
comme la bande à Baader !

Et puis on en est là de leur destin quand voilà
Pinuche qui paraît, le regard encore chassieux
de sommeil.

Oui, il entre, de sa démarche flottante qui
donne à croire que c'est le pli de son falzar qui
lui permet de se tenir debout.

Mais pourquoi tient-il ses deux mains levées
au niveau de ses épaules de héron ?

Je te dis ?

Parce qu'il a le canon d'un flingue dans le
dos.

Et le mec qui tient le canon du flingue est un
immense gaillard, à la frime grêlée, au nez
aplati par des chiées de coups de poing, ce qui
lui compose la tête d'un chourineur comme on

FOIRIDON À MORBAC CITY

en trouvait plein les films B américains en noir et *white.*

Le plus beau est qu'il n'est pas seul, ce galant. Une dame l'escorte (ou alors c'est lui qui accompagne la personne du sexe). Et l'égérie n'est autre que la gonzesse qui se trouvait en compagnie de Witley Stiburne lorsqu'il est venu nous rendre visite au motel de l'Indien, à Morbac City. Tu te souviens ? La garce s'est tirée pendant l'échauffourée (lait chaud fourré). Eh bien, la revoilà, mon pote. Toujours aussi mastoc et locdue, fagotée comme une qui, autrefois, faisait payer les chaises dans les jardins publics. C'est marrant : je l'avais oubliée, cette niqueuse ; et puis tu vois, le retour écœurant...

Elle est chargée, elle aussi : un chouette calibre à crosse d'ivoire que son petit garçon a dû lui offrir pour la fête des mères.

Elle me dit :

— Avec le vieux, placez-vous côte à côte contre le mur du fond, les mains levées et appuyées contre la cloison.

Le Ricain Steve, dominant sa mélancolie naturelle, se met à claironner, d'un ton qui se voudrait joyeux :

— Hello ! Miss Bulitt ! Vous arrivez à temps, regardez ce que ces salauds nous ont fait pour essayer de nous faire parler.

Miss Bulitt, tu sais, mérite qu'on la regarde de plus près, vu que c'est un personnage hors du commun. Elle a les joues molles et blafardes, constellées de points noirs gerbants, un triple menton, des cheveux d'un roux queue de vache,

FOIRIDON À MORBAC CITY 287

frisottés sur le front, un pif épaté sur lequel
végète une sorte de fraise écœurante.

J'ignore si un mec se dévoue pour lui friction-
ner la tubulure, en tout cas, dans l'affirmative,
la prouesse relève de l'héroïsme ; mais elle a un
aspect trop hommasse pour laisser supposer
qu'elle a des mœurs orthodoxes. Chemise
déboutonnée qui laisse admirer un soutien-
tripes pas propre, le jean qu'elle portait lors de
notre première entrevue si fugace et un blouson
de toile verte, tout froissé, avec du faux daim
aux coudes.

D'emblée, à la manière dont Steve vient de
s'adresser à elle, je comprends que cette vache
est une huile dans « sa branche », dotée de
pouvoirs étendus.

— Et vous n'avez pas parlé ? questionne-t-
elle en s'approchant de son camarade de régi-
ment.

— Vous nous connaissez, Miss Bulitt ! se
défend le gars avec une énergie qui sonne aussi
vrai que le baratin d'un marchand de tableaux.

Elle sourit et, de sa main libre, extrait du
blouson un appareil chromé, à tête noire
gaufrée.

— Tu oublies mon petit micro directionnel à
infrarouge. Ça fait presque une heure que je
suis dans la rue, au volant de ma voiture, à
attendre Burky.

L'autre défaille, se tait.

Le Mexicano se met à gémir :

— Vous devez savoir alors ce qu'on a
enduré, Miss Bulitt. Personne n'aurait pu résis-

ter. Regardez ma bite, Miss Bulitt, dans quel état elle est !

Elle n'abaisse même pas son regard :

— Tu crois pas que ta ridicule membrane va me faire chialer, Ducon ?

— Je vous en supplie, regardez !

Cette fois, elle regarde.

— Ils sont magnanimes, tes amis, ils t'ont laissé tes couilles de goret !

— C'est pas mes amis, Miss Bulitt !

— En tout cas, moi je suis moins gentille qu'eux, fait-elle en avançant son arme vers le bas-ventre du tueur.

Celui-ci devient fou.

— Qu'est-ce que vous allez faire, Miss Bulitt ? Non ! Non !

Mais le canon s'est logé entre les testicules du Mexicain. La sauvage presse la détente. Un calibre aussi mahousse, y a du sang partout : des bouts de roustons, de la bouffe canigou-ronron.

Le mec émet une plainte comme jamais je n'en ai entendu. Il a un cratère pourpre à la place de ses parties (parties sans laisser d'adresse !).

— Tu jouis, petit ? questionne l'ogresse impavide. Prends bien ton pied, je te finirai dans un moment, si tu es sage !

Elle braque son arme contre le Ricain.

— Et toi, Stevie, tu la veux où, la tienne ?

Le courage vient parfois aux désespérés quand ils savent que RIEN ne peut plus les sauver.

FOIRIDON À MORBAC CITY 289

— Dans ton gros cul plein de merde, je la veux !

— Tiens, c'est une idée, fait-elle, une balle dans les couilles de l'autre idiot, et une dans ton trou de balle. C'est tout ce que méritent des traîtres.

Elle fait rouler le saucissonné sur le côté et, de la pointe de son foutu pétard, détermine la raie de ses fesses à travers l'étoffe de son pantalon.

Steve est une rage (provisoirement) en vie.

Il la regarde avec des lotos qui jaillissent à vingt centimètres de ses orbites et dit :

— Tu sais la différence qu'il y a entre ton con et ta bouche, grosse vache ? Y en a pas ! Ils sentent tous deux le con !

Elle le plombe. La bastos ravage tout le circuit intestinal du truand. Il émet un râle pré-agonique. Sa douleur est indicible. Le pantalon est perforé et sent le roussi. L'hyène féroce enfonce le canon de son feu dans le rectum saccagé du Ricain.

— Tu dégustes, hein, saloperie de macho !

C'est le moment que choisit Béru Ier, roi des cons, pour opérer un retour remarqué.

Il entre en tenant un grand pot de porcelaine (imitation Limoges).

— Qui veut un bon caoua brûlant ? interroge-t-il à la cantonnière (dirait-il).

D'une œillée, il appréhende la scène et s'arrête, ahuri.

— Ah ! bon, ça se corse, chef-lieu Ajaccio, murmure le digne ami.

Le grêlé nous désigne à Mister Bibendum et lui indique d'un geste de nous rejoindre.

Alexandrovitch-Benito a un acquiescement de demeuré.

Docile, il se dirige vers nous mais, en passant à proximité de l'autre pomme, lui balance le contenu du pot de café à travers la poire.

Il venait de l'annoncer : le breuvage est brûlant. T'imagines le hurlement du mec aveuglé par ce liquide bouillant ?

Bérurier lui fracasse le pot sur la tronche puis saisit le pétard de « Nez-en-pied-de-marmite ».

— Donne ! fait-il, t'es trop con pour jouer avec des armes à feu.

La suite, faut bien la passer au ralenti pour la faire piger. La femme veut faire front, seulement, ironie du sort, elle a trop engagé son feu dans le postère du Ricain ; la douleur contractant le sphincter du mourant, elle a du mal à le récupérer. Le temps de son effort suffit au Gros pour lui rincer les méninges au sirop de plomb. La houri s'abat, foudroyée, sur le corps de l'homme qu'elle vient de détruire. La justice immanente, comme on dit puis à Bourgoin-Jallieu, veut qu'elle trépasse avant lui.

Pinaud et mézigue abandonnons notre peu reluisante posture.

— Serais-je-t-il arrivé à poing dénommé, ou me gouré-je ? ricane l'Enflure vivante.

Il ne lui déplaît pas de rouler les mécaniques après un coup d'éclat.

Seulement il a tort de plastronner trop vite. Le grêlé, c'est pas le genre de petit chaperon rouge que tu estourbis avec un pot de beurre.

FOIRIDON À MORBAC CITY 291

Le voilà déjà avec une lame en main. Pas une lame : un long poinçon effilé à manche rond.

— Gaffe, Gros ! hurlons-nous de concert (car nous n'avons pas de conserves à disposition), Pinuche et moi.

Curieux comme un lourdingue de cent vingt kilos peut faire montre d'un tel réflexe ! Sans perdre le temps de « regarder le danger », il se jette à terre ; le poinçon se plante dans son épaule. Bérurier l'indomptable tire trois fois, à la volée de bas en haut. Bilan : une prune dans le bide, une autre dans le sternum, la dernière dans le cou. Le compte y est, et celui du mec est bon. Y a plus que le Mexicano qui respire encore sur les quatre, mais juste pour dire, juste pour avoir l'air de vivre un peu.

— La soirée a été rude, résume Pinaud qui, féru d'Histoire de France, n'a pas oublié la réflexion de Damiens quand ses juges le condamnèrent à être roué vif, puis écartelé.

On examine messire Béru. Le poinçon s'est planté en fait dans du gras (il en a de partout).

— Je pense qu'il serait bon de se retirer, dis-je. On marchera pour trouver un taxoche, pas question d'emprunter leurs bagnoles ; il faudra que la police croie à un règlement de comptes entre criminels.

— Tu oublies la voisine qui nous connaît ; son témoignage va nous foutre dans la merde ! soupire Pinaud.

Et il est rare qu'il emploie des gros mots.

— C't' p'tite poupée ? J'en fais mon affaire, assure le Mahousse. J'l'ai calcée si gigantesqu' ment qu'é veut absolut'ly v'nir en France av'c

292 FOIRIDON À MORBAC CITY

moi. J'vais y dire qu'é prépare son balluchon et on s'l'emporte vite fait, bien fait ; comaco, plus d' témouine gênante !

L'idée me semble judicieuse devant le critique de la situation. Le Casanova de Venice (je dis bien « Venice ») sort chercher sa conquête.

Comme cette pièce pue atrocement le sang et la mort, je propose à la Pine d'aller attendre dans le séjour.

— Un instant, répond le Sagace. Tu m'avais chargé d'une mission particulière : trouver une hypothétique cachette dans cette maison...

— Au lieu de la chercher, tu as roupillé, riposté-je.

— Ne sois pas injuste, ni malveillant, Antoine.

— Objectif seulement, papa.

Je le peine, sa nouvelle cigarette, toute neuve, pas encore allumée, tremble entre ses lèvres minces.

— Ne prends pas la mouche, Don Diègue ! Je te charrie.

— Tu m'avais dit de chercher, j'ai cherché !

— Et tes recherches n'ont rien donné ?

— Non, admet ce loyal ami.

— Bon.

Il tourne vers moi son ineffable visage de bélier castré qui, avec ses rognons, a perdu tout esprit belliqueux.

— C'est quand j'ai cessé de chercher que j'ai trouvé, mon petit. Ah ! l'enseignement de la vie !

— Tu as trouvé quoi, où, quand, comment ?

— Pendant que je me tenais à ton côté

contre le mur, les bras levés. Cette position me fatiguait, surtout l'épaule gauche que l'arthrite malmène. Pour m'aider à conserver la position, j'ai accroché mon petit doigt de la main gauche au crochet soutenant ce dessin de Magritte qui représente un arbre dépouillé, en forme de placard ouvert, ayant une feuille à l'intérieur.

« A ma grande surprise, j'ai constaté que ledit crochet sert aussi de fermeture au panneau sur lequel est fixé le dessin. L'astuce c'est qu'il est infiniment plus grand que celui-ci. Des tableaux masquant une porte secrète de coffre mural, c'est classique, banal même. Mais un tableau qui est, en fait, la serrure d'une grande cachette, voilà qui est plus affûté comme astuce, non ? »

Joignant le geste à la parabole, il va décrocher le dessin, puis il actionne le fameux crochet et tire. Une porte invisible, car elle est constituée de frisettes de bois dont les dimensions sont identiques à toutes celles qui recouvrent les murs, s'ouvre, dévoilant un placard muni de rayonnages chargés de dossiers.

18

CHAPITRE GLAUQUE

Le médecin hoche le chef, ayant passé l'âge
de le branler. Il regarde avec une attention
scrupuleuse les trois extraordinaires sexes proposés à son examen et à son savoir.

— Du jamais vu, marmonne-t-il (car ce sont
les Savoyards qui marmottent).

Il les prend alternativement dans ses mains
gantées de caoutchouc. L'on dirait qu'il examine des éléphants souffrant de la trompe. Il les
cueille par ordre d'importance : celui de Bérurier pour commencer, puis celui de Félix et,
pour terminer son étrange revue, celui du
Marquis de Carabas.

Il pousse la condescendance jusqu'à les soigner, assisté d'une exquise infirmière noire aux
formes alléchantes. Ce qui lui vaut la remarque
suivante du Mammouth :

— Mande pardon, Doc. Est-ce serait-il possib' que ça soye la Miss qui me tenasse
l' memb' ; vous sucrez les fraises et j' craindrais
d'avoir une irruption bandante, ce dont j' vou-
drerais pas qu' vous vous méprisiez su' mes
mœurs.

FOIRIDON À MORBAC CITY   295

Mais le toubib parle mal le français et pas du tout celui du Mahousse.

A la fin de la consultation, il se tourne vers Harold J. B. Chesterton-Levy.

— Ces comédiens sont inaptes à tourner le scénario que vous nous avez soumis, avant un laps de temps s'étalant de huit jours, pour le gros, à deux mois pour le jeune, déclare-t-il.

Il est l'expert mandaté par la compagnie d'assurances qui « couvre » les trois protagonistes du film érotique prévu et que notre bon produc a saisie devant la carence des « acteurs » engagés.

— Bien, fait-il. Comme les comédiens ont d'autres engagements signés ailleurs pour les mois à venir, le contrat me liant à eux est rompu et votre putain de compagnie devra me rembourser les frais engagés.

Le praticien hausse les épaules en signe de « ce-ne-sont-pas-mes-oignons ». Béru qui s'en ressent pour sa petite assistante noire, essaie de palucher celle-ci en douce, mais la mère Cathy qui assiste à la séance, défend sa chopine plus âprement que Jeanne Hachette défendit Beauvais contre le Téméraire, en 1472 (si mes souvenirs et le petit Larousse sont exacts).

Elle intervient :

— Si je pars en France avec vous, *darling* chéri, c'est pour une existence sérieuse.

Je traduis.

Le Gros rigole grand comme l'Arche de la Défense.

— Ces putasses rangées de voitures veuillent toutes r' deviendre pucelles, alors qu'é z'ont la

babasse plus large qu'un' porte d' grange! Dis-y
qu' c'est pas pour jouer « Remets-l'eau et
Juillet » qu' j' l'embarque, mais pour faire
femme-d' ménage-partouzeuse chez moive. La
Berthy qu'est salingue à ses heures, déteste pas
qu'on lu mignarde l'ogne à la menteuse ou au
salsif du temps qu' é m' ch'vauche l' poney
sauvage! D' même, quand j'y déguste la r'mou-
lade, elle raffole brouter un' dame qui l'acali-
fourche. D'autant, dans l' cas d' Cathy, qu'y
s'agite d'une coloriée-voumanesse, ça pimente.

Je l'abandonne à ses problèmes de couple et
vais prendre congé d'Angela. J'aimerais lui tirer
mon feu d'artifice d'adieu à cette inoubliable
qui aura tant fait pour moi. Mais son singe est
rentré de ses équipées moscovites et ils ont un
agenda qui n'est pas chargé à blanc!

Je la prends dans mes bras et lui donne des
baisers humides dans le cou, là où se risquent
des cheveux fous échappés au domptage du
hairdresser.

Elle frissonne.

— Vous me téléphonerez, mon amour? La
nuit je suis toujours là et, avec le décalage
horaire, ce sera le jour pour vous.

— Juré! réponds-je.

Sincère.

Mais avec les arrière-pensées de l'expérience.

Je le sais mieux que quiconque que « loin des
yeux, loin du cœur ». Les êtres qui résistent à
l'absence et demeurent intacts dans ton cœur se
comptent sur l'annulaire d'une seule main.

Certes, je lui téléphonerai... Le jour de mon
arrivée, et puis la semaine suivante. Et peut-

FOIRIDON À MORBAC CITY 297

être encore une ou deux fois, à la suite d'un
coup de vague à l'âme, croyant qu'elle en est
l'objet, m'apercevant que non, après avoir
raccroché. Tant va l'homme à la cruche qu'à la
fin elle se case. Oh! vie, qu'il est profond ton
silence et qu'elle est conne ta bruyance.

*
*

Deux heures plus tard, nous sommes à l'aéroport, au grand complet, en beaux complets;
rutilante équipe sur le retour. Surtout en ce qui
concerne Félix et César!

Et toi, lecteur interloqué de te dire, avec
incrédulité, mais te le disant quand même:
« Non, sans blague, ce con d'Antonio va pas
nous laisser quimper comme ça, sans nous
cracher le fin mot de la fin! Il est tellement
jobastre, quand il s'y met, cet oiseau, qu'il en
serait tout à fait capable! »

Avoue que tu penses comme ça?

Comment dis-tu? Non? Tu as confiance en
ma probité professionnelle? Merci, c'est gentil
de me le dire. Je t'aime bien, tu sais. Je fais
semblant de te houspiller, parfois, mais c'est
pour plaisanter. Pour te *chiner* comme on dit
peut-être encore à Bourgoin-Jallieu, Saint-
Chef, Ruy, Saint-Alban-de-Roche, Four, La
Tour-du-Pin, Morestel, La Côte-Saint-André!
Bonjour, Berlioz!

Il y a des gens que j'aime et que je traite de
cons; par contre, y a pas de cons auxquels je dis
que je les aime!

Bon: l'aéroport. Bérurier achète des hot

298 FOIRIDON À MORBAC CITY

dogs, par précaution, ainsi que quatre bouteilles de vin californien (il s'y est mis). Félix écrit
en douce une carte postale... au Marquis, afin
qu'il reçoive un message de ce pays plein de
tribulations. Tu veux que je te dise ? Je crois
qu'il est amoureux de son nobliau demeuré, le
prof. Oh ! rien de sexuel. Mais l'amour c'est si
bizarre. Tu comprends, il a toujours été si seul,
Félix, avec juste sa grosse queue pour lui tenir
compagnie. Seulement, à la longue, tu t'aperçois qu'une queue c'est pas suffisant. Ça n'a
jamais remplacé un enfant.

J'éloigne précipitamment ma troupe du
magasin où l'on vend les journaux, biscotte une
manchette s'étale à la une des canards califor-
niens : « Tuerie à Venice ».

Je recommande à Sa Majesté de ne pas laisser
prendre de baveux à sa conquête au moment de
la distribution, dans l'avion. Il remédie au
danger en la poussant vers un bar de l'aéroport.
A la tequila, il l'entreprend, sa brune. En un
quart d'heure, elle a oublié jusqu'à son nom de
famille !

C'est au moment où nous nous dirigeons vers
les portes d'embarquement que je m'entends
héler (et que je regrette de ne pas l'être, ailé).

Un homme se pointe en courant, avec le *Los
Angeles Morning* à la main.

Il l'agite en criant mon nom.

Tu sais qui ?

James Smith, de l'étude Smith, Smith, etc.

Pour enrayer le grabuge, je vais à sa rencontre.

Hors d'haleine (parfois, après le mot haleine,

FOIRIDON À MORBAC CITY 299

j'ajoute du Pingouin, parce que ça fait « laine du Pingouin », tu comprends, et que c'est assez drôle, ma foi, dans un moment où on se fait chier et qu'on n'a rien de mieux à se mettre sous l'humour), il me crache dans la foulée :

— Ouf ! J'arrive à temps. Je vous ai appelé chez Chesterton-Levy où l'on m'a dit que vous veniez de partir pour l'aéroport. Vous avez su ce qui est arrivé avant-hier ?

Il me tend théâtralement le baveux.

— Ça, alors ! béé-je.

— Sidérant, non ?

— Plus !

— Qu'en pensez-vous ?

— Rien !

— La Fouzitout devait fricoter avec le Milieu, non ?

— Probable.

— Les quatre morts sont tous fichés dans le grand banditisme.

— Bon débarras !

— Vous n'aimeriez pas suivre l'enquête ?

— Un flic français ! En Californie ! Mes collègues d'ici m'arracheraient ma culotte si je me pointais sur leur os à moelle !

— Le propriétaire rentre également en France ?

— Il est attendu à la Sorbonne pour une communication de la plus haute importance à propos du sexe de Satan dans la littérature scandinave. Ravi de vous avoir connu, mon cher maître, gardons le contact, vous me tiendrez au courant des développements de l'enquête. Pardon de vous quitter si vite, notre vol a été appelé.

On s'actionne le bras de pompe comme pour emplir une citerne de deux mille litres.

— Cette fille n'était pas catholique, n'est-ce pas ? demande Smith James, de l'étude Smith, Smith et consorts.

— Si, dis-je, elle l'était. Mais c'était tout !

Partis d'un Los Angeles ruisselant de soleil, nous arrivons dans un New York pluvassieux, couleur de coliques de plomb. Pourtant, je préfère N.Y. à L.A. La Californie n'a pas l'air vraie. Là-bas, les gens sont en toc, comme leurs maisons rivalisant d'époustoufle. Vie de guingois, je dis. Mi-vacancière, mi-businessarde. Pour l'Européen qui débarque, c'est une sorte de planète pas finie. La lumière n'y est pas joyeuse, et quoi de plus démoralisant qu'un soleil morose ?

A New York, au contraire, tu trouves une sorte d'allégresse grondante. C'est sombre, souvent cradoche, mais le pittoresque succède à la poésie, et tous les gratte-ciel reflètent les nuages.

Nous avons décidé d'y faire une escale de vingt-quatre heures, non pour amortir le délabrement consécutif au décalage horaire, mais parce que j'y ai rendez-vous pour dîner avec mon cousin Josmiche et l'une des huiles du F.B.I. Cette rencontre se fait à mon initiative car je déteste coltiner un fardeau qui ne m'ap-

FOIRIDON À MORBAC CITY   301

partient pas. Faut que je le refile à qui de droit, ce bébé d'un autre.

La rencontre a lieu au restaurant du *Méridien,* donc pratiquement en territoire français. A trois, car mes scouts m'auraient encombré.

Le cousin Lionel est un long garçon maigre, brun et pâlot, avec juste le bout du nez rose. Son regard est vif, amusé, sans cesse au bord de l'ironie. Il est habillé par Cardin, *please* : chemise blanche au col et poignets taillés dans un tissu imprimé, veste prince-de-galles droite, au boutonnage spécial, cravate cognante, mais non trébuchante, pochette groupant deux impressions antagonistes. Une vraie gravure de mode qui, dans les salons d'ambassade, sert la gloire de notre académicien du dé à coudre.

L'huile du F.B.I. se situe à ses antipodes, question de la mise : grosse veste de tweed à boutons de chasse, pantalon de gabardine froissé, limouille à carreaux, avec un lacet de cuir tressé en guise de cravate. Il avoisine le demi-siècle, a le tif grisonnant par-dessous une méchante teinture négligée, les babines pendantes, du foin dans les naseaux et, derrière des lunettes en forme de guidon de course, un regard devant lequel les malfrats doivent déféquer dans leur bénouze, tant il est polaire, fixe, hostile, scrutateur et je te laisse un blanc pour écrire les adjectifs qui te sembleraient mieux appropriés.

Voilà, merci de ton aide.

Présentations. On fait sissite. Apéros. Un porto pour le cousin, un bourbon-gin pour le chef volailler, un bloody-mary pour moi.

302 FOIRIDON À MORBAC CITY

On ne perd pas de temps à évoquer, Josmiche et moi, l'anus artificiel de la cousine Mathilde. Non, c'est le branchement immédiat sur mes aventures et mésaventures californiennes (en atténuant certains passages « délicats », voire en en occultant d'autres pour la qualité du récit).

Pendant que je jacte, sans perdre Horace Mc Guiness (il est d'origine irlandaise) des yeux, bien lui signifier que son regard décortiqueur je me le fous au cul pour prévenir d'éventuelles hémorroïdes, le maître d'hôtel tape au menu. Interruption. Asperges sauce hollandaise et carré d'agneau aux flageolets (ainsi Horace sentira-t-il la présence de la France éternelle au cours de la nuit), et comme dessert, un soufflé à l'orange. Vin unique : un Bouzy dans la glace. N'après quoi, je reprends mon histoire ; elle le mérite !

Je vais jusqu'au bout.

Une fois fini, je goûte le vin. Tip-top !

— Et vous dites, monsieur le directeur, que cette fameuse cachette vous a livré le secret de l'affaire ?

— Affirmatif, Mister Mc Guiness.

Je lève mon verre.

— A l'amitié franco-américaine ! toasté-je.

Le efbuyin m'imite :

— A l'amitié américano-française !

— A présent, chers amis, je dois reprendre les choses une vingtaine d'années en arrière. A cette époque, le tout-puissant Syndicat du crime a à sa tête un émigré polonais du nom de Witold Slaza, personnage impitoyable qui tient le

FOIRIDON À MORBAC CITY 303

monde de la pègre d'une main de fer. Il est craint et haï comme le furent la plupart de ses devanciers. Sous son règne, tout homme qui bronche est un homme mort. Il a des résidences un peu partout et se déplace énormément.

« Au cours d'un séjour dans sa maison de Californie, il est contraint de subir l'ablation d'un méchant calcul rénal. A la clinique où il est opéré, il s'entiche d'une petite aide-infirmière nommée Martine Fouzitout et la saute à sa sortie de clinique. Ce ne sera pas le grand amour, mais " autre chose " : une amitié amoureuse. Il achète une bicoque à la môme. Oh ! pas le luxe, car il n'attache pas ses *dogs* avec des hot dogs. Une bicoque sans histoire dans le quartier *coloured* de Venice. Puis il repart pour sa vie de potentat du meurtre.

« Un certain temps s'écoule, et Witold qui a du pif, sent que son règne se fissure. Il tente de faire le ménage en sacrifiant ses détracteurs les plus fervents, mais le ver est dans le fruit. Une nuit, vers trois heures du matin, alors qu'il roupille (d'un sommeil agité, je présume) dans son appartement de la Cinquième Avenue dont les fenêtres donnent sur Central Park, un ami qui lui reste fidèle l'informe qu'une expédition punitive est en route et se présentera à son domicile avant l'aube pour le liquider. Il est convaincant, sans doute fournit-il des preuves de ce qu'il avance. Witold sait que sa vie ne tient plus qu'à un fil. Il doit fuir immédiatement, disparaître à tout jamais sans laisser de trace.

« Ce qu'il y a de terrible c'est qu'il n'a pour

304 FOIRIDON À MORBAC CITY

viatique immédiat que le fric qui se trouve dans
son coffre de l'appartement. Une misère,
comparée à son immense fortune, hélas placée
dans les banques et des affaires en tout genre.
L'or amassé dans des chambres fortes bien
gardées ne lui servira de rien car, s'il cherche à
le récupérer, il est mort. Toutes ses anciennes
troupes vont se mettre en chasse pour le retrouver et l'abattre. Comme il a du génie, il réalise
que le seul capital dont il dispose encore et qui
pourra générer peut-être des intérêts un jour,
ce sont ses dossiers dont il ne se sépare jamais.
Avec quelques milliers de dollars en espèces, il
les emporte dans la voiture du gardien de
l'immeuble. La fuite ! Drôle d'itinéraire !

« Ce qu'il a été ? Nous l'ignorons, et ne le
saurons jamais. Par contre, nous connaissons
son point de chute : une bourgade perdue à
l'orée d'un désert : Morbac City. Avant d'y
débarquer, il s'est composé une nouvelle gueule
et, mieux encore, une silhouette insolite. Il
devient un vieil original suisse, travesti en cow-
boy miteux. Il achète les ruines d'un ranch et y
aménage sa tanière de fuyard. Quelque chose
me dit qu'il se fait à cette vie comme il arrive à
certains prisonniers de s'attacher à leur existence carcérale. C'est là une grande loi d'équilibre, loi de nature fondée sur la légitime
défense. L'être se doit de survivre, même dans
les pires conditions. Se faire oublier !

« Chaque jour passé est pour Slaza une
victoire. La pugnacité de la vengeance faiblit
souvent avec le temps. Ses anciens amis doivent
se livrer une guerre de succession sans merci

FOIRIDON À MORBAC CITY 305

qui, lentement, le fait passer à l'arrière-plan. Il a compris que s'il tient bon, s'il ne cherche pas à récupérer une partie de son ex-fortune, bref " s'il fait le mort ", il sera sauvé.

« Du temps s'écoule. A Morbac City il passe pour un ermite hurluberlu. On l'a baptisé « le cow-boy suisse » ; il ignore tout le monde et tout le monde lui fout la paix ! Du moment qu'il ne dérange personne...

« Après plusieurs mois de cette vie terrée (c'est moi qui estime la durée à vue de nez), il veut prendre un surcroît de précautions, se disant que s'il conserve dans son terrier les dossiers dont il s'est prémuni, un visiteur curieux risquerait de mettre la main dessus pendant qu'il va s'approvisionner à la ville. Et puis peut-être que le démon de la chair... Bref, un jour, il part pour Venice au volant de sa vieille Jeep passe-partout.

« Peut-être que ses ressources commencent à se tarir ? Je suppose, je suppose, vous dis-je ! Notre cow-boy suisse va rendre visite à Martine Fouzitout. En admettant que les gars du Syndicat l'aient placée sous surveillance au début, celle-ci, depuis le temps, a été abandonnée. D'ailleurs, Martine n'a pas occupé une telle place dans sa vie, elle n'aura été qu'une passade aux yeux des quelques personnes qui se trouvaient dans son entourage au moment de leurs amours.

« A-t-elle été ravie de revoir cet homme vieillissant, traqué et marginalisé ? Qui saurait le dire. Néanmoins, c'est une femme bien, en cela qu'elle a la reconnaissance du ventre et du bas-ventre. Elle accepte de planquer chez elle les dossiers de Witold Slaza. On fait aménager le placard secret et fouette cocher, le vieux repart dans son désert quelque peu rassuré. »

Ce discours nous a menés jusqu'à la fin des asperges et de la première quille de Bouzy. Je reprends souffle. Rien de plus exténuant que de jacter sans marquer de temps mort.

Horace pétrit une grosse boulette de mie de pain pour la transformer en pâte à modeler. Un reliquat de l'enfance. Il entreprend, quand elle est à point, d'en faire un petit cochon ; mais, les pattes et la queue du goret foirent. Fini, le porc ! Aplati, il devient tortue, laquelle, une fois étirée, évoque un crocodile d'assez bonne facture.

Le carré d'agneau se pointe. Pas carré, mais rectangulaire. Le maître d'hôtel tranche des côtelettes roses et fondantes. Ensuite il répartit les flageolets, à la fois petits et dodus.

— Bon appétit, messieurs, il nous ruyblasse.

On bouffe. Un silence au cours duquel mes deux convives s'imprègnent de mon récit.

C'est le cousin Jasmiche qui engrène le coup :

— Et après, cher Antoine ?

Mc Guiness a oublié de bouquiner un guide des bonnes manières car il mange la bouche pleine, en produisant un bruit de mastication pareil à celui que faisaient les braves vieilles pompes à merde de nos parents.

— Après ? reprends-je. « Après », je dois vous avertir que c'est le produit de mon imagination. L' « après », je l'ai confectionné à la

FOIRIDON À MORBAC CITY 307

main, donc c'est un « après » très artisanal.
Cela dit, je le juge fort convenable.

Rire un chouia forcé de Lionel. Une relevée
de sourcils d'Horace qui apprécie autant l'humour qu'une coquille d'oursin dans son slip
kangourou.

— Witold Slaza et Martine Fouzitout vont
mettre au point des relations sporadiques. Ils se
verront à Morbac City le premier vendredi du
mois. Cet accord pris, ils n'ont pas besoin de
correspondre, ce qui préserve la sécurité du
cow-boy suisse. Pourquoi ce rendez-vous mensuel ? Je pense que le vieux forban n'a plus de
revenus. Alors c'est la chère Martine qui l'a pris
en charge, en signe de gratitude, pour lui
revaloir ses largesses d'antan, quand il l'a mise
dans ses meubles. Et pourquoi pas l'amour,
aussi, après tout ? Ce sont maintenant deux
êtres seuls. Les motivations d'un individu sont
secrètes, au point de lui rester mystérieuses à lui
aussi.

« Le pognon ! Arrêtons-nous sur la question.
La môme en gagne à profusion. Ne s'achète-t-elle pas, la gentille esthète, des dessins de
peintres célèbres ? Alors ? Ses charmes ? Ils
sont inexistants ! En tout cas si modestes qu'on
envisage mal qu'un homme la couvre d'or.

« Non, la vaillante petite Française, mes
chers amis, a trouvé bien mieux qu'un pigeon :
un filon ! Je ne vous fais pas l'injure de penser
que vous ne l'avez pas déjà en tête ! »

— Les dossiers ? demande le gendre de cette
pauvre cousine Mathilde.

— Gagné, cousin ! Tu continues ?

308 FOIRIDON À MORBAC CITY

— Je préfère t'écouter, Antoine.

— Alors ouvre grand tes perchoirs à libellules, Lionel. La madrée petite Fouzitout se met à phosphorer après avoir lu les dossiers, le soir à la chandelle, assise auprès du feu au lieu de dévider et de filer, en bonne descendante de Ronsard qu'elle était ! Elle pige que, tout comme l'Ovomaltine suisse, c'est de la dynamite. Il y a là-dedans de quoi compromettre quelques-unes des personnalités les plus en vue des States ; sans parler des parrains de la Mafia, des grands industriels, des fripouilies les plus apparemment intangibles.

« Seule, elle n'est pas de taille pour entreprendre la grande croisade du racket ; il lui faut un partenaire qui fasse le poids. Alors elle se décide pour un gars du F.B.I. qui fut son amant d'une semaine et qui lui a laissé un bon souvenir. Sans doute, à travers leurs échanges de vues, a-t-elle pressenti que c'était un corruptible. Excusez-moi, Horace, il en est partout et plus particulièrement dans les hautes sphères de la société. »

Horace qui n'a pas encore moufté, murmure, se parlant à lui-même :

— Benjamin Stockfield.

— Gagné, réponds-je. Oui, Benjamin Stockfield, matricule 6018.

— Il a été abattu, reprend Mc Guiness.

— Par un loustic nommé Witley Stiburne.

— Comment savez-vous cela ?

— Après l'avoir buté, Stiburne lui a pris sa plaque de fédéral, se disant probablement

FOIRIDON À MORBAC CITY 309

qu'elle pouvait constituer un bon sésame à l'occasion.

Horace qui vient d'achever sa gamelle, reprend son modelage. Le crocodile se mue en bite avec accessoires incorporés.

— Je pense, poursuis-je, que votre collègue et la Fouzitout ont dû rentrer pas mal de fric. Selon moi, la fille, méfiante, n'a pas dit à son complice qu'elle détenait le « matériel de chantage ». Quelque chose me dit même qu'elle s'est planquée derrière un paravent pour ses transactions avec Stockfield, en mettant dans le circuit un saint homme de prêtre, le père Machicoule, après lui avoir monté tout un cinoche. Le pauvre homme a laissé sa peau dans l'affaire, ainsi que sa servante noire.

« A la longue, le Syndicat a eu vent de ce racket. Il s'est ému et a constitué un commando de choc pour " régler " cette sale affaire. Y a eu du monde sur le chantier, les gars ont ratissé large, au point que mes hommes et moi avons failli y passer ! Ils ont buté ou malmené pas mal de personnes, y compris " le cow-boy suisse ". Cela dit, ils n'ont pas trouvé les dossiers qui subsistent. Il est probable qu'ils ont fait le grand jeu à votre ami Stockfield, avant de le zinguer. Heureusement que la fille Fouzitout s'était entourée de sages précautions. »

— Vous avez découvert les papiers ? demande Mc Guiness sans avoir l'air d'y toucher, comme s'il s'enquérait si je joue au golf.

— Vous aurais-je fait venir à New York, sinon ? Je vous promets une bonne régalade, Horace. Y a plein de gaziers qui sont en train de se faire dorer le nombril en Floride et qui vont dégueuler de frousse quand vous les interpellerez avec certains documents à l'appui.

Là, on l'entend mouiller, l'Irlandoche déguisé en Ricain. Comme dans une grotte, l'eau qui tombe des stalactites.

— La guerre déclenchée par Martine Fouzitout aura fait pas mal de victimes de part et d'autre ; les hommes de main du Syndicat ont vécu des instants assez dramatiques, eux aussi.

Là-dessus, un loufiat aimable amène triomphalement le soufflé à l'orange, gros comme le champignon atomique d'Hiroshima.

— Comment avez-vous pensé que la Fouzitout s'était mise en cheville avec un type de chez nous ?

— Je savais, à cause de la plaque, que Stockfield avait été zingué par Stiburne. Ensuite, j'ai découvert que ma compatriote avait tué avec une arme de fort calibre un Noir qui venait de la violer. Je n'ignore pas que, dans votre beau pays, les armes à feu sont en vente libre, pourtant j'imaginais mal une petite femme allant faire l'emplette d'un riboustin de pro. J'ai eu un flash ; j'en ai souvent. L'association s'est imposée à mon esprit. Stockfield lui a refilé le soufflant pour qu'elle puisse se défendre en cas de rébecca.

Mon confrère yankee opine.

— Visionnaire, dans votre genre ?

— Toujours, c'est ce qui fait mon charme et ma force. J'ai très vite compris, Horace, que, dans notre métier, on ne doit pas s'arrêter court lorsqu'une piste cesse. Ce que nous ignorons, il

FOIRIDON À MORBAC CITY 311

nous faut l'inventer ; quand on est un véritable
poulet, ça finit par être conforme à la vérité.

— Je vois.

Il remodèle la paire de couilles pour fabriquer les nichons de sa secrétaire qui possède des
embouts *very* érectiles.

— Bon, vous me dites où sont les documents ?

— Dites, Horace, vous n'allez pas me prier
de demeurer sur le continent amerloque jusqu'à
l'aboutissement de votre enquête ?

Il rougit par-dessus sa couperose.

— Quelle idée ?

— Je suis un garçon qui phosphore beaucoup
et qui, dans certains cas, a besoin de se surpro-
téger. Alors voilà ce que nous allons faire :
nous quittons N.Y. ce soir à 23 heures par le
Kennedy Airport. Venez nous accompagner.
Grâce à vos fonctions, vous pourrez monter
avec nous dans le zinc d'Air France qui est
territoire français. Une fois nos ceintures bou-
clées, je vous mettrais au parfum. O.K. ?

Il a une grimace.

— O.K. Mais ma parole devrait suffire.

— De plus, enchaîné-je, je serais ravi que
mon attaché d'ambassade de cousin soit avec
vous. J'ai l'esprit de famille, que voulez-vous !

19

CHAPITRE FLUORESCENT

J'adore prendre un long jet, la nuit, quand l'air sent le mouillé et le kérosène, et que la piste éclairée ressemble à un film de science-fiction.

Nous gagnons nos places confortables, en *first* (noblesse oblige).

— Oh! Horace, fais-je à l'Irlandais qui est resté debout dans l'allée, vous voulez bien mettre mon sac de *duty free* dans le caisson à bagages? j'ai acheté du sirop d'érable pour ma mère qui adore ça et une mitraillette à air comprimé à mon fils adoptif qui veut devenir gangster.

Sans piper, le super-flic hisse le paquet. Il manque le laisser tomber, car le Marquis vient de balancer un cocorico cuivré et Bérurier une vesse qui n'évoque pas la brise marine.

— Merci, fais-je. Chose promise, chose due. Les terribles dossiers se trouvent dans la chambre de Martine. Le crochet d'un dessin de Magritte représentant un arbre transformé en placard, sert d'ouverture à la cachette.

Il me plante ses huîtres dans les yeux.

FOIRIDON À MORBAC CITY 313

— Juré ? articule-t-il.

— Sur la vie de ma sainte mère, fais-je en levant la main droite.

Il profite de ce qu'elle est dressée pour s'en emparer et la presser fortement. Poignée de main de flics, puissante, fraternelle.

— O.K., Mister directeur. Merci et bravo pour la participation !

— Tout le plaisir aura été pour moi, Horace ; maintenant à vous de jouer !

C'est tout, il quitte le zinc sans même un regard à l'hôtesse des *first,* une irrésistible blonde qui te donne envie de rester, la tête levée, au pied de la grande échelle des pompiers pendant qu'on l'évacue d'un quinzième étage en flammes.

Le cousin qui ne s'est pas encore manifesté me donne l'accolade.

— Heureux et fier de te connaître enfin, Antoine. La mère Mathilde disait pis que pendre de toi ! Je la hais !

— Normal : c'est ta belle-mère.

Il a, avant de partir, un regard circulaire.

— C'est pas chargé, ce soir : vous êtes les seuls en *first !*

Le sort lui donne tort car, à cet instant, un steward pédé, donc aimable, escorte un vieillard qui est le sosie d'Einstein : calvitie sur le dessus, longs cheveux blancs en couronne, gros nez sur lequel il cultive le comédon, cette algue qui bouche l'entrée des pores. Forte moustache stalinienne. Il se déplace en prenant appui sur une canne anglaise. Il porte des lunettes de myope teintées à double foyer. On l'installe, on

314   FOIRIDON À MORBAC CITY

le coucoune, le mignarde, le chouchoute. Lui
met des oreillers partout, une couvrante sur les
jambes.

Il est dans la même travée que moi, mais de
l'autre côté des steppes de l'allée centrale. On
lui propose du champ' et du jus d'orange, il
refuse l'un et l'autre, prend une posture nocturne et n'attend que le décollage pour ensuite
s'endormir avec un colin-maillard noir devant
les yeux.

Naturellement, ça commence par un souper
aux chandelles : caviar, œufs brouillés aux truffes, médaillons de veau au citron.

Je suis seul de mon côté, car j'ai franchement
besoin d'en concasser après tout ce circus. Je ne
supporterais aucune converse de mes amis, pas
même celle du docte Félix, lequel d'ailleurs se
consacre au Marquis.

Béru donne un récital de pets des grands
soirs ; s'y mêlent de puissants rots, en contre-
points.

Pinaud dort, sa cigarette sur sa braguette qui
grésille. Le Gros éteint icelle d'un coup de
poing qui achève la destruction de l'appareil
reproducteur de César. Cris et suçotements !
Puis la bouffe calmatrice. Le vin soporifique.
Tout bien. Demain je reverrai Paris, maman.
Ça me fait penser à la chanson de l'immortel
Trenet.

Je croyais dormir, mais ça n'est pas du pur
sommeil, plutôt un brouet de pionce. Y a des
comas dans mon ciboulot, des hiatus. Puis des

FOIRIDON À MORBAC CITY 315

pensées réminiscentes. J'ai plein de flashes, sans ordre logique. Des images qui m'arrivent, m'éblouissent, s'anéantissent. Je revois la pauvre Ivy que je niquais en levrette, je revois le père Machicoule dans son église, la fléchette dans l'œil du tueur, la balle tirée dans les burnes du Mexicano.

Pendant une période de dormaison, Alexandre-Benoît me secoue l'épaule par-dessus son dossier.

— Grand! appelle-t-il. Hé! grand, t'sais ce dont j'm'aperçoive?

Non, le grand ne sait pas. Alors il le lui dit :

— On a oublié la Cathy à la raie au porc.

— Quoi?

— D'puis c'morninge, l'avait la courante, biscotte l'chang'ment d'nourritio. Au moment qu'on va embarquer la v'là qu'est prise d'un b'soin et qui drope aux chiches. Moi, en pleine discussion, j'l'oublille, qu'est-ce veux-tu.

Je médite. Ce qui m'étonne, c'est que notre avion ait décollé sans qu'on ait procédé à l'appel de la passagère manquante. Voilà qui est contraire à tous les règlements aériens internationaux, car enfin, elle aurait pu enregistrer un bagage piégé et s'esbigner. En pareil cas on ressort tous les colibards des soutes et on les fait identifier par les passagers.

Ça y est : j'ai pigé. Une astuce d'Horace Mc Guiness, tu veux parier? Il a tenu à conserver quelqu'un de notre groupe et, profitant de ce que mémé allait aux cagoinsses, il l'a fait intercepter par ses hommes et à prévenu la compagnie pour qu'on décarre sans elle. Juste

316 FOIRIDON À MORBAC CITY

pour me faire chier, si ça se trouve. Me prouver
que mes fameuses précautions ne l'empêchent
pas de me la mettre.

— Baste, dis-je au Gros, oublie-la, ce n'était
qu'une pauvre vieillarde, qu'en aurais-tu fait, à
la longue ?

Il admet, feule, abaisse son dossier et roupille.

Moi idem. Solidement, cette fois.

Au lieu d'évocations, c'est des rêves qui me
piétinent le subconscient. Je rêve que je suis au
ranch du cow-boy suisse. Le ranch après qu'il
ait été brûlé. Je porte une combinaison
d'amiante et j'explore les décombres qui
fument encore. Et voilà que je découvre le
cadavre du vieux Witold Slaza. Miraculeusement, il n'a pas brûlé. Au contraire, il lui a
poussé des poils partout, tu croirais la photo
d'un homme préhistorique. *La Guerre du feu*!
Tu mords ?

Ensuite, ce sont d'autres animations qui me
hantent, je les oublie au fur et à mesure qu'elles
naissent.

On passe un film dans l'avion, mais je n'ai pas
pris les écouteurs. On voit assez de conneries
sur terre, pas la peine de s'en infliger quand on
vadrouille au-dessus des nuages océaniques.

Je me sens bien. En arrivant au bureau, je
prendrai une douche ; il y a un chouette équipe-
ment dans mon bureau, c'est Achille qui l'avait
conçu. Tiens, que devient-il, le Chauve ? Que
fait-il de sa retraite ? S'emmerde-t-il ou passe-
t-il du bon temps avec des bougresses lécheuses ?

FOIRIDON À MORBAC CITY 317

Vieux, c'est des portes qui se verrouillent. Des plaisirs qui s'anéantissent. Des désirs qui ferment leur gueule. Vieux, c'est un jour de moins chaque soir.

Voilà que je suis réveillé. Le film est fini depuis longtemps. L'éclairage de nuit met du ouaté dans l'avion. Les hôtesses commencent à être fatiguées, on dirait qu'elles ont toutes leurs règles en même temps. T'en aperçois une, fantomatique, qui circule en tenant un verre d'eau sur un petit plateau, pour les cachets d'un voyageur insomniaque.

L'avion tourne doux. Le grand frisson des réacteurs est une glissade vers l'infini. Le vieil Einstein dort en émettant un ronflement spasmodique. Tout baigne. Je ressens une étrange griserie, et pourtant je n'ai bu que deux vodkas en bouffant le caviar. Quand à table, j'écluse ma Moscowskaïa d'élection, je ne prends aucun pinard ensuite. Alors ? D'où me vient cette euphorie capiteuse ? C'est parce que j'ai réussi mon enquête ? Le contentement qui m'habite est presque voluptueux. Comme si j'atteignais à une perfection, à quelque chose d'absolument rond, de parfaitement bouclé ; et ce avec la complicité du destin.

D'où me vient-ce, dis ? Aide un peu ton pote Sana à voir clair en lui. Le bonheur est presque aussi tarabustant que l'insatisfaction.

Un ronflement plus marqué du pépère me ramène à lui. Il finit par m'hypnotiser car la nuit, cette nuit qui est une trajectoire entre deux continents, est plus fantasmagorique que les autres. Ma gamberge mousse, mousse comme du shampooing de bain sous le robinet d'eau chaude.

Et brusquement, voilà que je me meus. L'ordre n'est pas venu de ce qu'abrite mon cortex, mais de mon instinct. Je franchis l'allée et prends place au côté du vieil Einstein. Il s'éveille en sursaut.

— Ne vous dérangez pas, fais-je, c'est juste pour vous signaler qu'en dormant vous avez déplacé votre perruque.

Il demeure immobile, le seul mouvement qui l'agite, c'est celui de sa respiration saccadée.

— Et aussi, pour savourer avec vous la loi implacable des hasards. Combien aura-t-il fallu de circonstances obscures pour qu'en fin de compte nous nous retrouvions à bord de ce vol en même temps ? Quel fabuleux cheminement de nos deux destins, Witold Slaza ! Moi qui rentre, vous qui fuyez, côte à côte sur ces sièges de premières ! Si un jour je racontais la chose, personne ne me croirait. Tant mieux, n'est-ce pas ? Les plus belles histoires sont celles auxquelles on ne croit pas !

« Vous savez que, confusément, je vous SENTAIS vivant. Après que vous m'ayez arnaqué en m'abandonnant sur la route poudreuse, je suis retourné à votre ranch en feu. J'y ai trouvé votre vieille Jeep, par contre, j'ai lu sur le sol les empreintes d'une troisième voiture. Chose étrange, elles étaient à sens unique, c'est-à-dire qu'elles partaient du ranch sans y être venues. Il n'existait qu'un jeu d'empreintes. Conclusion, l'auto se trouvait là, dissi-

FOIRIDON À MORBAC CITY 319

mulée dans les ruines, prête pour une fuite. Et c'est elle que vous êtes venu chercher. Vous avez déterré l'un de nos deux corps fraîchement inhumés, l'avez flanqué dans votre lit et avez mis le feu à la baraque arrosée d'essence. Il ne vous restait plus qu'à filer en abandonnant la Jeep. Cette fois, ç'a été le grand départ, le vrai ! Vous étiez mort ! Vous alliez pouvoir faire peau neuve !

« Peau neuve, à votre âge ! Quel battant vous êtes, vieux forban ! Voulez-vous que je vous dise ? Bravo ! J'aime les types de votre trempe ; ceux qui tiennent leur garde haute jusqu'au bout ! Vous savez ce que je vais faire, Witold ? Retourner m'asseoir à ma place et vous oublier. Je ne veux rien connaître de vos projets, encore moins de votre itinéraire. A compter de tout de suite, nos routes se séparent définitivement et je vous souhaite bonne chance ! Mais pour l'amour du ciel, allez aux chiottes recoller votre putain de perruque de merde, sinon vous allez ressembler à un clown ! »

Pinaud, réveillé, me demande quand je regagne ma place :

— Tu connais ce voyageur ?

— Absolument pas. C'est un vieillard podagre qui m'a demandé de déboutonner son pantalon : il va aux tartisses.

20

FIN DE PARCOURS

Ce que je vais te rapporter là s'est passé l'année suivante.

Je tenais un conseil de travail avec mon brain-trust flicardien, quand ma secrétaire m'a annoncé qu'une dame et son petit garçon étaient dans l'antichambre, qui me demandaient. Tout de suite, j'ai pensé à Félicie et à Toinet. Craignant une tuile, je me suis précipité, et tu sais quoi ? Non, tu n'arriverais pas à deviner qui je trouve dans les fauteuils de l'administration. Autant te le dire carrément.

Petit Gibus et la fille de Bison-Bourré, lingés comme des monarques !

Leur vue m'a paralysé !

— Ça vous la coupe, hein, Martien ? s'est écrié le gosse. Eh bien oui, nous nous sommes mis ensemble. J'avais besoin d'un adulte pour négocier la rançon du banc, cette chérie m'a aidé et nous avons affuré gros. Du coup on a décidé de s'associer. Comme j'ai des idées à revendre, on est en train de faire fortune. Nous sommes à Paris pour affaires et on ne voulait pas rater l'occasion de vous revoir, Martien.

Question du sexe, c'est pas encore franchement lancé, nous deux, mais je lui fais déjà des petites bricoles qu'elle aime. C'est que je vais sur mes sept ans, vous savez !

FIN

*Achevé d'imprimer en juin 1993
sur les presses de l'Imprimerie Bussière
à Saint-Amand (Cher)*

— N° d'imp. : 1254. —
Dépôt légal : juillet 1993.
Imprimé en France